山东省社会科学规划研究项目（19CWWJ08

U0686106

# 传统与现代

## 约翰·福尔斯小说研究

刘亚·著

山东人民出版社·济南

国家一级出版社 全国百佳图书出版单位

**图书在版编目（CIP）数据**

传统与现代：约翰·福尔斯小说研究 / 刘亚著.－－济南：山东人民出版社，2021.9
ISBN 978－7－209－10086－1

Ⅰ．①传… Ⅱ．①刘… Ⅲ．①约翰·福尔斯－小说研究 Ⅳ．①I561.074

中国版本图书馆CIP数据核字(2021)第045540号

**传统与现代：约翰·福尔斯小说研究**
CHUANTONG YU XIANDAI: YUEHAN FUERSI XIAOSHUO YANJIU

刘亚　著

主管单位　山东出版传媒股份有限公司
出版发行　山东人民出版社
出 版 人　胡长青
社　　址　济南市英雄山路165号
邮　　编　250002
电　　话　总编室（0531）82098914
　　　　　市场部（0531）82098027
网　　址　http://www.sd-book.com.cn
印　　装　济南万方盛景印刷有限公司
经　　销　新华书店

规　　格　16开（169mm×239mm）
印　　张　13.25
字　　数　193千字
版　　次　2021年9月第1版
印　　次　2021年9月第1次
ISBN 978-7-209-10086-1
定　　价　42.00元

如有印装质量问题，请与出版社总编室联系调换。

# 目 录

# 绪　论

　　约翰·福尔斯（John Fowles，1926—2005）是英国二战后重要小说家，1999年曾经获得诺贝尔文学奖提名。其作品少而精，兼具严肃小说和通俗小说的特点，既能长期登上畅销书排行榜，又会在大学课堂被研读讨论。他一生共出版了六部长篇、一部短篇小说集、一部哲学文集、若干散文集和游记。

　　福尔斯的创作大致分为前后两期，以短篇小说集《乌木塔》（*The Ebony Tower*，1974）为分界线。前期除了上述短篇集外，主要包括三部长篇《收藏家》（*The Collector*，1963）、《巫术师》（*The Magus*，1965年出版/1977年修订版）、《法国中尉的女人》（*The French Lieutenant's Woman*，1969）和一部哲学文集《智者》（*The Aristos*，1965）；后期则是三部长篇小说《丹尼尔·马丁》（*Daniel Martin*，1977）、《尾数》（*Mantissa*，1982）、《蛆/狂想》（*A Maggot*，1985）以及《船难》（*Shipwreck*，1975）、《岛》（*Island*，1978）、《树》（*The Tree*，1979）、《巨石阵之谜》（*The Enigma of Stonehenge*，1980）、《虫洞》（*Wormholes*，1998）等游记和散文集。作家本人曾说短篇集《乌木塔》中的小说是此前三部长篇的变体：比如同

名中篇《乌木塔》与《巫术师》相似，前者甚至复制了"庄园门牌""一男两女裸泳"等桥段；《可怜的KOKO》与《收藏家》都以绑架为情节主线；《谜》与《法国中尉的女人》均涉及小说"元叙事"的创作技法，其主人公也都具有神秘性。因此，这几部作品在思想主旨、创作理念、写作手法上相对统一。

约翰·福尔斯在美国文学舞台上崭露头角要早于英国。他很快得到通俗小说界而非学术界的赞赏。评论家认为他善于依靠发达的想象力讲述各种奇诡、悬疑的故事。他们称赞其叙事技巧，又认为其作品缺乏深刻思想，没有必要费神寻找其笔下"寓言"的象征意义。福尔斯对此十分懊恼，认为批评家们误读了其作品，没有发现形式表象下更多深刻的寓意。1969年《法国中尉的女人》问世之后，福尔斯在欧美国家声名鹊起，其文学地位日渐巩固。学术界对他的研究也日渐增多。他的前三部小说相继成为英美国家的畅销书，并且多次被搬上银幕。《法国中尉的女人》在《纽约时报》畅销书排行榜上高居不下，连当时畅销一时的通俗小说《教父》都望尘莫及。该书的电影脚本由当代英国戏剧大师，2005年诺贝尔文学奖获得者哈罗德·品特（Harold Pinter，1930—  ）亲自执笔。

20世纪80年代以来，福尔斯其人其书被引入中国。他的作品以新颖形式让国内读者耳目一新，掀起一股阅读和研究的热潮。绝大多数国内外研究聚焦于福尔斯是"英国六十年代后现代主义作家代表"这一角色定位。然而，需注意的是，福尔斯的形式实验仅是对英国20世纪50年代所谓"社会文献派"的反拨，并不代表他与英国文学悠远的历史传统决裂。实际上，他非常喜欢莎士比亚、笛福、简·奥斯丁、狄更斯、亨利·詹姆斯、哈代、劳伦斯等人的作品，并在自己的创作中进行借鉴。他还一再强调作品要包含道德伦理的严肃性内容，并从简·奥斯丁那里借来"恰当的情感"这一概念，以表示蕴藏于小说场景背后的道德力量。尽管在作品中曾提及罗伯·格里耶和罗兰·巴特，但是福尔斯并未一味摹仿法国的文学理论和创作。在一次采访中，福尔斯声称："我不喜欢在小说中赤裸裸地使用理论。我想21世纪需要更多的现实主义，而不是更多的奇想、科幻和诸如此类的东西。"①在其眼中,先锋艺术"也必须坚持一定的传统"。文学文本的虚构并不能全然颠覆历史传统的真实,新颖实验手法也可以和社会批判与人道情怀并行不悖。然而,上述这些观点和视角并没有得到足够重视和很好地阐释。

因此,本书拟从福尔斯传统性与现代性的辩证统一这一角度切入,以其三部长篇小说和短篇小说集为主要研究对象,从"英国'两种文化'论争""英国文学中的'自然'书写""英国文学中的道德守成""英国文学的传统意象"等角度切入,剖析作者创作思想,阐释作品多元化的主题内涵,梳理作者对英国文学传统的继承借鉴。特别要通过对作家思想的分析和对作品的细读澄清如下问题:文学历史不是一个个流派(主义)孤立的山头,而是一条绵延不断的河流。因此,对一个作家作品的标签式解读极易造成文学误读或阐释的简单化。尽管福尔斯以叙事新颖和内容新奇而著名,但真正奠定其经典地位的,不仅仅是虚构文本的文字游戏,更要归功于他创新而不弃旧的文化守成。其在丰厚的英国文学宝库和历史文化积淀中发掘题材,在想象性的小说叙述中完成历史重构和社会批判。

对福尔斯作品的研究从美国起步,继而得到英国本土的认同,而后波及其他欧美国家。1974年,威廉·帕尔默(William Palmer)出版第一部福尔斯小说研究专著《约翰·福尔斯的小说:传统,艺术以及自我的孤独》(*The Fiction of John Fowles: Tradition, Art, and the Loneliness of Selfhood*)。值得注意的是,这部著作关注到福尔斯创作的"传统性"问题,可惜并未展开论述。之后,欧美国家不断有对福尔斯研究的专著和期刊文章问世。1985年和1996年,《现代小说研究》(*Modern Fiction Studies*)和《二十世纪文学》(*Twentieth Century Literature*)曾先后两次推出"福尔斯研究专题"。此外,关于福尔斯生平创作的概括性评述,福尔斯访谈录等频繁出现在《泰晤士报文学副刊》等重要报刊上。

---

① Dianne Vipond. "An Unholy Inquisiton", in *Twentieth Century Literature* Vol. 42, No. 1, Spring, 1996, p.20.

近年来，福尔斯研究成果丰富，角度多样，涉及传记批评、形式批评、女性主义批评、精神分析批评、原型批评、解构主义批评、影视研究等多个维度。詹姆斯·奥布里（James.R.Aubrey）在《约翰·福尔斯参考手册》（*John Fowles: A Reference Companion*）中专章介绍福尔斯研究概况。该文已由国内福尔斯研究专家张和龙先生译出，相关研究情况可参看译文，在此不再赘述。① 下文简述有关本选题的国内外研究情况：

（一）国外研究情况

在前述首部福尔斯研究专著中，帕尔默就将"传统性"（Tradition）纳入其研究视野。他认为福尔斯的牛津求学生涯使其根植于英国文学传统之中，其作品（尤其是前期作品）中闪现着莎士比亚、丁尼生、马修·阿诺德、达尔文、简·奥斯丁、狄更斯、乔治·艾略特、康拉德、哈代等英国伟大作家的影子。此外，福尔斯还受陀思妥耶夫斯基、萨特、加缪等外国作家的影响。他对福尔斯前期三部小说与《克拉丽莎》《吉姆爷》《远大前程》《罪与罚》等小说之间的关系很感兴趣，认为前者的形式实验遮掩了其对传统文学的借鉴和摹仿。因此，帕尔默援引戴维·洛奇（David Lodge）的话，认为福尔斯是一个"站在十字路口的小说家"，其作品是"现代实验与传统文学类型的结合"。② 苏珊·奥涅加（Susan Onega）在《约翰·福尔斯小说的形式与意义》（*Form and Meaning in the Novels of John Fowles*）中将福尔斯归于贝克特、戈尔丁和默多克等"寓言、实验"小说家。与此同时，他使用的元虚构技巧，特别是戏仿的技巧，又缓和了实验主义与现实主义的对立关系。因此，福尔斯是一个处于传统与现代夹缝中的作家。③

①　James.R.Aubrey. *John Fowles: A Reference Companion,* New York: Greenwood Press, 1991, pp.141–156.该文中文摘译见张和龙：《后现代语境中的自我——约翰·福尔斯小说研究》，上海外语教育出版社，2007年，第174—193页。

②　William J.Palmer.*The Fiction of John Fowles: Tradition, art, and the loneliness of selfhood,*Columbia: University of Missouri Press,1974, pp.4–29.

③　Susan Onega. *Form and Meaning in the Novels of John Fowles,* Ann Arbor: U.M.I. Reaseach Press, 1989, p.7.

有评论者从原型批评的角度，认为福尔斯作品中的许多文学意象源自英国悠久的文学传统。罗纳德·宾斯（Ronald Binns）在《约翰·福尔斯：激进的浪漫者》（*John Fowles*: *Radical Romancer*）中认为福尔斯融合了罗曼司和现实主义的文学传统。他的创作从形式上对传统罗曼斯进行了修正，从内核上却又继承了英国文学的道德批判传统。[①] 西蒙·洛夫迪（Simon Loveday）则依据弗莱的原型批评理论讨论福尔斯的"罗曼司"小说，并阐述其作品与英国传统文学的关系。[②] 约翰·修玛（John B. Humma）探讨了福尔斯小说中有关"绿衣骑士"（Green Knight）的母题，并对《乌云》（*The Cloud*）中凯瑟琳的行为进行剖析。他认凯瑟琳对皮特的妥协是藉此与亡夫和绿色世界团圆。[③] 而另一位福尔斯研究专家巴里·奥申（Barry N.Olshen）则在《约翰·福尔斯小说创作中的"绿人"原型》（*The Archetype of the Green Man in the Writings of John Fowles*）一文中对绿衣骑士形象进行了进一步梳理。他认为"绿人"形象在英国乃至欧洲有着久远的传统，福尔斯只是从英国历史和文学的传统中重新发掘了这一形象，并创造性地将其代表人物定为英国文学中的经典形象——罗宾汉。他还结合文本具体分析了该形象在福尔斯小说中的不同变体。[④] 此外，迈克尔·索普（Michael Thorpe）等人也讨论了《收藏家》《巫术师》等作品对莎士比亚《暴风雨》的借鉴与继承。[⑤]

有论者认为福尔斯小说中体现着鲜明的"历史主题"。伊丽莎白·兰

① Pifer Ellen, ed.*Critical Essays on John Fowles*. Boston, Mass: G. K. Hall, 1986, pp.19-36.

② Simon Loveday. *The Romance of John Fowles*, New York: St.Martin's Press, 1985, pp.129-145.

③ John B.Humma. "John Fowles' The Ebony Tower: In the Celtic Mood", in *Southern Humanities Review* 17, 1983, p.17.

④ Barry N.Olshen. "The Archetype of the Green Man in the Writings of John Fowles", in *John Fowles and Nature*: *Fourteen Perspectives on Landscape,* edited by James R.Aubuey, Fairleigh Dickinson University Press & London: Associated University Presses, pp.96-104.

⑤ Michael Thorpe. *John Fowles*, Windsor, U.K.: Profile Books, 1982, pp.21-23.

金（Elizabeth Rankin）认为《法国中尉的女人》看似是一部"后现代主义"小说，其实是维多利亚小说在新时代的变体。<sup>①</sup>她认为小说第十三章似乎离题万里，实则"是转移注意力的一章，通过对罗伯—格里耶和巴特的讨论，保证了人们对这部实际上是传统小说的文学接受"<sup>②</sup>。而戴维·格罗斯（David Gross）认为《魔法师》《法国中尉的女人》和短篇小说《乌木塔》等小说提供了两种历史视角。福尔斯旨在说明与历史的恰当关系并非简单地回归过去，也不是空泛地活在当下，而是"与过去确立一种创造性的辩证关系"。<sup>③</sup>而巩特尔·克罗茨（Günther Klotz）则用马克思主义原理描述福尔斯的辩证社会观。他将其小说看成是历史叙事，拒斥像同时代人那样颂扬"现代主义病态"和"时髦的绝望感"。<sup>④</sup>

福尔斯在多种场合声称自己支持女权主义，然而诸多批评家还是发现其小说总会潜藏着传统的男权叙事传统。迈克尔（Magali Cornier Michael）就认为对《法国中尉的女人》进行女权主义解读是一种误读。尽管福尔斯尽力将萨拉描写成女性解放的代表，但小说仍以男性视角来描述和虚构女性人物，是用反女权主义的方式来再现女权主义的主题。因而，这部小说并非女权主义小说。<sup>⑤</sup>康斯坦斯·海特（Constance Hieatt）也注意到福尔斯"唯一关注的是男人问题"。他的叙述者是男性化的，视角也通常是男性人物的视角。男主角的地位有待于同女性关系的变化而改变。<sup>⑥</sup>

① 有论者也将《法国中尉的女人》视为"新维多利亚小说"的代表作，参见山东大学杜丽丽博士论文《"新维多利亚小说"历史叙事研究》，2012年。

② James.R.Aubrey. *John Fowles*: *A Reference Companion,* New York: Greenwood Press, 1991, p.154.

③ David Gross. "Historical Consciousness and the Modern Novel: The Uses of History in the Fiction of John Fowles", in *Studies in the Humanities*,Vol.7, No.1, 1978, p.27.

④ James.R.Aubrey.*John Fowles*: *A Reference Companion,*New York: Greenwood Press, 1991, p.150.

⑤ Magali Cornier Michael. "Who is Sarah?': A Critique of The French Lieutenant's Woman's Feminism", in *Critique,* Vol.28, 1987, pp.228-235.

⑥ James.R.Aubrey. *John Fowles*: *A Reference Companion,* New York: Greenwood Press, 1991, p.150.

尽管福尔斯多次声称自己在利维斯（F.R.Leavis）和斯诺（C.P.Snow）的"两种文化"论争中支持前者的人文立场，并在其前期作品中表达相同观点。但评论家并未对此主题予以更多关注。瑞典学者埃里克松（Bo H.T.Eriksson）注意到斯诺与福尔斯创作的联系，其著作《侦测的结构张力——以C.P.斯诺与约翰·福尔斯为例》(*The "Structuring Force" of Detection——The Cases of C.P.Snow and John Fowles*)重在比较二者创作形式的异同，只是在结论部分涉及思维方式和价值观差异对二者创作造成的影响。[①] 奥布里在《约翰·福尔斯与自然》(*John Fowles and Nature*)一书中收录了十四篇论文，分析了福尔斯创作中景物描写与英国田园文学"自然书写"传统的关系。[②] 类似的文章还有米切尔（Bellamy, Michael O.）的《福尔斯的田园牧歌：私人峡谷与存在的平等》(*John Fowles's Version of Pastoral*: *Private Valleys and the Parity of Existence*)和林恩（Lynne S.Vieth）的《〈乌木塔〉与〈丹尼尔·马丁〉：如画美学的人性回归》(*The Re-humanization of Art Pictorial Aesthetics in John Fowles's The Ebony Tower* and *Daniel Martin*)。它们都分析了福尔斯小说中风景书写的潜在意蕴和美学特色。

许多评论者认为福尔斯后期小说创作陷入概念说教和文字游戏的泥淖，缺乏前期作品对英国文学传统的承继。布鲁斯·鲍尔（Bruce Bawer）认为福尔斯潜藏的哲学家梦想阻碍其成为更优秀的小说家，其小说有太多的道德说教和"普泛的伤感"。这一现象在其前期创作中就已出现。在《巫术师》和《法国中尉的女人》等作品中，作家/叙事者常跳脱出文本对某些哲学思想和社会问题发表意见。不少论者认为这恰是小说创作新手法、新动向的体现，是"后现代主义小说"的特征和表现。不过，其前期小说尚有完整的故事情节和人物形象，仍属于传统文学的基

---

① Bo H.T.Eriksson. *The "Structuring Force" of Detection——The Cases of C.P. Snow and John Fowles*", UPPSALA, 1995.

② Barry N.Olshen. *John Fowles and Nature*: *Fourteen Perspectives on Landscape,* edited by James R.Aubuey, Fairleigh Dickinson University Press & London: Associated University Presses, 1999.

本范畴。而这种说教和游戏的趋势在其后期创作中越发明显，以致刻意的实验逐渐脱离和反叛了文学创作传统。特鲁里·皮弗（Drury Pifer）就认为小说《尾数》对德里达和拉康的解构思想进行了阐释或讽刺。这种哲理性将《尾数》中的人文旨趣赶走，造成了文本的缺憾："如果读者坚持寻找意义，《尾数》的文本既可以被细致地分析，也可以颠覆分析的结论。"它"恶心它所反对的（解构理论），因此没几个读者会重读这部作品"。①伊恩·格茨（Ian Gotts）也认为很难确定《尾数》的文类。他借用约翰·巴斯的话将其视为"关于作家写故事的另类故事"，是"文学创作的寓言"和"观念的喜剧"，是对现代小说的戏仿，也是一部"文学绝命书"。其创作手法已然脱离传统，"完全是20世纪60年代晚期和70年代早期的美学自省"。②许多批评家认为《蛆/狂想》的类型也很难界定。奥涅加认为小说中对书信的使用是18世纪书信体小说的戏仿。③凯瑟琳·塔博克斯（Katherine Tarbox）则认为该作品远离了传统的小说形式："问答式的作证书缺乏视角。《绅士杂志》以及从其他来源摘引来的段落构成了没有评论的文本。福尔斯提供了一个业余叙述者，他既没有权威也没有反讽，他的种种发现与读者是同步的。"④不过，若将视野放到更大范围，就会发现该小说的情节与日本小说家芥川龙之介的《竹林中》有相似之处。

　　总之，国外学者更多聚焦于福尔斯小说的形式实验，运用新的批评理论对其文本进行解析，并将其视为"后现代派"的一员。尽管也有论者关注到福尔斯前期小说创作的"传统性"，发现其前期创作处于传统与现代

---

① Pifer Ellen,ed.*Critical Essays on John Fowles*. Boston, Mass: G. K. Hall, 1986, pp.174-175.

② Ian Gotts. "Fowles's *Mantissa*: Funfair in Another Village", in *Critique,* Vol.26, Issue 2, 1985, pp.81-93.

③ Susan Onega. *Form and Meaning in the Novels of John Fowles,*Ann Arbor: U.M.I. Reaseach Press, 1989, pp.137-138.

④ Katherine Tarbox. *The Art of John Fowles*, Athens&London: The University of Georgia Press, 1988, p.136.

的过渡阶段，但有关研究文章数量有限，为相关研究留有进一步阐释的空间和可能性。这也是本书所要探讨的主题。

（二）国内研究情况

20世纪70年代末，约翰·福尔斯就已进入我国外国文学研究者视野。1978年，发表于《世界文学》第三期的《英国作家笔谈去年最佳书笈》一文提及约翰·福尔斯和新作《丹尼尔·马丁》。这是目前国内可查的最早涉及福尔斯的文献。1979年《国外社会科学》第三期，刘若端先生译介了《现实主义者与形式主义者——评布雷德伯雷等的两本文学论文集》一文，其中涉及约翰·福尔斯。同年，黄门澄先生在《现代外语》第二期发表《当代英国有哪些比较著名的小说家？》，也简介了福尔斯。

进入20世纪80年代，涉及福尔斯的译介文章和福尔斯研究文章逐渐增多。在1982年的《世界电影》第二期，李庄藩先生发表《英国电影〈法国中尉的女人〉》，先于小说将电影介绍到国内。十年后，戴锦华又在《电影艺术》上发表《〈法国中尉的女人〉：一个重述的爱情故事》，分析了电影对小说的改编。这两篇文章开启了国内福尔斯影视文学研究向度。1986年，王家湘先生在《外国文学》第四期译介了戴维·洛奇的《现代派、反现代派与后现代派》一文。该文将福尔斯划归后现代派，对国内研究者产生重大影响。后来绝大多数文章都是从后现代主义小说的定位和思路研究福尔斯作品。刘若端先生是国内首位较全面介绍福尔斯的学者。他于1985年在《外国文学动态》第五期译介了《约翰·福尔斯谈创作》，并于1987年在《外国文学评论》著文《是蛆还是狂想？——评约翰·福尔斯的新作〈蛆〉》。在该文中，他认为福尔斯沿袭了神秘、寓言、侦探小说等创作手法，其在手法创新上的煞费苦心取得一定效果，但刻意的标新立异和过分卖弄使得该作品"不伦不类"，"用严苛的标准来衡量，不能算是佳作"。[①]1989年，他又在《神秘的萨拉——

---

① 刘若端：《是蛆还是狂想？——评约翰·福尔斯的新作〈蛆〉》，《外国文学评论》，1987年第4期，第136页。

评福尔斯的女权主义思想》中指出福尔斯并非如其所言地支持女权主义思想，萨拉也不完全是一个女性解放者形象。她被作者刻意神秘化，只是按照男性角色塑造的"会说话的角色"，没有表达出自己的真正思想。小说的真正主人公是查尔斯，作者福尔斯并没有真正"了解女性的特点，也不能掌握女权主义思想的实质"。①此外，他还著文《寓言与传奇的结合——试论约翰·福尔斯的创作》，对作家作品做了较为详尽的介绍。他认为福尔斯的创作中存在两个矛盾的维度：一方面，他沉迷于自我幻想，热衷于编纂寓言故事和设计离奇情节，使自己和读者陶醉于这种文字游戏；另一方面，他又想通过故事进行说教，宣传其哲学思想和道德观念，体现出社会焦虑、道德焦虑和创作焦虑，并进而"损害了其作品的完整性"。刘若端先生总体上还是以传统写实的创作观审视福尔斯的小说。因此，他认为作者卖弄才华和自我放纵的特点在后期创作中变本加厉，日益脱离传统小说创作。比如，在《丹尼尔·马丁》中，时态变化体现出时间感的模糊，是可取之处；但人称的变化则"令人感到莫名其妙"。作者企图通过插入包罗万象的议论使这部小说"成为一代历史的原型"和"他那一代文化历史的代表"，然而结果却是"使读者很难理解"。此外，刘若端认为《尾数》从严格意义上"不是小说"，只是以寓言故事"说明作者的创作过程和他的批评理论，指导读者如何来读他的作品"。因此，他认为福尔斯急切地说教意图干扰了作品，作者并未如其所言地给人物和读者以自由。这种"标新立异，为创新而创新，大有卖弄之嫌，也使作品不能达到艺术上的完美。"②

　　20世纪90年代的福尔斯研究总体上不温不火。盛宁先生在《文本的虚构性与历史的重构——从〈法国中尉的女人〉的删节谈起》一文中，从西方小说发展和后现代主义研究范式转变两个角度考察福尔斯小说中的

---

　　① 刘若端：《神秘的萨拉——评福尔斯的女权主义思想》，《外国文学评论》，1989年第3期，第82页。

　　② 参见陆建德：《现代主义之后：写实与实验》，中国社会科学出版社，1997年，第184—196页。

"插笔"和"闲谈"。与刘若端先生不同，他并不认为这些议论是可以直接翻过的赘述，而是强调这种新变化体现了后现代思潮对文本"真实性"的怀疑和重构历史文本的尝试。中译作者对议论和插笔的删节只是体现了小说观念的差异，是"不同的文化传统使然，仅此而已"。①张中载先生也在《后现代主义及约翰·福尔斯》中从后现代语境切入阐释福尔斯的创作特色。他认为福尔斯的成功之处在于其作品既有实验性，又保有传统小说创作的特性。而贝克特、品钦、冯尼古特等人的实验则走向极端，也走向死胡同，因而读者寥寥。②正如刘若端先生所言，福尔斯后期的小说创作也有走入极端的倾向，读者和研究者对其反响平淡。阮炜先生在《〈法国中尉的女人〉的社会历史内涵》中摆脱以往小说形式的阐释维度，而是从社会历史语境入手，阐释文本的思想内涵，指出"新的社会力量的出现"是女主角"自主性"和"神秘性"的根源。③而侯维瑞、张和龙先生的《论约翰·福尔斯的小说创作》也对福尔斯的生平思想和主要作品进行了梳理分析。与刘若端文章不同，该文重点解析了福尔斯前期三部长篇，对后期创作基本未提及。④张敏在《论〈法国中尉的女人〉的现代叙事艺术》中则从叙事视角、叙事结构、叙事意识等角度对该小说做了"叙事学"的阐释。⑤总之，这一时段从后现代思潮、社会历史视角、叙事学视角等多个维度对福尔斯作品进行解读，为后来的福尔斯研究开辟了道路。

---

① 盛宁：《文本的虚构性与历史的重构——从〈法国中尉的女人〉的删节谈起》，《外国文学评论》，1991年第4期，第15页。

② 参见张中载：《后现代主义及约翰·福尔斯》，《外国文学》，1992年第1期，第76—81页。

③ 参见阮炜：《〈法国中尉的女人〉的社会历史内涵》，《深圳大学学报》（人文社会科学版），1996年第3期，第50—57页。

④ 参见侯维瑞、张和龙：《论约翰·福尔斯的小说创作》，《国外文学》，1998年第4期，第15页—21页。

⑤ 参见张敏：《论〈法国中尉的女人的现代叙事艺术〉》，《外国文学研究》，1999年第4期，第53—60页。

进入21世纪，福尔斯研究日渐升温，呈现以下几个特点：一是数量多，尤其是2004年以后，每年发表的研究文章都在两位数以上；二是出现专门研究福尔斯小说的专著和博硕士论文；三是研究范围广，角度多；四是与前一阶段文章少而精不同，这一时期既有观点新颖的文章，也有重复老旧之作。受篇幅限制，本处仅择取不同研究角度的代表文章或著作做简要述评。

张和龙的《后现代语境中的自我——约翰·福尔斯小说研究》是国内首部福尔斯小说研究专著。作者以后现代语境为研究背景，以"自我"为切入点，探讨了福尔斯作品中有关自我的幽闭、分裂、神秘性、虚空与异化、女性自我的遮蔽与反抗等主题，揭示了西方后现代社会中人的生存状态和精神窘境。任红红的专著《后现代主义小说的多元建构——〈法国中尉的女人〉的形式研究与文化批评》则从形式研究、文化研究和影响研究等角度对该小说进行文本阐释。在形式研究部分，该书重点从叙事视角、叙事结构、陌生化布局等方面探讨作品的"不自然叙事"特征；在文化部分，该书从维多利亚时代社会历史背景入手探讨小说的"文学介入""非生态主义女性小说"等主题；在影响研究部分，则将小说与《直布罗陀水手》和《存在主义是一种人道主义》等作品并置比较。[①]此外，近来出版的各种英国现当代文学史或小说史也都会对福尔斯其人其文进行综述或专章研究，基本观点无出上述文章，故在此不再赘述。

关于福尔斯的博士论文主要集中在上海外国语大学。潘家云的论文《恋死性格与恋生性格——〈收藏家〉中的两个对立人物的存在主义心理分析》开启国内从精神分析和心理学角度研究福尔斯小说的先河。该文以存在主义心理分析学派的恋死性格与恋生性格为切入点，结合霍尼、弗洛姆等精神分析派学者的理论对《收藏家》中的男女主人公进行解读。此外，潘家云还有多篇重要文章从心理学和精神分析角度对福尔斯小说进

---

① 参见任红红：《后现代主义小说的多元建构——〈法国中尉的女人〉的形式研究与文化批评》，中国社会科学出版社，2013年。

行阐释，在国内福尔斯研究中独树一帜。①王卫新的论文《福尔斯小说的艺术自由主题》则以"艺术自由"为切入点和支撑点，分析了《收藏家》《魔法师》《法国中尉的女人》《尾数》四部长篇小说，探讨了福尔斯文本世界的创作焦虑和自由历程。②张辉的博士论文《福尔斯后现代主义小说中自我的文本建构》则以《魔法师》《法国中尉的女人》和《尾数》三部小说为蓝本，系统研究福尔斯如何在作品中实现道德自我、社会自我和创作自我之文本建构，以及这种自我文本建构的结果和意义。此外，山东大学杜丽丽的博士论文《"新维多利亚小说"历史叙事研究——以约翰·福尔斯、安·苏·拜厄特和格雷厄姆·斯威夫特的创作为例》将福尔斯纳入新维多利亚小说流派，并以此为切口，对《法国中尉的女人》的历史叙事和文本对历史的重构进行解读。

这一时期的福尔斯研究期刊文章涵盖了后现代主义、心理分析、存在主义、女性主义、生态批评、神话原型、元小说创作、叙事学等各种视角。不过，许多文章的观点和研究范畴并未超越前述专家的文章。在此，仅列举前文未涉及研究视角的代表文章。女性主义是福尔斯小说的重要研究视角，这其中又以《法国中尉的女人》为重。多数女性主义研究文章都认为萨拉是女性解放者的典型，而陈榕的论文《萨拉是自由的吗？——解读〈法国中尉的女人〉最后一个结尾》则独辟蹊径，从萨拉在伦敦的导师罗塞蒂这一人物设置看出蹊跷。她发现萨拉摆脱莱姆镇男权束缚后，又陷入但丁·罗塞蒂的男权阴影。她在颠覆了与查尔斯的被动客体地位后，又在自己与罗塞蒂之间构建起女性求助者和男性保护者、欲望客体与欲望主体、追随者与看守者、学生与导师的传统二元对立格

---

① 参见潘家云：《"太多的理性是赤裸裸的疯狂"——〈收藏家〉中克莱格的伪理性剖析》，《当代外国文学》，2009年第1期；《"窥""破"愚妄：福尔斯作品中的妄想狂特征》，《国外文学》，2009年第1期；《再论萨拉是谁——〈法国中尉的女人〉的创作心理研究》，《外国文学评论》，2014年第2期。

② 参见王卫新：《福尔斯小说的艺术自由主题》，复旦大学出版社，2009年。

局。表面看似独立的萨拉并未真正摆脱父权枷锁，获取真正的自由。①巴赫金的复调理论一直是国内理论热点，许多文章也藉此对福尔斯的小说进行解读。于建华的《论〈收藏家〉的对话性艺术特征》就从双重第一人称视角、共时性描写艺术以及对源文本的戏拟等角度分析小说人物的对话特征。②福尔斯受法国存在主义影响很大。研究福尔斯小说，尤其是前期小说，很难避开存在主义视角。然而，国内部分研究文章将存在主义理论机械生硬地套用到福尔斯作品。有些评论并未全面考察福尔斯自由思想与欧陆哲学思潮的联系与差异，只是空泛地使用自由、反叛、自我等概念，对其内涵和现实语境缺乏应有的批判反思。而潘家云的《如何存在？——论约翰·福尔斯对存在的领悟与刻画》一文则从福尔斯小说创作与其哲学观念互文性的角度归纳、梳理福尔斯的存在之思，同时又批判作者将哲学思想转换为文学叙事时，常常"偏颇过度，欠缺圆融辩证，使人迷惑，引人诟病"。③自视为博物学家的福尔斯深受达尔文进化论影响，进化思想和主题在其创作中反复出现。国内相关研究文章较少，近期代表文章是金冰的《自由与进化——〈法国中尉的女人〉中的进化叙事与存在主义主题》。她在文章中尝试从"新维多利亚小说"的角度入手，阐述福尔斯如何将存在主义自由主题的表达与对进化主题的思考互相结合。她认为福尔斯将进化史嵌入了存在主义语境，从而赋予人能动适应环境的能力，使人成为自己生活的创作者。这正是个体自由的由来。④国内较少论述福尔斯创作与英国小说传统关系的文章。宁梅的《论约翰·福尔斯对"疯女人"形象和心理医生形象塑造的延续与创新》是这方面少有的文章。该文从萨拉的"疯狂"和她面对心理治疗的策略出发，论述福

---

① 陈榕：《萨拉是自由的吗？——解读〈法国中尉的女人〉最后一个结尾》，《外国文学评论》，2006年第3期。

② 于建华：《论〈收藏家〉的对话性艺术特征》，《当代外国文学》，2006年第1期。

③ 潘家云：《如何存在？——论约翰·福尔斯对存在的领悟与刻画》，《外国文学》，2013年第2期，第75页。

④ 金冰：《自由与进化——〈法国中尉的女人〉中的进化叙事与存在主义主题》，《外国文学》，2016年第2期。

尔斯在人物形象塑造上对传统的继承与创新。①查阅国内文献，目前尚未发现有文章有从"两种文化"角度阐释福尔斯创作，只有少数文章从侧面涉及这一主题。比如陆建德先生的《从查·帕·斯诺的〈新人〉看"两种文化"》对斯诺在两种文化争论中的创作进行分析，恰与本文涉及的福尔斯创作形成对照；潘家云的《"太多的理性是赤裸裸的疯狂"——〈收藏家〉中克莱格的伪理性剖析》触及科技理性的局限性问题；王卫新在其著作中也对"收藏家意识"和"极端科技理性"进行了批判反思。此外，福尔斯热爱自然，其小说创作中也有许多自然风景描写。但国内涉及福尔斯自然主题的文章往往是从生态女性主义视角入手，少有单独论述福尔斯风景书写的文章。

综上所述，国内福尔斯研究文章逐年增多，但分布不平衡。首先，从涉及作品上看，以《法国中尉的女人》为最多，然后是《收藏家》和《巫术师》。福尔斯后期作品较少涉及，一是因为迄今为止尚未出现中译本；二是后期作品实验性过强，可读性相对较弱，晦涩的文本增加了解读的难度。从解读视角上，多数文章将福尔斯定位为后现代主义作家，运用当代文学批评理论对其文本进行阐释；鲜有文章关注福尔斯小说（尤其是前期）的传统性，关注其作品对英国文学传统的继承，关注福尔斯本人从传统写实创作向现代实验创作的转变过程。因此，这也为本著的写作提供了契机。

本著作以福尔斯前期创作为主要研究内容，旨在从多个层面研究和梳理福尔斯小说对英国文学和文化历史传统的承继与拓展：其一是从英国"两种文化"论争的视角考察福尔斯前期创作；其二是论述福尔斯前期作品中对英国田园文学传统和乡村文化的继承与反叛。其三是梳理福尔斯前期创作对加缪和萨特存在主义自由观的借鉴，并对其引发的道德困惑和悖论进行反思。最后是分析其前期作品的艺术特色。通过文本细读和比较，

① 宁梅：《论约翰·福尔斯对"疯女人"形象和心理医生形象塑造的延续与创新》，《当代外国文学》，2008年第1期。

力图分析福尔斯作品的丰富美学涵蕴，并说明其诸多形式实验也是根植于传统文学。

作者以辩证的唯物观和历史观为根本指导，借助传记批评、历史主义批评、原型批评、形式主义批评等理论工具，采用文献梳理与文本细读相结合的研究方法，归纳作家作品对英国文学传统的承继以及作家坚持的英国传统人文价值观。

本著有以下创新之处：一是角度新，在国内首次从英国"两种文化"论争、英国田园文学的自然书写等语境和维度下解读福尔斯前期小说创作；对其早期小说中的存在主义自由思想批判地接受。二是文献新，美国德州大学奥斯丁分校兰瑟姆研究中的福尔斯手稿为研究提供了新资料，而两卷本《福尔斯日记》的出版也为研究福尔斯生平创作提供了最新最直接的材料。

# 第一章

# 代达罗斯与伊卡洛斯：
# "两种文化"之争与福尔斯小说创作

　　1959年，英国技术部副部长、物理学家兼作家查·帕·斯诺（C.P. Snow）在剑桥大学里德演讲中抛出"两种文化"的概念，提出所谓"斯诺命题"，即自然科学与人文科学的分裂和对立问题，激起剑桥的F.R.利维斯等人文学者的激烈回应，在英国乃至西方学界形成广泛持久的争论。斯诺还在小说创作中把科学工作者塑造为代表社会发展方向的"新人"，以此反衬他眼中自我又自私、怀旧而无德的文学知识分子形象。身兼博物学家和作家身份的福尔斯也参与了这场论争。他著文支持利维斯，并在前期小说创作中嵌入了其对科学与人文关系的思考，其作品也折射出作家对英国传统人文价值观的承继。然而，国内外福尔斯研究热点更多集中于其作品的形式实验，而对上述问题关注很少。因此，本章拟在英国"两种文化"论争的历史背景和现实语境下解读福尔斯的前期创作，而在此之前，先对此争论及其生成的历史沿革做一个简要概述。

## 第一节　英国"两种文化"之争的历史沿革

"两种文化"之争在英国乃至西方由来已久，有其特定的历史渊源和思想背景。斯诺——利维斯之争是19世纪以来浪漫主义与功利主义、赫胥黎与阿诺德、霍尔丹与罗素等诸次争论的延续。而从"知识形态"角度对其作出划分，则可以追溯至古希腊的亚里士多德，他在《形而上学》中即把物理学作为理论之学，探究作为本体的事物自身；而把伦理学、政治学划作实用之学，研究作为主体的人自身之行为。近代以来，在哲学认识论层面上对科学和人文进行辨析的脚步从未停歇，从笛卡尔、培根到斯宾诺莎及至康德、黑格尔一直争论至今。[①] 而早在文艺复兴时，从社会价值论角度对两种文化割裂问题的关注也已露端倪。文艺复兴时期对科学的重视程度不亚于对古典文学艺术的关注（罗素认为达·芬奇倾注于科学的心血就超过绘画[②]），几何学、光学、解剖学的发展让画家们受益良多。然而，在《"斯诺命题"今昔和科学史的文化功能》一文中，刘钝却提及意大利著名诗人彼得拉克"出于尊重人性和提倡道德的愿望"去批评医生。他在《对医生的指责》中写道："去干你的行当吧，去修理人的身体吧……你可以干如此卑鄙的勾当，让修辞学委身医学，让主人服伺奴仆，让自由的艺术从属于机械地艺术呢？"[③] 一百年后，美第奇家族的洛伦佐也在信中提及威尼斯的诗人和艺术家瞧不上帕多瓦的医生和科学家，表明那时已出现

---

① 参见孙慕天、刘玲玲：《两种文化问题的历史考辩》，《自然辩证法通讯》，1993年第3期。

② 杨自伍：《教育：让人成为人——西方大思想家论人文与科学》，北京大学出版社，2010年，第179页。

③ 参见刘钝：《"斯诺命题"今昔和科学史的文化功能》，收录于李泓琪：《理性、学术和道德的知识传统》，喜马拉雅研究发展基金会，2003年，第445—476页。

人文与科学二元分化的端倪。

19世纪以来，科学与人文的分化更是引起许多知识分子的焦虑。尤其是在工业革命率先发展的英国，许多有识之士关注并担忧两种文化的割裂可能会对人性和社会发展造成戕害。华兹华斯曾在其作品中反思科学发展对自然与人类造成的影响，赞誉能够提升人类心灵的"大写的科学"（即为知识而知识的科学探索），反对"仅应用于物质性生活"的"小写的科学"（即应用性的工程技术）。[①]其后，赫胥黎在《科学与文化》的演讲中对英国忽视科学教育的现状予以批判。他提出全面推广科学教育是工业进步的前提条件，并把其目标界定为"促进一国制造业和工业的繁荣"。教育急需发展的不是古典文学，甚至不是纯科学，而是应用科学。因此，他认为对于攻读物理的学生而言，人文教育（尤其是古典文学教育）浪费时间、误人子弟。在获得"真正的文化修养"上，专门的科学教育与文学教育有同样效果。他也承认工业是手段而非目的，若工业所得仅为满足欲望并降低人之品格，则看不出"工业和繁荣的益处。"然而，他借教育话题向人文文化发难还是招致了文学批评家马修·阿诺德的回击。在《文学与科学》一文中，阿诺德批评前者贬抑所谓"纯粹的文科教学和教育"，拔高所谓"明智、全面、实用的科学教育"。他敏锐地指出赫胥黎把古典文学仅等同于古诗文等"纯文学"有失偏颇。相反地，他强调文化的宗旨在于认识世界和自我，因此必须熟悉历代名家经典。所以，广义文学范畴远大于所谓"纯文学"，是包括《几何原理》和《自然科学的哲学原理》等科学著作在内的所有人类伟大经典，从而涵化了赫胥黎的学科分野企图。阿诺德尤其强调那些有助于构建人生发展的能力，包括品行能力、认知能力、审美能力、社交生活和人情世故的能力。然而，科学知识是一种"工具知识"，与"追求美的意识"和"品行意识"无法直接融会贯通。它培养的是"具有实用价值的专家"，但不是"受过教育的

---

① 谢海长：《论华兹华斯的诗与科学共生思想》，《外国文学评论》，2014年第4期，第193—205页。

人"。因此，他认为"我们文化的宗旨在于认识自身和世界"，最终成为具有完整人性和健全人格的人。[①]在《文化与无政府主义》中，他担忧"对机械工具的信仰"正在侵害英国人的价值观。对于"完美的心智"的追求与尊崇机械和物质文明相抵牾。后来，这场争论余波未平。赫胥黎的学生H.G.威尔斯致力于科幻文学创作，描述科学和工业发展对人类生活的巨大改变。其后，为了对抗科幻文学的乐观主义，同为牛津人文学者的C.S.刘易斯和托尔金则通过显示超自然力量的魔幻文学与之对抗，通过一种田园想象粉饰中古时代。

20世纪20年代，生物学家霍尔丹与大名鼎鼎的罗素又针对科学功用与人文价值展开一番论战。霍尔丹与罗素都身出名门，在挑战上流社会陈腐习俗上是一致的，但在对战争态度和科学作用的问题上却分歧较大。1923年，年轻的霍尔丹在剑桥一个名为"异教徒俱乐部"的社团做了题为《代达罗斯，或科学与未来》的演讲，并于1924年刊出。他对自然科学各领域的未来发展前景做出了大胆、准确而乐观的预测。许多预言如今都已被证实，如能源枯竭、环境污染、无性繁殖技术等。但对某些"科学"问题的讨论却触动了道德禁忌。他提及致幻剂的临床应用（比如能让工人延时高效地工作），并暗示实施"安乐死"的可能性。他还提出用药物而非监狱解决犯罪问题，而其优生学理论招致激烈争论但最终被付诸实践。当看到此理论在二战中被纳粹应用到对犹太人的灭绝屠杀后（他的第一任妻子是犹太人），他反思并否定了自己的激进科学假设。此外，他还激进地认为生物学家的研究打破了对上帝的盲目信仰，因而他们才是最浪漫的反叛者。面对人们对科学家的质疑，他宣称科学家勇于像希腊神话中的代达罗斯那样，承担孤独，意识到自己的可怕使命并"为之感到自豪"。[②]霍尔丹的激进言论让其自认为激进的父亲都如坐针毡。其同学兼好友赫胥黎则

---

① 参见［英］马修·阿诺德：《文学与科学》，收录于杨自伍：《教育：让人成为人——西方大思想家论人文与科学》，北京大学出版社，2010年，第81—85页。

② 参见［英］霍尔丹：《代达罗斯，或科学与未来》，《科学文化评论》，2011年第1期，第29—50页。

将其理论写进了小说《美丽新世界》，婉转地对其进行批评。

不久，罗素针锋相对地发表《伊卡洛斯，或科学的未来》一文，对霍尔丹"科技带来幸福"的盲目乐观表示怀疑。基于人生阅历和工作经历，老道而持重的罗素"不得不担心，科学会被用来加强统治集团的力量，而不是促进人类的福祉。"[①]针对《代达罗斯》所列遗传学和优生学的预言，罗素担心对其滥用会改变道德标准。作为自由知识分子的罗素对由科学技术可能衍化出的极权统治手段极为敏感。他设想为了达到某种目标，政府可能会把其认为不适合繁衍后代的个人进行绝育，尤其是会借机制裁各类反对者和反叛者。他还担心国家或其他形式的寡头政治组织通过医学手段控制人的性格进而固化人的阶级，"科学地"让无产阶级安于现状。他认为进步观念源自18世纪以来的启蒙思想和19世纪的实证主义思潮，理应被怀疑甚至被抛弃。科学绝不能代替道德，美好生活"既需要头脑，也需要心"[②]。

及至斯诺，他认为自然科学与人文（文学）的裂痕已无法弥合。他在20世纪30年代就开始思考关注这个问题，为H.G.威尔斯被代表文学精英的布鲁姆斯伯里团体排斥而鸣不平。1954年发表的小说《新人》已经涉及"科学的道德性""传统政治精英与科学精英的冲突"、对"文学知识分子"的批判等后来被广泛争论的主题。1956年10月，他在《新政治家》上刊发文章，正式提出"两种文化"概念，其中心思想是"科学文化"是一种"道德的文化"。在1959年的剑桥演讲中，他明确指出科学家和文人知识分子在当下缺乏交流，互相隔膜。较之赫胥黎，他更加激进的指出，"文学知识分子"自恋于个人的悲剧处境，将目光悲观地"投向过去"，无视社会公众面对的问题；他们执着于传统文化，无视甚至拒斥工业革命和科学技术进步为人类生活带来的诸多裨益，罗斯金、莫里斯、梭罗、爱默生一概如此；许多作家（如叶芝、庞德）政治立场反动，道德意识淡漠，因为他们的

----

① ［英］罗素：《伊卡洛斯，或科学的未来》，《科学文化评论》，2014年第4期，第6页。

② ［英］罗素：《伊卡洛斯，或科学的未来》，《科学文化评论》，2014年第4期，第18页。

影响才使得奥斯威辛集中营离我们如此之近。反之，科学"本身就有道德成分"，科学家是一群"新人"，关心民众疾苦，具有道德责任感。他们目标一致，共同努力，乐观地向未来迈进。较之文学，科学知识更容易冲破宗教、民族、国家等因素的限制，成为各阶层、各民族沟通的桥梁。而由于历史的原因，英国的社会体制、教育机制一直坚持人文传统，对科学家尤其是其中的应用科学家（工程师、技术员）有某种根深蒂固的偏见和歧视。他还略带讽刺的提到，青年科学家比文科毕业生更容易得到一份舒适的工作，《幸运的吉姆》主人公的抱怨就是失业文科生的抱怨。[①]斯诺的言论引发激烈争论，剑桥的利维斯博士无法容忍他对"传统文化"的指摘，撰文攻击其人其文。利维斯认为斯诺人为割裂个人状况和社会状况，忽视个体生命及其内在精神的差异性，个体的生命"不可通过任何方式综而论之，均等论之，或者以量论之"。他讽刺斯诺的乐观憧憬已呈现于美国社会，既包含"能量，骄人的技术，生产力，高档的生活水准"，也带来"生命枯竭——人性的空洞"。他强调科技进展会带来"层出不穷的变化"和"前所未闻的考验和挑战"，事关重大的各种决策不能仅仅依靠科学理性，而是需要真正的明智"把握全部的人性。"有鉴于此，他认为大学并不只是专家部门的配置，而应成为"人性意识的中心：认识，学问，判断力和责任心"。[②]隔岸观火的美国学者特里林则相对冷静地认为利维斯的反击太过火，对其观点基本是批判大于支持。同利维斯一样，他也注意到斯诺用部分现代主义作家的观点代表整个"文学知识分子"的观点，并由此滑向对文学乃至"传统文化"的批判。这种联系明显牵强附会，而对19世纪英国文人的批评也不符事实。他强调20世纪英国社会生活的诸多改观，恰恰源自19世纪柯勒律治、卡莱尔、穆勒、罗斯金、狄更斯、莫里斯等文人对工业革命和资本主义的持续关注与批判。从这个意义上，他认为斯诺的《两种文

① 参见［英］C.P.斯诺：《两种文化》，陈克艰、秦小虎译，上海科学技术出版社，2003年，第3—16页。

② 参见［英］F.R.利维斯：《两种文化？查·帕·斯诺的意义》，收录于杨自伍：《教育：让人成为人——西方大思想家论人文与科学》，北京大学出版社，2010年，第320—322页。

传统与现代：约翰·福尔斯小说研究

化》一文"大谬不然"。①科里尼则在为《两种文化》写的长篇导言中强调"斯诺命题"不只是学科论争，理应被每一个受过教育的公民关注和思考。他认为当下是"学科分化"与"学科间合作"共存的局面。前者关注各自领域，拥有自己的行话；后者则"着重于最大的共同框架，表现着一种共同的精神"。许多学科很难简单地用科学和人文的二分法归类，许多学者也兼具多重身份。但是某种割裂的思维方式仍旧存在，要警惕"科学/非科学"的简单二分倾向。他强调科学尤其是生物学的发展，会带来一系列伦理和实践难题。他还敏锐地指出，英国关于科学和人文的文化争论不仅仅是个思想学术问题，它"既微妙又高度紧张地"与体制身份和社会阶级分层问题纠缠在一起。斯诺作为技术官僚，明显提倡以"具有新阶级美德"的科学家作为社会管理者，类似观点早在19世纪的斯宾塞即以提出。科里尼不否认数据和科学知识的价值。但他强调当下世界面临的许多冲突源自"国家主义、民族偏见、宗教原教义主义"，这些因素与历史沿革、地域文化习俗、宗教信仰等因素联系更紧密，更多体现为文化和意识形态的冲突，远非科技发展的进步所能解决的。因此，"轻率地把决策过程规约为计量和测度，可能会有更大的破坏性。"②

　　然而，许多科学家也不同意斯诺的论点。在《科学与人文主义》一书中，著名物理学家埃尔温·薛定谔就极为怀疑技术进步和工业发展能给人带来幸福。他认为各个专家在其各自领域获得的有限知识并无太大价值。只有将其与其他知识综合并有助于认识人自身时，这种知识才有价值。因此，自然科学只有"在知识整体的语境中才有实际价值……超出这些限度，起作用的力量就不再是完全理性的了，而是源于生活和人类社会本身"。③

---

①　[美]莱昂内尔·特里林：《利维斯—斯诺之争》，收录于杨自伍：《教育：让人成为人——西方大思想家论人文与科学》，北京大学出版社，2010年，第415页。

②　[英]斯蒂芬·科里尼：《〈两种文化〉导言》，收录于《两种文化》，陈克艰、秦小虎译，上海科学技术出版社，2003年，第62页。

③　[奥]埃尔温·薛定谔：《科学与人文主义》，张卜天译，商务印书馆，2015年，第88—89页。

这种人文主义价值立场更贴近阿诺德与利维斯从社会和人生的整体把握世界和自身的观点。

近年来"文化左派"把科学也视为话语权力和修辞策略,对其进行认识论相对主义和政治意识形态的批判。对此,不少自然科学家开始反击。20世纪90年代出现两个标志事件:《高级迷信——学术左派及其关于科学的争论》一书的出版和"索卡尔诈文"事件①。它们旨在批判包括德里达在内的诸多人文学者对自然科学的妄议,在后现代语境下引发新一轮科学与人文的论争。诚如《高级迷信》所言,自然科学研究有完整的理论体系、严谨的研究方法和自成一体的话语系统。学术左派在了解不足的情况下乱扣帽子,以致闹出"诈文"笑话。然而,现在的科学研究日益与国家战略和商业资本联手,科研的目的性和功利性日益增强,并非19世纪绅士科学家那样无功利地探索。如今的科研已经与工商业紧密结合,甚至被纳入企业架构,成为其发展战略的重要组成部分。正是此语境下,学术左派才注意到科学在特定环境下会与特定利益集团形成利益共同体。更有人提出科学家的"阶级起源"控制着"研究方式的政治力量和文化力量",而科学知识的构建"是与政治和道德的社会的基本问题不可分离的"。其许多批判言论对科技盲目崇拜的倾向予以警示,对科技话语一家独大的趋势予以制衡。总之,两种文化之争有着漫长的发展史,斯诺命题绝非首创,它只是这一文化争论历史的一环。

## 第二节 认知与情感:福尔斯对 两种文化之争的思考

1962年3月,利维斯在《观察家》(*Spector*)上撰文抨击斯诺。约翰·福尔斯在3月24日的日记中表示"完全支持利维斯"。在他看来,斯

---

① 参见蔡仲、邢冬梅:《"索卡尔事件"与科学大战——后现代视野中的科学与人文的冲突》,南京大学出版社,2002年。

诺在公众面前的言论哗众取宠，但却令其声名鹊起。这是一件"荒谬"的事情。①在后来出版的哲学文集《智者》（*The Aristio*）中，他再次对此进行详细阐述。他首先强调每个人都应该对科学有个基本认识，懂得基本的"科学方法"。接着，他强调科学有两个特性，其一是能训练人们自我思考和发现的意识与能力，这是完全有益的。第二个特性则是双刃剑，即一种倾向于把整体分解成部分的分析方法，这种思维方式像药一样，既能治病，又具有副作用。工具理性和专业化研究趋势易造成认识上片面。纯粹的分析科学家倾向于把事物看成是各种可证实或证伪的原则，更是有许多学者断言人的最精确的工具是数学符号。他们就像点石成金一样，在自己的分析中赋予事物以原理或功用，在世界和他自身之间生成了各种需要分析归类的法则和原理。

对于这种趋势，福尔斯并不认同。他承认某些方程式和定理确实富有诗意。但其精确性是一种从错综复杂的现实生活中分解出来的特殊环境范围内的精确。竭力追求表达的最大准确性的诗歌，并不藉助于这种整体分解。科学总是要细致准确地把握事物；但诗歌却努力从总体上宏阔地把握外在世界和内在情感。对于人来说，艺术经验和实践并不比科学发现和科技实际应用次要。它们以不同的方式认识世界和我们自身，理应是相辅相成而非互相对立的。福尔斯认为艺术之于人的特殊价值，在于它比科学更接近现实存在；与科学不同，它不受逻辑和理性的支配，因此，它实际上是一种不受约束的活动，然而鉴于某些必然的和正当的原因，科学却是范围狭窄的、专业性很强的活动。所以对艺术有利的最后和最重要的论据是：它是人与人之间最好的——即最丰富、最复杂和最易于被理解的交际手段。因此，伟大诗人的"卓越概括"绝不是假方程式或者假定义，因为他们所概括和为之下定义的那些现象和感情确实存在，况且也不大可能用另外的什么办法来概括它们或为其下定义。含有大量意境的语言在多义性

---

① John Fowles. *The Journels* I (1949–65), ed by Charles Drazin, New York: Alfred A.Knopf, 2005, p.500.

和模糊性中含义隽永，只有诗歌才能容纳下这种意境或意味。福尔斯特别强调，较之科学，即便是最简单的艺术，对真理的反映也要更复杂："伟大的艺术，像熔炉一样，十行《麦克白》的诗句，几节巴赫的乐章，伦勃朗画布的一角就能够浓缩出一个思想的星系"因而，文学艺术也更能承担科学无法完成的"人性教育"之责。[①] 颇为有趣的是，在《高级迷信》第四章，著者一上来并未展开理论分析，而是引用了吉尔伯特诗歌《佩欣丝·本罗恩之歌》中的一段来表达自己观点。[②] 这恰为福尔斯的论述做了间接证明。当然，这并不是说科学不如艺术，而是说，科学有着不同的目的和用途。福尔斯就此解释道，所有伟大的科学家从某种意义上都是艺术家，反之亦然。只要他们有着同样的目标：接近、发现、表达和求证真实。所有严肃的科学家和艺术都是为了追求真理。有些科学法则与伟大艺术相似，也能将纷繁的现象凝练为一句话。但这一句话往往是对现实的抽象，而非浓缩。他还特别关注神秘性，认为艺术自身本质上的神秘性使其总是超越科学而更具有预言性。科学所做之事能够或可能为机器所承担，然而艺术则不行，因此，艺术比科学更复杂。

然而，福尔斯特别注意到一种荒谬的时代特征——艺术的"科学化"。他发现有一种将艺术品也视为科学研究对象的倾向，艺术品也需要分析、归类，以便更深入地理解它。因此，需要一种艺术史和艺术批评的"科学"。这种"科学倾向"试图通过分析消除艺术的"神秘性"，而这恰是艺术努力追求的。科学极力祛魅，而艺术则力图返魅。这就极其荒谬地把艺术归置到科学之下。为此，福尔斯强调自己致力打碎一种概念——艺术是一种"类科学"（pseudo-science）的观念，一种艺术是可"认知"的观念，"就像认识电路或兔子胎儿那样认识艺术"[③]。

福尔斯认为，与这种"科学"艺术观相伴生的是艺术"技术化"倾向。

① John Fowles. *The Aristos*, Boston/Toronto: Little, Brown and Company, 1970, p.151.

② ［美］保罗·R.格罗斯、诺曼·莱维特：《高级迷信：学术左派及其关于科学的争论》，孙雍君、张锦志译，北京大学出版社，2008年，第81页。

③ John Fowles. *The Aristos*, Boston/Toronto: Little, Brown and Company, 1970, p.153.

例证之一就是在美国出现的一种名为"创意写作培训"的专业训练——经此指导，人们就能掌握创作的"技法"。他并不否认伟大艺术家的创作技法，而是反对仅仅从技术层面教授创作技法，这会限制人的视野。他强调掌握技法的同时，还要培养情感敏锐性，只有这样才能真正有创造性。因此，他批判当下教育系统太偏向技术层面，过多关注艺术史、艺术门类和艺术鉴赏，而不关注真正的艺术创造性培养。福尔斯显然不认同诗歌是可以"做"出来的观点。他更倾向于天才论、灵感论，看重想象能力，注重神秘性。这些表明福尔斯既具有某种浪漫派思想，又具有某些精英文化意识。

他还非常尖锐地指出当代科学研究的集体化、联合化使科学家不同于以往那种为知识而知识的自娱自乐式的研究。科学家的利益与国家和统治阶层有联系。当代科学家有着两面性："科学"的道德与"社会"的不道德。现代科学家有成为国家奴隶的内在趋势。许多科学家强调科技改变人们的生活。然而，事实是许多科学研究过于理论化，与人们日常生活很疏远。而对普通人日常生活影响更大的往往是那些习而不察的习俗和文化。因此，我们应更关注人文教育，让人们意识到那些破坏公正、公平的，愚昧盲从的或冷漠的意识，这些都危害着社会。从这个意义上，福尔斯继承了英国文化中对科学伦理关注和批判的传统，他所谈到的问题，被后来的学术左派们继续深入研究。

其后，在《自然的本质》一文中，福尔斯提及有人让他回顾斯诺与利维斯进行的两种文化之争时，再次声明自己支持利维斯，认为斯诺"因为一个偏颇的理由且在错误的领域"掀起一场错误论争。他通过"梳理自己对两种文化的思考"，把问题转化为认知（Knowing）与情感（Feeling）的问题。他认为与早先对科学的轻视大为不同，现在形势发生逆转。就像男性对女性的长期压制一样，认知也或隐或现地压制情感的表达。整个社会、生活和意识日益为认知和科学固执地占据，"如果说无知是一种罪过，那只顾情感简直就是原罪。"①

---

① John Fowles. "The nature of nature", *Wormholes*, London: Jonathan cape, 1998, p.344.

福尔斯认为，对于一个完整的人来说，应该完整地拥有认知和情感能力。然而，社会和学校却正通过政治和教育训练年轻白蚁们（青年）适应社会，但会功利而固执地把上述两大因素拆开。他强调自己并非无知地"谴责科技是灾难或异端"，对我们"文化或文明进程的进步表示怀疑"，而他也不是一个斯诺笔下的"卢德分子"。相反，他钦佩自达尔文以来那些心智健全的科学创造，更不用说如今的信息革命。然而，正是通过研究化石，他对科学的坚实基础产生怀疑。他认为弗兰肯斯坦的出现就是对人类的警示，但科学领域正在乐观地产出新的弗兰肯斯坦。福尔斯强调，科学认知过程中不断增加的分类和命名，一方面让我们看到事物，一方面又遮蔽事物，"世界被各类名字、标签充斥着，以致于我们无法看到自然本身。"因为"现在的逻辑是，一个事物没有被命名，则它就是看不见的"。①社会、经济等各种因素合谋了这种短视，"存在"的"情感"部分总是被遮蔽。就像斯诺所倡导的那样，人们漠视时间，看不到过去种种，只相信我们必须活在当下。我们像审查员一样挥舞着剪刀：不是按照现实，而是按照我们所认为的重塑现在。

福尔斯强调自己仍然认为斯诺一类人是严重错误的。在他没有弄清"现实"究竟怎么回事时，就坚持认为"情感"重要性远低于"认知"。问题的关键不只是本体论的，而应是认识论的；不只是理解事物的本性，而应是理解"如何理解事物"。任何真正的科学认知，都与感情一样，只能是部分性的。企图用适当的科学词汇去描述感觉就像用黑白色去表现生活，只能得到近似结果，却远非现实。仅从认知角度永远不能真正掌握科学，认知与情感其实是纠缠混杂的共生体，这种边界之争很愚蠢。有些讽刺的是，斯诺在自己的小说中却列举了两种科学启示：更高的一种"倒更接近（在我看来是等同于）通灵说的主张者所经常描述的那种经历——意识到与神明相沟通"。另一种启示"更为积极"，是"领会了扭转乾坤的

28

---

① John Fowles. "The nature of nature", *Wormholes*, London: Jonathan cape, 1998, p.346.

诀窍"，要"把世界掌握在手心之中"①。他还认为所谓"纯科学家"更多的是需要想象，而"制造硬件"等工作则由工程师和技术员去完成。面对斯诺的"两极"说，他针锋相对地指出："我们处于一个被科学掌控的时代。然而，有科学一极，就要有相反的一极。科学家所分离的，必须要有人去综合……科学家去人性化的，就必须有人坚持人性化"②。

福尔斯认为世界变化太快，科技日新月异，想完全认识它几无可能，我们不能仅仅接受无数的新科学真理，而是要关注每个个体在品味、信念、意见等体现出来的感情。因此，他很庆幸"命运"让其至少在某些方面成为一个艺术家和唯美主义者。若让他描述人类未来图景，他会把作家和博物学家排在技术专家（technologist）之前，并称自己不会乐意"伪科学怪癖们"像预言家一样告诉他"只能以某种被支持的科学方式去了解世界"。他承认艺术建立其现实的过程很缓慢，但它对实现人类更普遍意义上的价值的作用不能被忽视。

需要注意的是，福尔斯一生热爱大自然，著有《树》《岛》《巨石阵之谜》等一系列研究英格兰自然景观的书。作为一位业余的鸟类研究者，他更喜欢被称为"博物学家"（naturalist）而非作家。因此，与斯诺自认为横跨科学——文学两大领域相似，他也认为自己兼有博物学家/作家双重身份，对两种文化之争是有一定发言资格的。但是，如其所言，他对斯诺的批评并非反对科学，诋毁科学的价值，而是反对科学（尤其是应用性、技术性科学）话语"一家独大"的趋势。正如薛定谔在前述演讲中所强调的，在促进"人类社会状况的实际进步"方面③，科学与历史学、语言学、音乐史、绘画史等人文艺术学科没有任何不同。

由于自身也是作家，斯诺关于"两种文化"的思考也被其写进小说。前文提及的《新人》即是明显的一例。陆建德先生曾在"两种文化"之争

---

① ［英］C.P.斯诺：《新人》，程雨民译，山西人民出版社，1984年，第52页。

② John Fowles. *The Aristos,* Boston/Toronto: Little, Brown and Company, 1970, p.151.

③ ［奥］埃尔温·薛定谔：《科学与人文主义》，张卜天译，商务印书馆，2015年，第85页。

的历史大背景下对该书进行鞭辟入里的解读。[①]他发现作者在貌似公允的态度下并非一视同仁。小说中的科学家们为了国家利益放弃种种享受，废寝忘食地工作，甚至不惜伤害健康。而以汉斯金为代表的文人却仍旧在矫情的自私自恋中忘我陶醉，甚至勾引科学家的妻子。作者甚至不惜对汉金斯做一种夸张扭曲的丑化描写，意在衬托马丁等一众"新人"科学家。因此，斯诺小说中浮夸自私的人文知识分子形象自然令利维斯等人文学者不快。福尔斯也认为很难从他那沾染着学术语言和中产阶级势利味道的作品中发掘出什么来。他对斯诺观点持有异见，也不认同其在小说《新人》等作品中塑造的所谓"新人"（New People）群体，尤其是马丁在小说中后期所表现出的功利性和冷冰冰的情感（作者在结尾处为了冲淡这种功利和冷漠又蓄意拔高他，转折很突兀）。有趣的是，小说叙事者、艾略特在实验室发现弟弟马丁用"一种占有的、几乎是好色的眼光"注视着装有制造核武器必需材料的袋子。艾略特补充道："我曾见过收藏家有这种表情。"它既形象地刻画了马丁对拥有成功的渴望甚至贪婪，也颇为巧合地暗合了福尔斯的首部小说。他也将作品《收藏家》（The Collector）置于"两种文化"之争的背景框架中，通过讲述一个金钱、工具、技术、贪欲、幻想合谋的绑架案以及对男女主人公对立言行思想的描写，分析人物所体现的诸多时代病症，对"两种文化"的冲突和斯诺的《新人》做出自己的反思和回应。

## 第三节 "极端的理性是疯狂"：
## 《收藏家》对斯诺的反驳

《收藏家》讲述了社会下层男青年克雷戈（Clegg）得到意外之财后，绑架囚禁女学生米兰达（Mirada）并最终致其死亡的故事。小说出版后并未引

---

① 参见陆建德：《破碎思想体系的残编——英美文学与思想史论稿》，北京大学出版社，2001年，第152—168页。

起英国评论界太大关注。约翰·福尔斯就在一次访谈中抱怨其作品"在英国仅仅被当作惊悚小说，算不得严肃文学。"后来，人们则发现小说"除了借用惊悚小说的形式外"，还有许多更"深刻的意图"。[①]

克雷戈有着标准科学理性的思维模式和言行方式。出于职业习惯（在税务所处理"分类账"），他对数字表述准确严谨：可以脱口说出父亲、姑夫去世的年份和自己当时的年龄；对彩票奖金精确到个位数；在笔记本上准确记得某次近距离观察米兰达用了35分钟（这种对账目和数字的敏感让人联想起笛福笔下的鲁滨逊）。他对米兰达的绑架也经过科学而精密的设计，思维缜密，行动高效。为此，他会整夜琢磨计划，坐到囚禁房间里设想她能采取的所有逃跑办法，甚至整晚睡在里面测试氧气是否够用。为了防止米兰达改动电路伤害自己，他把屋内所有器具换成塑料或铝制品，穿着胶鞋，不随便碰任何开关。在处理米兰达尸体时，他也自诩事情干得挺"利落"（原文用了scientific一词[②]）。与此同时，克雷戈对人文艺术却是一窍不通，不懂美术和音乐鉴赏，不读文学作品，甚至连希腊神话人物坦塔罗斯和狄更斯小说《远大前程》的主人公都不知道，唯一的爱好只是收藏蝴蝶标本。他也曾试图模仿诗人或画家的语言描绘米兰达的美，却发现自己只能用"一只黄斑玉蝶"这个名词来替代"难以言传""难得一见""美不胜收"这样一些形容词，哪怕是暗中观察米兰达的日记也被其称为"昆虫学观察日记"。长久以来对蝴蝶标本的制作收藏和分类命名，使其形成一种工具化、技术化而非审美和情感化的表述方式。在其眼中，"标本"成为衡量和表达它物的尺度：妓女"像被挑拣过的一个标本"，国外美术展品就像"异国蝴蝶标本"，绑架米兰达则像捉了一只"西班牙蝴蝶王后"一样。对因果逻辑、功用效能的看重远大于对情感体验和艺术欣赏的关注。当米兰达指责他制作标本、收藏蝴蝶是"扼杀

① Ellen Pifer. *Critical Essays on John Fowles*, Boston: Massachusetts: G.K.Hall&Co., 1986, p.1.

② John Fowles. *The Collector*, Boston: Little, Brown and Company, 1980, p.254.

美""收藏美"的守财奴行径时，克雷戈却是感到很扫兴："她这些话实在太蠢了。一打标本对于整个物种能有什么影响呢？"①这种数字的比较让人想起《新人》中的一个场面：面对一颗原子弹造成三十万人当场毙命的事实，多数人只当自己按要求做了工作，"不必动什么感情。"他们感到自己只是在尽"社会义务"，无需辩解，"要他们计算他们就计算，事后把文件向上一交就算数"。②工程师皮尔森听到落在房屋周围的炸弹时，能准确判断出距离自己有多远，并在得知自己所处楼层后立即算出安全系数。然而，当他听到自己参与制造的原子弹被投放于广岛和长崎后，没有一点不安或忏悔之情，只是简单说了句："不关我的事。"他们更关注的是抢在德国人和俄国人前边做成核弹项目，至于死人则是在所难免。小说甚至又做了一个数字辩解："我们把数量间的比例搞乱了，他说。科学杀死一个相当的数量，但是它救活的是一个大得多的数目，简直不能同日而语。"③在巨大的科学/军事成绩面前，平民的伤亡成为可容忍的条件和成功喜悦的背景。正如克雷戈捉到喜欢的蝴蝶时，会"满怀喜悦"地看其无力地挣扎和渐渐晾干。生命的陨落没有给其心灵带来痛苦和反思，而是洋洋得意于自己从大自然缴获的战利品。正如华兹华斯在诗中所谴责的："大自然带来的学问何等甜美！我们的理智只会干涉，歪曲了事物的美丽形态，解剖成了凶杀。"④他那发达的实用主义工具理性取代了人性中应有的"恻隐之情"。正是这种典型的工具理性把人类经验归约为数量、测度和管理的"技术边沁主义"，在重视"整体"的借口下却忽略个体感受。如若缺乏人文关怀精神，此类工具理性将导致知识优势转化为权力优势，从而形成冰冷的技术霸权和技术统治。小说中，触景生情的米兰达对这种科学理性和科学家激动地表达了愤慨之情：

传统与现代：约翰·福尔斯小说研究

---

① 约翰·福尔斯：《收藏家》，李尧译，上海译文出版社，1999年，第58页。
② ［英］C.P.斯诺：《新人》，程雨民译，山西人民出版社，1984年，第132页。
③ ［英］C.P.斯诺：《新人》，程雨民译，山西人民出版社，1984年，第88页。
④ 王佐良：《英国诗选》，上海译文出版社，2011年，第214页。

"我恨科学家，"她说。"我恨那些收集物品，把事物加以区分、命名，然后又把它们全然忘到脑后的人。人们对艺术界人士也常常分门别类。把画家分为印象派画家或立体派画家，或者别的什么玩意儿，然后把他们放进装卡片的抽屉，再也不把他们看作是活生生的、各不相同的人。"①

这段话出自米兰达之口略显突兀，有作者传声筒之嫌（年少的福尔斯也喜欢捉蝴蝶，后来有感于这种行为的残忍而放弃，并认为"对其他生命毫无意义的毁灭是不可想象的和罪恶的"），与斯诺对科学家的大加赞扬唱反调。在《新人》中，科学家制造出核弹后又对政府和军队将其投入使用而愤慨。斯诺想以此强调科学的"道德性"和科学家的道德形象。然而，小说主人公马丁要发表对核弹的谴责声明，却暗含着博取眼球和名利的功利动机。而以卢克为代表的科学家们的中立甚至道德立场，在英国那种"下层军官式的爱国主义"和暗藏的冷战意识形态面前也举步维艰。而且，这种"爱国情怀"加"埋头苦干"的科学家形象更像是"单向度的人"，缺乏丰富的人生阅历和细腻的情感体验。卢克为了不耽误科研时间在生活面前"一直裹足不前"，别人二十岁时能应付的问题令他在而立之年还不得其解。如他后来所言："我不甘心身处事外。有时候我想要看到所有的地方，读所有的书，同所有的女人私通。"②斯诺的逻辑是科学家因为掌握知识，所以对事物发展有一种敏感性和前瞻性，因而更具有道德性。然而道德判断的标准不由数字、公式、方程提供，而是源自传统文化中的人文教育。如若头脑中只有科学知识，而缺乏生活的智慧，斯诺笔下的科学家是否还能够作出所谓道德判断？

小说中，恰恰是美术生米兰达在发传单反对制造氢弹。而克雷戈面对这种"无能为力"的事情，就如《新人》中的某些科学家一样漠不关心。

---

① 约翰·福尔斯：《收藏家》，李尧译，上海译文出版社，1999年，第58页。
② ［英］C.P.斯诺：《新人》，程雨民译，山西人民出版社，1984年，第67页。

米兰达对此大加批判，认为自己先前所为实属浪费精力。正如辛菲尔德所言："随着英国参与军备竞赛，奉行单边主义。年轻一代已不再关心公共事务，也厌恶了这个信念：科学可以解决人类的问题。"[①]克雷戈某种程度上是"新人"阶层的一员（尽管米兰达曾一度认为他"不典型"），接受职业教育，从事一份与工商业相关的工作。福尔斯则有意让这个新阶层的某些特质在其身上得到夸张的表现。

他两岁丧父、母亲出走，因而缺乏一个正常人应有的情感体验和道德判断力。同《局外人》的莫尔索一样，克雷戈提及自己的母亲也形同路人："她是个娼妇"，"要是她还活着，我也不想去见她。我对此毫无兴趣"。[②]他自视甚高，与同事关系冷淡，视其为"卑鄙""心地肮脏"的小人。他不信宗教，瞧不上笃信新教的姑妈一家，发财之后首先想到的就是逃离她们，并"理智"地认为身患残疾的表妹该被遗弃。这种理性的科学分析令人惊骇。

小说最后，当克雷戈处理完米兰达的尸体后，又将目光瞄向下一个女性，只不过"这一次已经不是什么爱情了，只是一种兴趣。还希望能做一番比较"。[③]话语中没有对逝者的留恋，没有对罪行的忏悔，有的只是分类、比照的冰冷语调，就像在比较两个不同的标本。而这冷静理智的背后却透出一种非理性的疯狂。有论者就引用狄金森的诗句"太多理性是赤裸裸的疯狂"来形容克雷戈。[④]人文教育的缺失使得他没有建立起阿诺德所谓的"完整人性"。

与之相对，米兰达则是斯诺所谓的"文学知识分子"（或凡勃伦眼中的"有闲阶级"），家境殷实，受到良好教育，有很好的艺术修养。她非常重视艺术和审美，看待事物只关注美丑不考虑好坏。在其眼里，艺术和

---

① Alan Sinfield . *Society and Literature* 1945-1970, London: Methuen&co Ltd,1983, p.32.

② 约翰·福尔斯：《收藏家》，李尧译，上海译文出版社，1999年，第5页。

③ 约翰·福尔斯：《收藏家》，李尧译，上海译文出版社，1999年，第311页。

④ 潘家云：《太多的理性是赤裸裸的疯狂——〈收藏家〉中克莱格的伪理性剖析》，《当代外国文学》，2009年第1期。

生活不是分开的，而是合二为一的"艺术地生活"。米兰达继承了英国文人热爱"乡村和大自然"的传统。即便在忙乱、充满功利竞争的伦敦，她也能从音乐中联想到自然美景，体会到宇宙的奥妙。被绑架后，她仍在日记中回忆着郊游的美景。即便是被绑手蒙眼地在花园做短暂逗留，她也会尽情呼吸泥土和青草的气息。颇为讽刺的是，这个在她心中诗意盎然的别墅花园在克雷戈那里只有一个功用——吸引蝴蝶。作为新人，他更喜欢那种现代化的、有电器设备的住宅，无法像米兰达那样欣赏老别墅的建筑之美和历史之美。文中有一处细节反映了这种差距：在有壁炉的客厅里，克雷戈却开电炉取暖，只是在米兰达的一再要求下，才改用木柴点燃壁炉。而在克雷戈的梦中，他和米兰达本应该是"在一幢漂亮的、现代化的住宅里，在一个装着落地式玻璃窗的大房间里工作"[①]。20世纪60年代，英国多数建筑基本弃用那种纤巧装饰线条，取而代之的是"带有国际风格的玻璃饰墙方盒式高层建筑……显得笨拙沉闷、黯然失色"[②]。克雷戈却不止一次提到喜欢大玻璃窗，不禁让人联想到伦敦世博会上以铁架玻璃窗构建的"水晶宫"和它所象征的工业成就与现代化文明。这种对比也折射出两种文化背后的不同价值观——审美和功用，小说的一个细节则揭示了新人的另一特点：

中奖后，克雷戈买了最好的莱卡相机，学着美国杂志和影视剧的样子，去偷拍色情照片。笔者在此无意对偷窥行为做心理分析，而是想强调它暗示了某种消费和享乐风气的悄然兴起。二战后，随着工党上台后推行的一系列经济改革和社会福利政策，战后一代的物质生活日益富足。1957年，英国青年在服装、唱片、乐器和收音机上的开支是8亿英镑。到60年代，他们这方面的开支远超过此数。商业广告和科技进步带来了一个享乐主义时代，带来了"这个时代的新造物主——科技创造的无穷无尽的产

---

① 约翰·福尔斯：《收藏家》，李尧译，上海译文出版社，1999年，第4页。
② ［美］克莱顿·罗伯茨等：《英国史（下册）：1688—现在》，潘兴明等译，商务印书馆，2013年，第564页。

品"①。利维斯在批判斯诺时谈到现代社会丧失了谈论能赋予生活以价值的能力，而代之以"繁荣""提升生活标准"的空洞口号，用物质享受指代生活幸福，而斯诺作为英国政府的"技术官僚"就成了"消费社会的先知"②。小说中，克雷戈疯狂的消费行为佐证了这一点，他在很短的时间内购起了车房，消费色情杂志，偷拍色情照，喜欢"时髦的东西""现代化的东西"。这种无节度的消费，在囚禁米兰达后变本加厉，购物成为他每日的必修课。表面看似是米兰达在消费，实际上却是克雷戈在"消费"米兰达的消费。当米兰达提出要买香水时，他竟然一口气买下十四种。在其眼中，数量而非质量决定了生活的好坏，显示出购买者的能力和地位，而这种暴发户式的消费心态也招致前者的揶揄：

> 我恨 G.P 称为"新人"的那种人，那个新派生出来的阶层，那个拥有汽车、金钱、电视机以及一切低级趣味的阶层。他们拜倒在资产阶级脚下，愚蠢地模仿他们的生活方式。③
>
> "新人"们实际上还是穷人。……穷人没有钱，而他们没有灵魂。……你只能看到财富、财富，就是看不见一个人的灵魂。
>
> 他们忘光了旧日的德行……他们认为，唯一的美德便是捞更多的钱，花更多的钱。④

上述对"新人"的讨论，更像出自福尔斯本人之口，让人听出了从卡莱尔、罗斯金、阿诺德到利维斯一脉相承的声音——对工业社会功利主义和物欲追求的怀疑与拒斥，对人文精神、完整人性的秉持，对生活根本目

传统与现代：约翰·福尔斯小说研究

---

① ［美］克莱顿·罗伯茨等：《英国史（下册）：1688—现在》，潘兴明等译，商务印书馆，2013年，第553页。

② ［英］斯蒂芬·科里尼：《〈两种文化〉导言》，陈克艰、秦小虎译，上海科学技术出版社，2003年，第29页。

③ 约翰·福尔斯：《收藏家》，李尧译，上海译文出版社，1999年，第232页。

④ 约翰·福尔斯：《收藏家》，李尧译，上海译文出版社，1999年，第233—235页。

的的追问。诚然，任何一个问题都要放到具体历史背景和现实语境中去分析，上述文化先贤大多衣食无忧，也许无法体会由穷转富以后过度消费的补偿心理。在没有解决温饱之时，完整人性、生活目的之类概念倒显的大而无当。正如斯诺所言，"当一个人的基本需要已经得到满足而其他人没有时，一定不要鄙视这一需要。"① 然而，利维斯们所担心的是物质的享乐会激发人们更大的占有欲望。恰如彼得·伍尔夫所言："品质让位于数量。为了获得更多，收藏家们会积聚更多，杀掉更多生命。每件东西都成为目标。"② 整个故事的现实起点恰是那笔降神似的飞来横财，它激起了克雷戈将占有（收藏）米兰达的幻想转为现实行动的欲望。

然而，手握巨款的克雷戈在大肆消费的同时，却产生了身份认同的焦虑。尽管他也一度去读趣味高雅的报纸、去美术馆，希望自己能与米兰达交流，不至于显得太无知。然而，文化修养、艺术品位的培养却不像买车购房可以立即兑付。对此，他有清醒而敏感的体味：

> 人家对我们的尊敬只是流于表面，如此而已，他们实际上看不起我们有了这么多钱却不知道怎样去花……你就是挥金如土也没用。我们不管说什么话，做什么事，都出漏洞。
>
> 餐厅里每一样东西似乎都在小瞧我们。因为我们不是按照他们的生活方式培养出来的。③

在此，克雷戈反复使用"我们""他们"表达自己的疏离感和对立感。如前文所述，在恪守英国传统时，教育背景是与社会阶层密不可分的，而划分标杆是文化而非财富。系统的古典人文教育或有闲的、为知识而知识

---

① ［英］C.P. 斯诺：《两种文化》，陈克艰、秦小虎译，上海科学技术出版社，2003年，第66页。

② Peter Wolfe. *John Fowles*: *Magus and Moralist*, London: Bucknell University Press, 1979, p.67.

③ 约翰·福尔斯：《收藏家》，李尧译，上海译文出版社，1999年，第8页。

的科学研究（比如数学）是英国上流社会显示高贵出身和教养的标志，受过传统教育的上层阶级继续统治着英国的公众生活。所以，与美国、德国、日本等国不同，英国富有的工商业资本家仍会首选把子女送往伊顿、哈罗等公学和牛津、剑桥等名校接受古典教育。正因如此，"两种文化"之争就不仅是一个思想文化问题，还是一个利益格局问题，有着具体的时代语境。平民出身的斯诺通过演讲和小说对科学、科学家（尤其是出身平民的工程技术人员）的声援就暗含了某种政治利益诉求，科学与人文、平民与贵族、"我们"与"他们"等概念在此统一起来。正如斯蒂芬·科里尼所言："'两种文化'分裂的思想已经与广泛的社会和道德态度交织在一起了……阶级的问题处于这一发展的中心。"①

小说中，克雷戈一直对公学的青年学生既妒又恨，认为自己缺乏他们那种特有的口音和言行风格。因此，他极力要跳出先前的生活圈子和所在阶层。在中得彩票后，他再也不想和安妮姑姑以及表妹梅波尔在一起，因为她们属于"那种从来没离过家门的小人物。"②这种心境变化和行为选择不由让人想到《远大前程》中的主人公皮普。后者在得到匿名资助、接受上等教育后，也看不上从小生活的铁匠铺子，刻意回避抚养其长大的姐姐和姐夫。此外，皮普也像克雷戈一样痴心于一个高于自己阶层的小姑娘埃斯特拉。因此，小说中米兰达问克雷戈是否知道皮普时，似乎也是在暗示他们的相似性。然而克雷戈从来不读文学经典，也就无法明白米兰达的暗示。绑架米兰达之后，文化修养的欠缺亦成为克雷戈的阿喀琉斯之踵，屡遭嘲笑。在米兰达眼中"有自己灵魂"的老别墅，被克雷戈用妇女杂志上的装饰风格弄得不伦不类；他用卖价衡量画作优劣，不懂其艺术价值；米兰达向其推荐的文学名著，他只是数着页数完成任务。对克雷戈来说，米兰达谈吐中流露出的教养以及举手投足间的优雅令其深刻意识到他们不

---

① ［英］斯蒂芬·科里尼：《〈两种文化〉导言》，收录于《两种文化》，陈克艰、秦小虎译，上海科学技术出版社，2003年，第35页。

② 约翰·福尔斯：《收藏家》，李尧译，上海译文出版社，1999年，第11页。

属于一个阶层。他曾在梦中描绘了自己和米兰达平等和谐的画面："她画画儿，我整理收藏品。她总是那样爱我，爱我收藏的蝴蝶……我们是惹人喜欢的男女主人……"然而，随后的一句彻底颠覆了先前的平等："尽管为了不说出什么外行话，我几乎总是一言不发。"①文化上的自卑感和由此带来的疏离感已深入其潜意识。曾信奉"金钱就是权力"的克雷戈逐渐发现，文化优势而不是金钱多少，让他和米兰达的权力关系发生了某种反转：被囚禁的米兰达每日吃新鲜蔬菜水果，读名著，听音乐，看画册，写日记，就像一个后宫佳丽，除了不能越出"宫门"，生活所需应有尽有。而囚禁者克雷戈则要做饭，购物，清扫，活像一个男仆。由此，克雷戈由于身份的错位产生了自我认同的焦虑，拥有财富和行动自由的他在精神层面反而更加"幽闭"，在孤独中逐渐失去自我。但是，福尔斯在对克雷戈一类新人批判的同时，也较客观公允地描写了米兰达所代表的人文知识分子的某些问题。克雷戈身上的某些"时代症候"在自诩为"少数精英"的米兰达身上亦有体现。

福尔斯在评论《收藏家》时专门提到赫拉克利特哲学里"少数"（hoi arisoi）与"多数"（hoi polloi）的对立：

> 赫拉克利特把人类分为两类：一类是有道德、有知识的精英（aristoi）；另一类是盲目，附和大众的民众，他们占大多数（polloi）。……但是我说的少数与多数是按个人而非群体划分。简言之，每个人都不完美，也不全坏。②

在日记中自封为"少数人"的米兰达自认为占据着知识乃至道德的优势，用福尔斯的话说，是一个"自大的势利眼"。她毫不掩饰这种优越感，曾猎奇一般地与朋友去伦敦东部贫民区闲逛。她称克雷戈为"凯

---

① 约翰·福尔斯：《收藏家》，李尧译，上海译文出版社，1999年，第4页。

② John Fowles. *The Aristos,* Boston/Toronto: Little, Brown and Company, 1970, p.9.

列班"，视其为"两个阶层之间的牺牲品"。长久以来，英国的社会文化与教育制度中根深蒂固地存在着一种认识：人文艺术（尤其是古典文学艺术）是高级的；而实用科学和工程技术等知识则是低级的。与之相配，英国的上层阶级以通晓古典文化艺术为荣，而认为那些应用技术知识是下层阶级需要掌握的。因此，当米兰达教育克雷戈欣赏艺术时，她充满了文化上甚至道德上的优越感。她在嘲讽"新人"们消费汽车、电视等商品时，并未感觉自己让克雷戈高价购买一个18世纪的椅子有何不妥。因为这种消费方式在性质上是"按照传统的礼仪标准与德行标准进行的对真善美的欣赏和享受"①。而根据马丁·威纳的观点，英国上层社会的重大成功就是维持了文化领导权，并将自己的文化价值观灌输到了社会各个阶层。② 所以，从小生于斯长于斯的克雷戈在表面上接受并适应了这种文化差异和阶层差别。被绑架后，米兰达的优雅和克雷戈的宠爱让二人在多数时间内平静相处，"像两个已经结婚多年的人"。③

然而，当人身受困的米兰达高傲甚至固执地要按自己的意志教育和改造克雷戈，试图将文化优势转为现实控制力时，文化的冲突便演变为意志与权力的较量。米兰达践行艺术生活的理念，只关注审美，不考虑功用。她认为形象丑陋的装饰品不值得存在，以个人喜好宣判克雷戈家中装饰品的生死存亡，却从未反思她的所谓标准其实也是一己之"偏见"。她批判克雷戈偷看《盖世太保秘闻》，却又声称平庸的人是文明的大敌，险些让自己滑入纳粹思想的泥淖。正如凯伦所言："在某种程度上，米兰达也是像克雷戈一样不愿意改过自新的收藏者。"④她在日记中将自己被帕斯顿改变的生活习惯分类列出：比如献身艺术、不要过分热情，政治偏左，不要读廉价报纸，不看电影，不听无线电、电视里无聊的节目等等。她在痛斥克雷戈

---

① ［美］凡勃伦：《有闲阶级论》，蔡受百译，商务印书馆，1964年，第301页。

② ［美］马丁·威纳：《英国文化与工业精神的衰落（1850—1980）》，王章辉、吴必康译，北京大学出版社，2013年，第10—14页。

③ 约翰·福尔斯：《收藏家》，李尧译，上海译文出版社，1999年，第157页。

④ Karen M.Lever. "The Education of John Fowles", in *Critique,* 1979, Vol. 21, p.85.

偏好分类的收藏家意识时，却没有意识到自己也是按照文化和阶层的分类把克雷戈归为了"新人"，把两人置于对立面。如果说克雷戈的收藏破坏蝴蝶的生命之美，米兰达的收藏癖则折射出艺术至上论和无意识的文化偏见。如果说克雷戈在时代大潮中丢失了自我，她则是过分强调了自我的感受，并衍生出另一种狂妄的独断甚至暴行。正如她的日记也是以自我为中心的：大量篇幅并未记述当下，而是回忆往昔。读者跟随她并不可靠的自我叙述也会"有种被囚禁或控制的感觉"①。在未曾谋面的情况下，米兰达就把克雷戈的姑妈想象成一个"脏乎乎的""刻薄的""邋遢的"老太婆，并游说他抛弃姑妈。此时，这个"文学知识分子"身上却显现出"凯列班"先前曾表现出的冷漠无情，在不知不觉中把自己导向了对方。她按自己的立场和逻辑去"开化"克雷戈，全然不顾对方感受。在小说中两人有过一段对话：

"你懂得一点艺术方面的事儿吗？"

凡是能称为知识的东西我都不懂。

"我知道你不懂。如果你懂，你就不会把一个无辜的人给囚禁起来。"

我看不出这两者之间有什么联系，我说。②

福尔斯研究专家威廉·帕尔默认为，米兰达在这段对话中暗示艺术赋予人的道德责任感以一种情感的、直觉的知识，艺术给人以自由的权利。然而，克雷戈的知识是科学的、客观的知识，一种确定的因而也是被限定的知识。而阶层的差别和敌视也造成这种智性的对话和沟通陷入一种僵局。③克雷戈根本就不想了解米兰达用的那套词汇和言语表述方式；而小说

---

① Perry Nodelman. "John Fowles's Variations in The Collector", in *Contemporary Literature*, Vol.28, No.3, 1987, pp.335–336.

② 约翰·福尔斯：《收藏家》，李尧译，上海译文出版社，1999年，第44页。

③ William J.Palmer.*The Fiction of John Fowles: Tradition, art, and the Loneliness of selfhood*, Columbia: University of Missouri Press, 1974, pp.31–33.

中她那些自恋式的美学隐喻更像是一种自我表达，对克雷戈毫无意义，所有这些话语在克雷戈面前都"死掉了"。所以，当米兰达说自己痛恨阶级差别时，他讽刺道："往往是人们说话的口气，而不是说话的内容，显示出他们的本来面目……别再想等级的事儿了，她经常这样说。就像一个富人告诉一个穷人不要再想金钱了。"①福尔斯认为缺乏良好教育是克雷戈罪行的重要原因，米兰达也希望自己像《暴风雨》中的普洛斯帕罗那样，靠着艺术的法力规训她面前的"凯列班"。然而，就像剧作中的同名女主人公一样，涉世未深的她只顾自说自话，并未真正了解自己所面对的人。正如米兰达最后所悟到的："在知识上我是聪明的，对于生活却一窍不通。"②所以，克雷戈曾质问米兰达："你以为整个开满鲜花的世界都应该按照你的意志和你的生活方式来安排。"③这似乎是《暴风雨》中凯列班对普罗斯帕罗的呐喊："你教我讲话，我从这上面得到的益处只是知道怎样骂人；但愿血瘟病瘟死了你，因为你要教我说你的那种话！"④固有的阶级偏见和生活阅历的缺乏造成双方沟通和相互理解的失败，两种文化的冲突成为小说悲剧成因之一。这种冲突，既是思想层面的文化构成冲突，更是现实层面的身份焦虑，类似的冲突也出现于福尔斯另一部著作《法国中尉的女人》。

## 第四节　贵族科学家与布商女儿：
## 文化冲突与价值认同

1969年，福尔斯的小说《法国中尉的女人》出版，受到广泛好评。小说因其新颖的写作技巧和对维多利亚时代的巧妙戏仿而常被冠以"后现

①　约翰·福尔斯：《收藏家》，李尧译，上海译文出版社，1999年，第41页。
②　约翰·福尔斯：《收藏家》，李尧译，上海译文出版社，1999年，第247页。
③　约翰·福尔斯：《收藏家》，李尧译，上海译文出版社，1999年，第150页。
④　［英］莎士比亚：《暴风雨》，收录于《莎士比亚全集（Ⅳ）》，朱生豪，方重译，人民文学出版社，2010年，第401页。

代主义小说"之名。但也有论者言,尽管小说中出现了罗伯－格里耶和罗兰·巴特之名,但它并非法国新小说理论的英国翻版。作者认真研读了维多利亚时代的历史风俗人情,并对历史文本进行了重构。小说既惟妙惟肖地还原了维多利亚时代的重大史实和社会风貌,又披露了许多被忽略甚至掩盖的历史细节。他力图展现出维多利亚时代是一个矛盾的时代,正如狄更斯在《双城记》中所说——这是最好的时代,这是最坏的时代。小说中既引用达尔文和马克思的话,也引用丁尼生和马修·阿诺德的诗。这是作者有意为之,他们代表了两个方向:前者向前看,强调科学和进步观念;后者则珍视历史和习俗,秉持道德信仰传统。两者的冲突构成了时代的张力。细读文本,会发现文本叙述中潜藏着两种文化论争的语调。

小说男主人公查尔斯·史密斯出身贵族,喜好研究海洋生物化石。他是达尔文的信徒,自称"业余科学家"。这"贵族/科学家"的两重身份不禁让人想到19世纪与达尔文相关的另一重要人物——威伯福士(Samuel Wilberforce)。部分科普读物将其描述为固守宗教的顽固保守分子,并在1860年就进化论观点与赫胥黎展开辩论时颜面尽失。事实上,作为牛津主教的他在剑桥大学以数学第一名的成绩毕业,是英国科学促进协会的副主席,业余时间从事生物学和地质学相关研究。这些身份和经历看似相悖,实则体现了英国独特的文化风貌。19世纪中期以前,英国许多科学家并非专业出身,而是教会人员或出身贵族的业余爱好者。他们有钱有闲,受到良好的博雅教育(Liberal Arts Education),被称为"贵族/业余科学家"。这些人极具个人才华,却喜欢"孤寂地投入大自然的怀抱",折射出英国科学界特有的"个人主义与自然主义的结合"。[①]当时的贵族青年科学家卡文迪许、高尔顿莫不如此,而最著名的典型则是达尔文。他年轻时也是纨绔子弟习气,凭求知的热情和充沛财力坚持研究了二十年的化石,写出惊

---

① John Theodore Merz. *A History of European Thought in the Nineteenth Century* Vol.1, Edinburgh &London: William Blackwood & Sons, Ltd , 1907, p.287.

世之作。①因此，科学研究通过认识自然和人自身，有益于培养绅士品格和宗教情感。及至19世纪后期，学科分化的倾向日渐明显。在美国、德国等后进国家，科学研究更多成为一种促进工业发展、创造物质财富、提升国家竞争力的重要手段。科学研究也日益精细化、技术化和功利化。被称为"纯科学"的研究越来越少，科研人员日益转变为专业性极强的技术人员，而非阿诺德笔下那种集科学、人文、宗教于一身的"完整的人"。有论者认为威伯福士与赫胥黎之争是"旧有的业余科学家与新生的职业科学家"的争论。②在《法》中，查尔斯也以业余科学家自我标榜（作者福尔斯亦是），并喜欢孤身一人到僻静之处敲打岩石。第八章在描述其于海边找化石时，叙事者突然笔锋一转，插入一段议论：

> 你也可能嘲笑他研究面太宽，不够专门化。可是请不要忘记，自然史的研究在当时并没有象今那天这样含有贬意，被认为是逃避现实和不健康的情调。查尔斯还是一位颇有造诣的鸟类学家和植物学家。要是从我们今天关于科学的见解来看，假如他专门研究海刺猬而抛弃其他，或者终生研究海藻分布，可能会更好些。但是请想想达尔文……《物种起源》是普遍研究的胜利，而不是专门研究的胜利……让科学界那些试图将人们禁锢于一个狭小天地的发号施令者见鬼去吧。③

这段插笔与前述内容并无联系，更像是作者福尔斯自说自话。由前文可知，"两种文化"思想的核心问题是学术分科观念，由此引发了教育结构、政府决策、社会分层和身份认同等一系列问题。前边我们已谈福尔斯反对按照科学研究方式进行专业细分的趋势。他不无担忧地认为，现代科

---

① 刘钝：《漫话维多利亚时代的科学与文化》，《科普研究》，2012年第5期，第91—92页。

② 唐科：《重温赫胥黎与威伯福士的辩论》，《读书》，2015年第9期，第6页。

③ 约翰·福尔斯：《法国中尉的女人》，刘宪之、蔺延梓译，百花文艺出版社，1986年，第56—57页。

学过于细化和专业化的学科分类造成许多传统学科的消失，我们逐步处于"科学占优势的单极社会"。正是这种专业化，使不同领域的专业人士拘于自己的研究范式和术语体系，彼此难以交流观点。在《新人》中，巴福特的科学家都认为侦探史密斯是个蠢家伙。实际上，他不是一个庸人，比许多科学家智力都高，问题在于"他说的不是科学家的语言"。[①]而斯诺为了证明两种文化的分裂以及沟通焦虑的分化效果，举了一个荒谬甚至轻蔑的例子：有多少文人知识分子知道热力学第二定律？对此，福尔斯在小说中巧妙地予以反击——在查尔斯与医生格罗跟谈话时，叙述者感慨这两位绅士还可以对不同领域的问题发表观点，还生活于没有被"专门化这个暴君"统治的世界。人们可以彼此无障碍地进行讨论和切磋。此时，叙述者突然问道："今天的医生，谁懂得古典文学？"[②]这一问话似乎在回击斯诺"文人不懂热力学第二定律"之例。从社会发展总趋势看，学科分化和专业化进程是必然趋势，也在科技和生活领域取得许多成绩。博物学的研究模式是一种通识研究，而博物学家更像通才研究者，体现出一种全面发展的观念，更适合贵族式的生存环境。它在目前社会分工细化和科技进程加快的现实条件下可遇不可求。作为一个博物学家，福尔斯带有一种人文情怀而强调视大自然为一个统一有机体，这种观点就源自19世纪诸多学者的研究方法。如小说所言，达尔文的著作是综合研究而非学科分化的成果。

这种观念也是查尔斯的想法。小说开始便提及他就人的起源与未来岳父进行争论。然而，自称达尔文信徒的他并未真正领会进化论。查尔斯是一个地道的食利者和寄生者：周游各国、偶尔的浪漫邂逅和业余的研究是他生活的全部。他拒绝了叔父让其从政的打算，又认为跟随岳父经商有辱贵族尊严，靠着父亲的遗产悠闲度日。所谓的古生物研究，也是他用来打发无聊时光的权益之举，对这种学问是否是自己的用武之地，他并

---

① ［英］C.P.斯诺：《新人》，程雨民译，山西人民出版社，1984年，第134页。

② 约翰·福尔斯：《法国中尉的女人》，刘宪之、蔺延梓译，百花文艺出版社，1986年，第175页。

无把握。他只写过一篇论文，就在未婚妻面前自封为科学家。后者却敏锐地戳穿了他的假面具："您踩着化石走了至少有一分钟，却未曾看它们一眼。"[①]懒散是其最大特点。他乐观地认为自己身为贵族后裔，有财富有文化，是进化链条上的"适应者、优越者"，却忘记了进化论的两个重要原则：竞争和适者生存。与之相反，其仆人则用自己的奋斗诠释了它们。

萨姆出生在伦敦一个酒店旁边。与主人逍遥享乐、不思进取不同，他对自己的现状有清醒认识，对自身地位十分不满和敏感，对查尔斯代表的阶层有着矛盾心态——既愤恨又羡慕。所以，女仆玛丽无意间显示其男仆身份的问话令其闷闷不乐。在查尔斯调侃他时，他愤怒地表示自己是人不是牲口，甚至想给其来一刀。但是，在19世纪60年代，英国经济繁荣让普通劳工都富裕起来了。抗议和罢工时常有，但鲜有武装革命推翻政权的思潮。因此，萨姆的愤恨并未转化成"我要消灭你"而是改为"我要变成你"。正如小说所言，19世纪中期，中下层的手艺人和各种自由职业者开始与贵族们同台竞争。作为仆人，萨姆也在意衣着款式，也追求时尚。然而，与主人的单纯享乐不同，萨姆这一行为背后还另有目的：当查尔斯想让其一辈子做自己仆人时，他却筹划自己开一家男性服饰商店。为此，他随同主人周游各国时，留心观察各地服饰潮流；他努力学习上流社会的语言，甚至可以讲几句法语。他不仅模仿绅士的衣着举止，甚至是行为心态。为了开店，他每年积攒三十镑收入的三分之一（而查尔斯靠祖产年收入两千五百镑）。小说把他与《匹克威克外传》的同名男仆萨姆·韦勒比较，认为他的前辈更满足于现状。叙述者还把查尔斯与他比作堂吉诃德与桑丘·潘沙。然而，他更像身兼两者，在奋斗目标上像堂吉诃德那样充满理想主义，在奋斗实践上又像桑丘·潘沙一样看重实际。抛开情感因素，萨姆选择玛丽作为终身伴侣正是看重"她出身农民，更讲究实际"，在他"对未来事业的梦想"中起作用。最后，凭借

---

① 约翰·福尔斯：《法国中尉的女人》，刘宪之、蔺延梓译，百花文艺出版社，1986年，第7页。

坚忍的毅力和聪明头脑，萨姆在查尔斯未来岳父的大商场里稳健地朝中产阶级梦想走去。与之相对，查尔斯却日益发现他变成了自己的研究对象，成为一个活化石。当他悲悲戚戚地寻找莎拉时，当他羞愤地拒绝弗里曼让其继承商业帝国的要求时，萨姆却没有一味怨天尤人，而是凭着一股"往上爬"的热情努力工作，并"象蚂蚁看待游手好闲的蚱蜢和它的结局"那样看着主人。因此，当查尔斯嘲笑萨姆的乡音时，叙述者既讽刺又同情地写道："这并没有什么可笑之处，它是一场社会革命的预兆，可查尔斯却看不出这一点。"[①]他喜欢达尔文的观念对其构成了极大的讽刺。当他夸夸其谈于进化的抽象理论时，他的仆人、他的未来岳父早已开始实践着它。他就像堂吉诃德一样，执着于一个逝去时代的生活方式和价值观念。然而，堂吉诃德临死时，仆人桑丘并未悲伤，反而因为继承遗产而高兴。

小说另一人物欧内斯特·弗里曼是查尔斯的未来岳父，也是他的反极。从其父亲开始，弗里曼家就靠勤恳劳动发家致富，一步步建造起一个商业帝国。他成功地适应了长期变化着的环境，原本应是进化竞争中的胜出者。然而讽刺的，代表进步的他却鲜明地反对达尔文的无神论，并为此与贵族准女婿查尔斯争论。这种扭曲的现象折射出19世纪以来英国长期存在的文化冲突：科技进步促成的工业革命和工商业发展成就了大英帝国，也把资产阶级推上历史前台；与此同时，财力雄厚的工商业资产阶级却反过来去追求绅士文化和土地贵族的传统人文价值观。在此，我们仍以小说中多次提及的达尔文主义为切入点。

《物种起源》出版于1859年。达尔文的学说科学解释了物种发展和人的起源，同时对正统的宗教神创论造成颠覆性影响。反对者认为此学说带来了一个"机械的""毫无意义的[②]的"世界，即便不持有正统信仰的人也

---

① 约翰·福尔斯：《法国中尉的女人》，刘宪之、蔺延梓译，百花文艺出版社，1986年，第49页。

② ［美］克莱顿·罗伯茨等：《英国史（下册）：1688—现在》，潘兴明等译，商务印书馆，2013年，第274页。

担忧其对道德伦理价值的冲击。这种担心不无道理。先于达尔文宣扬进化论的斯宾塞就用自然选择、生存竞争的原则解释社会的进化，认为人类有优等民族和劣等民族之分，而强者理应统治其他民族。他据此宣称由优等民族建成的大英帝国理应成为"全世界的天然统治者"①。达尔文的表弟高尔顿提出"优生学"概念，即有意识地选择优等种族，以此推动人类整体素质的提高。在《人类的由来》一书中，达尔文也认为让弱者存活对人类整体是有害的。他宣称世界范围内高级人种最终将淘汰低级同类。②20世纪纳粹对犹太人的作为佐证了这些理论的道德缺陷。其实，进化的观点在《物种起源》发表前就已出现。而科学对道德伦理的冲击也令许多文人产生文化焦虑。马修·阿诺德就在《多佛海滩》中痛感于道德信仰之潮的退落。小说中多次引用桂冠诗人丁尼生的名诗集《悼念》，在其引用的第118篇中，诗人更呼吁用人类之爱涤清动物性：

> 切不要把人类的爱和真
> 看作垂死世界的泥土和白垩……
> 向上运动，从"兽"中超脱
> 而让那猿性与虎性死灭。③

在当时，与这种伦理和科学之争相伴随的还有对工业及"进步"观念的反思。《物种起源》发表的八年前，英国伦敦举办了首次博览会。在用铁架和玻璃搭建的水晶宫展厅里，英国陈列了织布机、抽水机、打谷机、收割机等生产机械。正是它们的出现促进了工农业生产，在工业优势、高效农业、帝国市场、自由贸易、人口增加等因素的合力下带来了经济繁荣

---

① 刘放桐：《现代西方哲学（上）》，人民出版社，1981年，第70页。
② ［美］罗兰·斯特龙伯格：《西方现代思想史》，刘北城、赵国新译，金城出版社，2012年，第336页。
③ 王佐良：《英国诗选》，上海译文出版社，2011年，第392—393页。

和国家强盛。①博览会是英国鲁滨逊精神和工业技术的胜利。

然而，水晶宫及其所代表的工业与进步也招致许多怀疑。著名建筑设计师皮金倡导哥特复兴建筑并参与设计英国新国会大厦。在其眼中，水晶宫这个"玻璃的庞然大物"是"最杰出的工程……但不是建筑艺术"，而是一个"无灵魂时代的产物"②。对此，赫伯特·萨斯曼评论说："大博览会的十年，标志着对机器赐福的希望破灭"。③而这种批评早在布莱克和华兹华斯的浪漫派文学就开始了。他们担心工业主义的环境会日益滋长功利主义和实利主义的思维习惯，城市化的发展进程则疏离了传统乡村社会所具有的人际联系。小说中，查尔斯就发现在莱姆这个乡下小镇处处被人盯着，而回到伦敦后他就隐身于这个大都市，无人理睬。

后来，这种对工业化和城镇化的反思在卡莱尔、阿诺德和罗斯金等人文学者那里继续传承。罗斯金在演讲中发问："我们是不是真的想要多得数不清的工厂？"④而在小说发生的1867年，马修·阿诺德就开始撰写《文化与无政府状态》。他在书中以希腊罗马文明比照现代文明。他认为后者在很大程度上是"机器文明"和"外部文明"，并痛感"机械性已到了无与伦比的地步"。⑤他提出"完美"（perfection）这一概念，强调一种符合人性的、具有内在精神的和谐状态。针对许多人把铁路和煤炭当做国脉所在，他指出这种功利思想推崇机器文明和工业产量的，把有用当做目的，是极其危险的思想。国家发展的根本应是人们全面和谐的发

---

① ［美］克莱顿·罗伯茨等：《英国史（下册）：1688—现在》，潘兴明等译，商务印书馆，2013年，第230页。

② ［美］马丁·威纳：《英国文化与工业精神的衰落（1850—1980）》，王章辉、吴必康译，北京大学出版社，2013年，第38页。

③ 转引自［美］马丁·威纳：《英国文化与工业精神的衰落（1850—1980）》，王章辉、吴必康译，北京大学出版社，2013年，第41页。

④ ［英］约翰·罗斯金：《芝麻与百合》，翟洪霞、余艳译，外语教学与研究出版社，2009年，第267页。

⑤ ［英］马修·阿诺德：《文化与无政府状态》，韩敏中译，三联书店，2002年，第11页。

展。生产是手段，其最终目的是提升生活质量，能够"引起爱慕、兴趣和景仰的精神状态"。由此，他十分注重文化的作用，特别强调文化的用途是"通过树立完美之精神标准，帮助我们认识到财富是手段，是工具……"①他讽刺中产阶级为"非利士人"，把幸福与财富画等号。许多小说家也开始对工业文明进行反思。盖斯凯尔夫人在《玛丽·巴顿》和《南方与北方》中对此有详细描写。而狄更斯也在中后期创作中越来越对工业文明的弊端难以忍受。《董贝父子》已关注到铁路作为一种异化对人心灵的腐蚀，《艰难时世》则描绘了工业城镇的压抑和丑恶。在《法国中尉的女人》中，查尔斯也会心生怀古之感，并厌恶自己的时代"对运输和制造业中机器的崇拜"②。他认为"这个时代是一架机器，没有人性。"③不希望将"进步与幸福"混为一谈。正如马丁·威纳所言：

> "进步"一词在英国已具有一种令人奇怪的模糊的感情力量。"它暗含我们接受甚至正式赞同某种东西，却又私下对其持怀疑态度的倾向。"一个诞生工业革命并把它输出到全世界的国家，在衡量其所取得的成就时却变得困惑起来……以至于用实际上排除工业主义的英国特性（Englishness）概念，来否定工业革命的合法性。④

正是英国文化中对工业技术文明的抵制思想促成了赫胥黎、斯诺等科学工作者掀起一次次的论战。但无论如何，这种阻碍了英国现代化的古老绅士文化价值观构成了历史悠久且至今仍十分强大的英国传统的一部分。

---

① ［英］马修·阿诺德：《文化与无政府状态》，韩敏中译，三联书店，2002年，第14页。

② 约翰·福尔斯：《法国中尉的女人》，刘宪之、蔺延梓译，百花文艺出版社，1986年，第173页。

③ 约翰·福尔斯：《法国中尉的女人》，刘宪之、蔺延梓译，百花文艺出版社，1986年，第407页。

④ ［美］马丁·威纳：《英国文化与工业精神的衰落（1850—1980）》，王章辉、吴必康译，北京大学出版社，2013年，第7页。

从这个意义上讲，维多利亚时代既是对传统的反叛，又在一定程度上对其归附。这在福尔斯的创作中也得到了体现。

在《法国中尉的女人》中，谈到未来岳父对达尔文的攻击，查尔斯并没有通过科学论证回击，而是话锋一转，对未婚妻欧内斯蒂娜说道："我的'猴子'是有爵位的。"[①]此话戳中了她的软肋。欧内斯蒂纳的祖父是个富裕布商，发财后搬到伦敦中心居住，在西区建了大商店。她是家中独女，家财万贯，母亲是大法官的女儿，原可不必对社会身份焦虑。然而，她却始终对自己的"布商女儿"头衔很敏感，令其总有一种恐惧心理。她感到未婚夫的伯父看不起她，也认为庄园周围的贵族小姐轻视她。而真实情况是这些贵族子女嫉妒她的美貌和财富。"布商女儿"成为她的心头大患。每当受到委屈，她就揣测别人小瞧的原因在于"她是个布商的女儿"；一旦自己做错事，她也责备自己"表现的像个布商女儿"[②]，其实这种无端恐惧源自英国独有的社会文化传统。

英国近代的政治变革和工业变革都以渐进保守为鲜明特点，与之相伴的就是变革的不彻底性。在英国现代化的过程中，并没有发生法国那样斩腰断根式的激进革命。因而，传统的封建贵族也参与资本主义化的进程，18世纪的土地贵族和乡绅逐步演变为靠土地利息或银行利息生活的人，成为新的资产阶级的组成部分。贵族不再是传统意义上的封建领主，而是积极参与资本主义的发展进程中。与此同时，从事企业生产和商业经营的工商资产阶级尽管迅速积累了财富，但并未形成对国家政治和文化的实际统治权。新经济力量并未破坏社会结构，传统价值观和言行方式在经济结构深刻变化的新社会中被承继下来。工商资产阶级的价值观逐步屈从于绅士文化和土地贵族的价值观。福尔斯短篇小说《谜》中的菲尔丁就是典型代表。他生活在伦敦，家境富裕，是市中心几家大公司的董事。与此同时，

---

① 约翰·福尔斯:《法国中尉的女人》，刘宪之、蔺延梓译，百花文艺出版社，1986年，第7页。

② 约翰·福尔斯:《法国中尉的女人》，刘宪之、蔺延梓译，百花文艺出版社，1986年，第293页。

他还在乡郊购置了一所伊丽莎白时代的庄园宅邸，喜欢打猎，拥有一群猎狗。小说认为他是一类人的样板："一个有成就的城里人，同时又是一个乡下地主和地地道道的（只少个名义）乡绅。"[①]在《法国中尉的女人》中，查尔斯也发现推动英国前进的力量"不再是献身精神，而是一种把自己变成尊贵人物的日趋强烈的欲望"。[②]

因此，尽管欧内斯蒂娜对温斯亚特庄园的布置不适应，但想到自己能以贵妇身份入住，还是不禁飘飘然起来。不过，贵族和商人的价值冲突仍在细节中显现。欧内斯蒂娜想用嫁妆更换庄园的旧物。在其看来，庄园的房子如同谷仓，内饰也都老旧不堪。然而，"难看的"卡罗琳时代的椅子是无价之宝，令其沮丧的碗橱是都铎时代的，被虫蛀的挂毯和暗淡的油画都是价值连城的古董。她和未婚夫都习惯于消费和享乐生活，但她更看重物品的实用性。而庄园旧物对查尔斯则是记忆，是历史和传统的承袭。此外，她还继承了其家族勤俭的商业思维，却被视为不具有"管理大庄园"的"大将风度"。因此，庄园对其只是一个身份和地位的象征。查尔斯也逐渐发现欧内斯蒂娜只接受了贵族教育的外在形式，言行中不时透出功利和浅薄。当得知未婚夫可能被剥夺继承权后，她的刻薄言行让查尔斯难以入忍受，不禁感叹道："总觉得她身上有着布商女儿的痕迹。"[③]

与欧内斯蒂娜的身份恐惧不同，其父亲弗里曼先生则从内心深处对贵族有一种隐隐约约的鄙视，私下认为"贵族"是"无用的虚饰"的同义词。与此同时，弗里曼不但继续跟贵族做生意，努力与贵族联姻，他还努力处处装出上流社会的绅士派头。在外表上，他觉得自己是标准的绅士，但内心深处也像女儿一样不时自我怀疑。这种实业家的绅士化是英国19

---

① 约翰·福尔斯：《谜》，收录于《浪漫舞厅：英国小说集》，施咸荣译，上海译文出版社，1991年，第136页。

② 约翰·福尔斯：《法国中尉的女人》，刘宪之、蔺延梓译，百花文艺出版社，1986年，第18—19页。

③ 约翰·福尔斯：《法国中尉的女人》，刘宪之、蔺延梓译，百花文艺出版社，1986年，第232页。

世纪商人与工业家社会史中最突出的特点。就如英国诗人霍普金斯所言："如果说英国人给世人留下了绅士的理念，那么即使英吉利民族没有做出什么别的成就，他们依然为人类做出了巨大的贡献。"①下层人效仿中产阶级的个人主义和自立自强（正如萨姆），而中产阶级效仿贵族（正如弗里曼家族），这已成为"维多利亚时代的社会共识"。这种共识在经济奇迹的基础上产生某种阶级调和的社会奇迹。绅士具有了社会阶层和文化身份两重意义，形成一个"想象的共同体"。正如小说所言，那些爬上资产阶级上层的商界人物"在悄悄改变颜色，以适应环境的需要"。②

这种模仿是多方面的。首先是接受贵族式的上等教育。英国教育尤其是公学教育和著名高校也受绅士文化的影响。维多利亚时代对绅士的界定较为模糊，涉及阶级、财产、品行、行业等各方面。但19世纪后期形成一种妥协：在伊顿、哈罗和拉格比公学接受传统文科教育的学生不论出身都被认可为绅士③。所以，致富的工商业人士都努力把自己的子女送入这些名校就读，以此为进入绅士阶层的跳板。值得注意的是，这些学校的课程设置重视古希腊罗马经典文学对人品性和德行的塑造，却忽视自然科学尤其是工程技术等实用知识的教学，即便设置，也倾向于数学、理论物理等无功利性的"纯科学"。这种教育中的学科偏见成为两种文化之争中的重要议题。更有论者强调，像英国"把科学分裂为'纯科学'和'应用科学'，认为一个'纯净'，一个'肮脏'"的现象，在欧洲大陆国家中是找不到的。④而这种观点甚至被鼓吹科学文化的斯诺本人接纳，在小说《新人》中，他把卢克、马丁等物理学家称为科学家，而皮尔斯、拉德等人则是工程师和技术人员。前者具有科学的"鉴

① 陆建德：《现代化进程中的外国文学》，中国社会科学院出版社，2015年，第255页。

② 约翰·福尔斯：《法国中尉的女人》，刘宪之、蔺延梓译，百花文艺出版社，1986年，第318页。

③ 陆建德：《现代化进程中的外国文学》，中国社会科学院出版社，2015年，第255页。

④ ［英］马丁·威纳：《英国文化与工业精神的衰落（1850—1980）》，王章辉、吴必康译，北京大学出版社，2013年，第188页。

别力和想象力"，后者则"同当一个公共澡堂的修缮科干事，并没有什么性质上的不同"①。两个群体甚至在政治素养和德行上都去区别：工程师——"制造硬件的人们"，政治上保守，接受制度，"感兴趣的是使他们的机器工作，对于社会问题的长期性推测他们是漠不关心的"。物理学家——寻找新的真理，叛逆、存疑、反抗、"关心未来而且禁不住想要来塑造它"。②此外，在签署反核抗议书时，多数科学家都愿意签名，但"在工程师和技术员中间，也有些人愿意签名，但比重要小得多"③。斯诺的这种叙述让人费解，也从侧面说明维多利亚绅士文化的影响力，而这种偏见在其他国家恰好相反。在福尔斯另一部小说《巫术师》中，主人公教授的希腊学生对英语抱彻底的实用主义态度：当他讲拜伦的诗时，他们就打哈欠；如果教汽车零件的英文名称，下课还赶不走他们④。正是有感于此，斯诺的朋友J.H.普拉姆在《人文学术的危机》中大声疾呼人文学术的传统概念旨在培养绅士，使他成为统治阶级的合格一员。这一概念在现代社会已经过时了，人文学术必须"使自己适应由科学和技术所统治的新社会。"他视科学、民主、现代化三位一体，而英国"当务之急不是向传统表示尊敬，而是向美国和苏联的教育体系去谦虚地学习……以适应20世纪城市化和工业化的世界。"⑤

然而，福尔斯是不会同意上述观点的。在小说中，他借格罗根医生之口表达了其对"工业和进步"与幸福生活关系的反思："我并不反对大多数人的幸福，问题是我们怎样得到幸福。我们没有'铁的文明'时不是过得挺快活？"⑥格罗根医生属于自由职业者群体（维多利亚时代这一群体

---

① ［英］C.P.斯诺：《新人》，程雨民译，山西人民出版社，1984年，第82页。
② ［英］C.P.斯诺：《新人》，程雨民译，山西人民出版社，1984年，第186页。
③ ［英］C.P.斯诺：《新人》，程雨民译，山西人民出版社，1984年，第193页。
④ 约翰·福尔斯：《巫术师》，陈安全等译，上海译文出版社，2001年，第52页。
⑤ 转引自斯蒂芬·科里尼《〈两种文化〉导言》，收录于《两种文化》，陈克艰、秦小虎译，上海科学技术出版社，2003年，第35页。
⑥ 约翰·福尔斯：《法国中尉的女人》，刘宪之、蔺延梓译，百花文艺出版社，1986年，第177页。

包括律师、医生、新闻记者、文人学者、文官等），读过《物种起源》，尊敬达尔文，相信科学，甚至把手放在《物种起源》而不是《圣经》上起誓。然而，英国强大的贵族阶层加强了这个群体职业化中反资本主义的趋向。正如马修·阿诺德在1868年观察到的："没有哪个国家……的自由职业者像在英格兰那样自然而普遍地接受贵族的思想倾向"[①]。因此，他也秉持传统文化理念，反对边沁的功利主义，质疑工业文明。他不信上帝却"不能原谅那些毫无信仰的人"。在此，他的信仰不是宗教的，更多是道德的，秉持卡莱尔等人所主张的"责任"观念。而他的上述话语代表了许多维多利亚时代人对科学和工业的新时代捉摸不定：工业城市侵占了村庄土地、铁路修建破坏了沿途风景，日益繁华的伦敦变成了畸形的大都会，"繁荣是有的，但它给穷人带来了痛苦，使富人变得傲慢。旧的必然性和忠诚消失了"。[②]

快速发展的工业带来便捷，也加快了生活节奏，带来新的矛盾。小说第三章，当查尔斯在住所里痛苦于"有闲阶级的无聊"时，叙述者突然插话道：

> 但是使他目瞪口呆的，可能是当代人跟他那个时代的人对时间本身截然不同的看法。在我们这个世纪里，最糟糕的大概就是觉得时间不够用……我们要将社会的聪明才智与万贯财富用在提高效率的方法上——似乎人类的最终目标不是向完美的人性迈进，而是为了得到完美的、闪电般的时效。可对查尔斯、对几乎他所有的同代人和社会显贵来说，人世间的时间是无限缓慢的……当今为了谋取财富而产生的常见病之一是精神分裂症，而在查尔斯那个时代，通

---

① 转引自［美］马丁·威纳：《英国文化与工业精神的衰落（1850—1980）》，王章辉、吴必康译，北京大学出版社，2013年，第22页。

② ［美］克莱顿·罗伯茨等：《英国史（下册）：1688—现在》，潘兴明等译，商务印书馆，2013年，第303页。

病之一却是百无聊赖。<sup>①</sup>

这段话透露出阿诺德或罗斯金那种英国上层文人的腔调，带有对财富、速度、效率的审视和质疑，同时也对食利贵族阶层生活方式和价值观念进行批判和反思。毕竟，执着于数字和规模会混淆生活途径和生活目标。但对于国家和更多普通民众而言，贵族式的缓慢节奏也会令国家和社会丧失发展活力。而这些是站在竞争链顶端的大英帝国贵族们所体会不到的。正如小说中的查尔斯，一方面他认同"对金钱的追求并非是生活的主要目的"，并因出身贵族而耻于经商；另一方面，他又只能靠租税生活，并对"自己的碌碌无为有某种奇怪的自尊"。<sup>②</sup>由此，在维多利亚中后期，围绕物质进步思想产生了不安和不满两种情绪的对抗，它也深深反映在19世纪以来的两种文化争论之中。然而，"绅士化"的英国资产阶级最终还是在一种文化妥协中继续模仿贵族化的生活方式，而最典型的"英格兰生活方式"则是"乡村田园"生活。

## 本章小结

随着研究内容的增加和研究方法的丰富，科学与人文的学科分化是一种历史必然，而这种分化并不一定导致对立冲突。西方自古以来的大学者多为文理皆通之全才，比如亚里士多德、但丁、达·芬奇、笛卡尔、洛克、歌德、马克思、爱因斯坦、普朗克等等。在多数时候，科学与人文互相渗透、相互促进，甚至于许多宗教人士也有很高的科学造诣。在英国的"两种文化"论证中，人文知识分子并非简单地反对科学。与之相反，阿诺德

① 约翰·福尔斯：《法国中尉的女人》，刘宪之、蔺延梓译，百花文艺出版社，1986年，第13页。
② 约翰·福尔斯：《法国中尉的女人》，刘宪之、蔺延梓译，百花文艺出版社，1986年，第333页。

和利维斯等人都认为科学是文化传统的重要组成部分。在这个率先进行工业革命的国度，文人们更多是对实践层面的技术进步可能带来的负面影响进行审视和批判。技术提升在带来物质丰腴和生活便捷的同时，也激发了人们的贪婪与惰性。它在物质层面创造财富的同时，却并未在李凯尔特所谓的"价值"层面有相应贡献，[①]甚至还削弱甚至摧毁了诸多传统价值观。这正是技术在某种程度上招致人文知识分子诟病之处。此外，如前文所言，英国的贵族阶层和贵族文化在社会变革中巧妙地改头换面，至今仍在很大程度上影响英国社会的方方面面。文人治国和精英教育的人文化就是被承袭的传统之一。正是在这个意义上，英国的"两种文化"论争就不仅是一个学科划分和课程设置的争论，其背后更涉及社会分层和身份认同的问题。出身平民、身居技术高官之位的斯诺在很大程度上也是对此社会观念和现实状况提出批评。

斯诺的某些观点确实切中要害，但其对人文知识分子的攻击甚至扭曲则矫枉过正。自19世纪以来，诸多人文学者对科技的批判并非否定科技的重要价值，而是更审慎持重地看待科技进步给人类思想和生活带来的影响与改变。不像托马斯·赫胥黎、霍尔丹、斯诺等科学家对科技进步持一贯乐观态度，人文知识分子更敏锐地关注到现代化进程中衍生出的诸多问题。正如有论者所言，这些论争的意义正在于"对科技力量构成了一种文化上的制约，防止了科学话语霸权的出现"，"两种文化之争的核心并不在于科学是否也是一种文化或是与文化相对立，而是在于科学技术在社会中到底应该起什么样的作用，它是否可以取文化而代之。"[②]

尽管近年来科学与文学的跨学科合作时有发生，两种文化的"共生"成为可能[③]，但其分裂和冲突仍是现今的主调。科学家抨击新左派的《高

① 参见［德］李凯尔特：《文化科学和自然科学》，涂纪亮译，商务印书馆，1996年。

② 陆建德：《英国的科技与文化之争及其启示》，收录于《自我的风景》，花城出版社，2015年，第292—293页。

③ 参见严蓓雯：《文学与科学的新关系》，《外国文学评论》，2011年第2期，第232—235页。

级迷信》和"索卡尔诈文事件"就在20世纪末又掀起新一轮科学与人文论战。曾为《两种文化》写导言的科里尼于2009年在《泰晤士报文学增刊》上发表长文《人文学科的冲击》，对用市场营销和统计学方法评估人文学科价值的趋势表示担忧。[①]与英国"两种文化"之争颇为相似的是，中国也曾在20世纪20年代上演过"科玄论战"。[②]这既是针对具体国情的思想论争，也是当时霍尔丹和罗素掀起的新一轮"两种文化"论争的中国版延伸。年轻气盛的霍尔丹就像希腊神话中的伊卡厄斯，盲目乐观地相信科技进步可以解决社会面临的诸多问题，而老成持重的罗素则如代达罗斯一般警示到：幸福生活需要技术进步更需要价值底线。

身兼博物学家和科学家双重身份的福尔斯一直关注这场论争，并在其小说创作中植入自己的思考。其作品通过诸多人物形象的对比，或凸显工具理性支配下的人道德意识的失范甚至沦丧，或表现人们对于社会文化身份认同的焦虑，甚至直接借人物之口抨击受技术理性和消费主义影响的"新人"。其中心思想还是继承了阿诺德、利维斯等人的观念，即健全人格和完整人性的培养不靠科技发展而是依赖文化传统。福尔斯在日记中提到自己对"新人"的过激抨击曾引起出版社担忧。编辑怕它招致某些读者的不快。[③]对此，福尔斯仍旧坚持自己的价值取向。在对盲目乐观的技术进步观批判的同时，福尔斯故意像斯诺口中的文人一样回顾过往，从英国传统的田园文学和自然书写传统中找寻价值。

传统与现代：约翰·福尔斯小说研究

---

① 参见陆建德：《人文学科的危机》，《外国文学评论》，2010年第1期，第239—240页。

② 参见亚东图书馆：《科学与人生观（复制版）》，三联书店，2014年。

③ John Fowles. *The Journels* I (1949–65), ed by Charles Drazin, New York: Alfred A.Knopf, 2005, p.535.

# 第二章

# 约翰牛与罗宾汉：
# 福尔斯"自然"书写的传承与反叛

福尔斯在《哈代与巫婆》中说其个人的生活兴趣"是自然而不是文学"①。类似的表述被其反复提及。而他童年的乡村生活经历和成名后隐居英国南部乡村的"逃离"，也总被其或隐或现地表现为一种与世不同的姿态，对于自然的热爱也体现于其前期创作中。其实，以乡村田园为内容进行创作是英国文学的传统，它继承自希腊和罗马的田园诗歌。自文艺复兴以来，英国文学中的"乡村"逐渐成为与城市对立的意象，含蕴着英国文人的"怀旧情结"。而工业革命之后，"绿色""古老"的"乡村"更是成为英国"传统"和"英国性"（Englishness）的表征。艺术家和文人歌颂乡

---

① 《世界文论》编辑委员会：《小说的艺术——小说创作论述》，社会科学文献出版社，1995年，第155页。

村静谧、安适的社会环境，把工业城市描写成丑陋的怪物。他们通过自然风景和淳朴乡民反衬城市工业文明的丑恶。

然而，也有学者敏锐地发现，这种田园诗般地"文学想象"其实是有诉求的意识形态神话。诸多文学作品只描绘出一幅人与自然和人与人之间和谐美好的画面，却有意忽略掉乡村实际存在的贫苦和主仆之间实际上的雇佣与剥削关系。此类作品通过美化乡村意在稳定一种社会统治秩序，构建一种"民族共同体"意识。福尔斯的自然风景书写沿袭了"乡村英格兰"的文学想象传统，其小说中不时出现精彩的风景描写，并与人物的情感变化产生共鸣。同时，我们也在作品中读出某种文化消费的悖论：一方面描写并赞美乡村的美景和乡民的淳朴情感，另一方面，都市的中上层有产者却只关注乡村风景，在其视界图景中忽略甚至轻视乡民，使得其对乡村风景的热衷带有某种时尚的消费习气。而福尔斯则在其风景描写中力图跳出这一正一反两方面的矛盾，而是回归于更古老的英格兰历史习俗甚至神话传奇。他在历史文化传统中追溯了以"罗宾汉"为原型的"绿色英格兰人"（Green Englishman）及其多代表的自然精神，借以反叛近现代以"约翰牛"为代表的"不列颠帝国——维多利亚时代"及其工业和资本主义精神。

## 第一节　荒野与庄园：英国"田园文学" 传统与福尔斯的自然书写

在《法国中尉的女人》第七章，当查尔斯望向窗外的晨景时，叙事者描绘了如下画面：

> 楼下传来小蹄子啪嗒啪嗒的落地声，接连不断的咩咩叫声。查尔斯站起来，向窗外望去。街上有两个穿皱褶外套的老人，正面对面地站着讲话。其中一个是牧羊人，用牧人的弯柄杖斜撑着身子。十二只母羊和一大群羊羔慌慌张张地待在街上。古代英国流传下来的这种

衣着样式到一八六七年虽并非罕见，但已不多，看起来很别致。每个村庄都还有十来个老人穿那种外套。查尔斯想，要是自己会画画就好了。的确，乡下真叫人陶醉。他转身对仆人说："说真的，萨姆，在这儿过这样的日子，我再也不想回伦敦去了。"①

　　这是莱姆小镇普通一早的惯常场景，它包含了乡村田园文学的诸多要素：首先，牧羊人是田园文学的经典形象；第二，"楼上""窗外""仆人"暗示了这是一个上层人的庄园生活；第三，牧羊人的古老服饰，"斜撑着身子"的姿态展示出一种历史悠久的、缓慢稳定的、有秩序的生活方式；第四，观察者认为眼前的景象是可以入画的；最后，这幅"叫人陶醉"的乡村美景与观察者常居的都市生活构成明显对比，令其流连忘返。这些要素既在福尔斯的作品中反复出现，也深深嵌入英国乡村田园文学传统之中。

　　特里·吉福德（Terry Gifford）在《田园牧歌》一书中把田园定义为一种源自希腊、罗马的诗意生活方式，与牧羊人及其生活相关。它所代表的乡村生活是理想的生活场所，常与都市生活形成对比。② 在小说《巫术师》中，福尔斯曾提及古希腊和古罗马重要的田园诗人忒奥克里托斯及维吉尔。文艺复兴之后，随着工商业的兴起和城市的不断发展，社会形态的变化和生活方式的改变，乡村田园逐渐成为一种与城市相对应的情感依托。这一时期也是英国田园文学逐步确立发展的阶段，斯宾塞1579年出版的《牧羊人日历》即是奠基之作。而《巫术师》主人公尼古拉斯所读的《多情牧童致爱人》则描写了一种世外桃源般的牧羊人生活：

　　　我们将坐在岩石上／看着牧童们放羊／小河在我们身边流过／鸟儿

---

　　① 约翰·福尔斯：《法国中尉的女人》，刘宪之、蔺延梓译，百花文艺出版社，1986年，第45页。

　　② Gifford Terry. *Pastoral*, London: Routledge, 1999, p.1.

唱起了甜歌

　　我将为你铺玫瑰为床/一千个花束将作你的衣裳/花冠任你戴，长裙任你拖拽/裙上绣满了爱神木的绿叶

　　尽管描写的是田园场景，但这种华丽的场景和雕饰的语言更像是文人的艺术想象，迎合了上层读者的乡村想象。后来雷蒙·威廉斯更是从这些诗作中读出了意识形态的误导，这将在后文专门论述。之后，田园文学扩展到了小说、戏剧等多种体裁，描写内容也逐渐扩展到荒野、乡村、花鸟、庄园等各种与城市对立的生活元素。莎士比亚戏剧《皆大欢喜》就描写了一幅理想甚至夸张的田园喜剧。在《巫术师》中，尼古拉斯把所处小岛设想为《暴风雨》的场景。值得注意的是，剧中怪物凯列班也会被大自然的美妙声音吸引："这岛上充满了各种声音和悦耳的乐曲，使人听了愉快，不会伤害人。有时成千的叮叮咚咚的乐器在我耳边鸣响。"[1]奇妙的自然会感化怪物；与之相对，米兰、那不勒斯城邦来的"出色人物"却被各种欲望所包围。荒野与城邦，自然与文明构成了一种绝妙反讽。正如福尔斯在《树》中所言："离凯列班越近，也就是离自然越近。"[2]

　　像古代文人一样，福尔斯笔下的牧羊人也体现出一种对自然生活的满足，一种自然情感的率真流露。在《巫术师》第8章，精神绝望的尼古拉斯跑到山林中准备自杀，万事俱备，只差开枪之际。后山传来一个牧羊女的歌声。尼古拉斯听不清牧羊女唱的什么歌，但却感到"歌声似乎非常神秘，是孤寂和痛苦的心声"。[3]相形之下，他自己的略带矫情的痛苦则显得渺小、荒唐。山谷中无名的牧羊女和无名的歌声很容易让人联想到华兹华斯著作《孤独的割麦女》：

---

① ［英］莎士比亚：《暴风雨》，收录于《莎士比亚全集（Ⅳ）》，朱生豪，方重译，人民文学出版社，2010年，第434页。

② Johu Fowels. *The Tree*, Aarum Pvess, 1970, p.86.

③ 约翰·福尔斯：《巫术师》，陈安全等译，上海译文出版社，2001年，第64页。

她唱的是什么，可有谁说得清？

哀怨的曲调里也许在流传

古老，不幸，悠久的事情，

……

我一动也不动，听了许久；

后来，当我上山的时候，

我把歌声还记在心上，

虽然早已听不见声响。[①]

当牧羊女的歌声渐行渐远，直至完全消失后，尼古拉斯再次举枪却没有扣动扳机，寂静中只有远处轮船的汽笛声。与希腊神话中的妖女塞壬用歌声谋害水手不同，那隐匿的女子和神秘的歌声解开了尼古拉斯的心结，救其一命。而当他和艾莉森驱车行进在底比斯和瓦迪亚之间的绿色山谷时，遇到一个十四岁的男孩和六七岁的妹妹在放羊。叛逆的艾莉森此刻尽显温柔母性的一面。面对害羞的小牧羊女，她给小女孩吃糖果，帮她受伤的手涂膏药，搂抱爱抚她，毫不顾及小女孩身上的虱子。在情人面前，艾莉森像个不懂事的孩子；在孩子面前，她变成了懂事的大人。一席绿裙的她更像一个田园诗中的牧羊女。面对这个母亲般的女子，小姑娘仿佛看到多年后的自己，也笑得"像张放在冬天土地上的一朵藏红花"。与小牧童的习以为常不同，面对倾斜的阳光，羊群般的云团，绿色的情操，怒放的鲜花，艾莉森像个孩子狂野地奔跑，与其在伦敦涂着浓重眼影的叛逆形象天壤之别。作为一个都市空姐，她大部分时间都"在狭小的机舱里奴隶般的工作"。因此，她讨厌城市和飞机那拥挤的空间，幻想农舍生活。尼古拉斯也认为比雷艾夫斯临海的工业区很难看，而远离一切城镇和社会则让人净化。自工业革命以来，这种乡村田园与工业城市的对立，就是英国文学的重要主题。

---

① 王佐良：《英国诗选》，上海译文出版社，2011年，第220页。

前文我们已提及，率先完成工业革命的英国在资本主义经济长足发展的同时，文化上却继续保持"贵族化"。面对一个机械和功利的社会，许多文人不断质疑工业化的"进步意义"和"社会效果"。由于工业城市主要集中于北方，因此，在英国文化中形成了"南方"和"北方"的隐喻。唐纳德·霍恩认为在"北方"隐喻中，英国讲究实用主义，凭经验办事，资产阶级占主导地位，精于经济上的自我利益，其罪过是"无情的贪婪"；而"南方"隐喻中，英国充满浪漫主义，相信秩序和传统，贵族占主导地位，其罪过是"无情的骄傲"。①北方代表了工业精神，南方则是传统乡村文化。与相信通过个人奋斗获取财富与成功的美国梦不同，理查德·沃尔海姆把英国梦描绘成"一个集体的、未曾异化的民间社会"理想，以传统和稳定的地方纽带维系在一起，并以乡村为特征。这种价值选择自19世纪一直惯存于英国文学中和文化中。在浪漫主义诗人那里，形式的自然主义观念和题材的自然主义观念结合到了一起，形成了"绿色田园"的写作传统。华兹华斯认为身居城镇的人已经忘记脚下坚实的土地，忘记大自然。而他所谓的自然，就是乡村。在《序曲》开场白中，这种城乡对比就跃然纸上：

> 何用问它来意！这风来得及时，
> 令我分外感激。我刚逃出了
> 曾经长期困居的庞大城市，
> 把抑郁换成了今天的自由，
> 自由得像小鸟，到处为家。
> ……
> 整个大地在前面等着我。②

---

① ［美］马丁·威纳：《英国文化与工业精神的衰落（1850—1980）》，王章辉、吴必康译，北京大学出版社，2013年，第56页。

② 王佐良：《英国诗选》，上海译文出版社，2011年，第229页。

传统与现代：约翰·福尔斯小说研究

在另一首十四行诗中，他对人们的功利心态和行为进行了嘲讽：

> 人世的负担过分沉重，起早赶晚，
> 收入支出，浪费着我们的才能，
> 在属于我们的自然界，我们竟一无所见，
> 啊，蝇营狗苟使我们舍弃了自己的性灵！①

华兹华斯是律师之子，生活富裕，任职于五百年金的闲差，成为桂冠诗人后另加三百年金，未曾经历过谋生之苦，也不会产生对金钱的饥渴。所以，他难以理解培基·夏泼、皮普、裘德等社会下层艰难向上的心理，也未必会被后者所理解。然而，他的诗作形成的乡村想象却在不断延续，对绿色田园的关注被其后的桂冠诗人丁尼生承继。福尔斯在小说《法国中尉的女人》中也引用其《悼念记》集中的名句："昔日绿树成荫，而今海涛滚滚。"而他在《在天边》中亦写道：

> 什么景色能引诱他向往田野彼方，
> 那大地的翠绿融入天色的地方，
> ……
> 什么声音在家乡山谷中最亲切难忘？
> 晚钟柔和圆润的音响轻轻飘荡。②

面对社会新发展所带来的价值冲突，文人不仅考虑诗作的美学价值，还潜移默化地植入道德考量——绿色的乡村和淳朴的乡民代表了一种悠久传统、有秩序有德行的生活方式。这种倾向同样体现于散文。

---

① ［丹］勃兰兑斯：《十九世纪文学主流（四）：英国的自然主义》，徐式谷等译，人民文学出版社，1997年，第42页。

② 飞白：《世界在门外闪光：英国维多利亚时代诗选上卷》，湖南文艺出版社，2015年，第131页。

威廉·亨利·哈得孙与福尔斯极为相似：都是自由酷爱自然，自称不是作家而是业余鸟类学家和博物学家，其著作《远方与今昔》《绿色宅邸》等通过描写自然风貌引起人们对自然的关注和热爱，许多文章受到弗吉尼亚·沃尔夫称赞。而与哈代齐名的乡村散文家理查德·杰弗里斯在文章中写出自己如何藉着与大自然的接近达致灵魂的解放。在《夏日》一文中，他认为自然的"纯净色调能给灵魂带来静谧"，他希望"从这一切绿色事物和从阳光之中获致那种连它们自己也完全懵懂的内在意义"。[①] 杰弗里斯对福尔斯的创作影响很大，后者的《巫术师》就受其小说《少年贝维斯的故事》影响。

"南方"和"北方"两种文化价值观的冲突在小说中体现得最为明显。早在简·奥斯丁的小说中，这种"思想之战"就已经开始。[②]《曼斯菲尔德庄园》的克劳福德兄妹代表了北方功利的伦敦，范尼则更趋近于南方乡村价值（比如稳重）。哈代的"威塞克斯小说"更是表达了作家对现代化进程中乡村消逝的担忧和痛心。而在小说《南方与北方》中，盖斯凯尔夫人力图调和两种文化的冲突，代表北方的男主人公桑顿逐渐接受南方带贵族气的人文文化，而代表南方的女主人公玛格丽特则认识到北方工业的进步意义。然而，更多上层文人和艺术家还是秉持"南方"观念，对工业主义大加批判。福尔斯非常欣赏的拉斐尔前派主将但丁·罗塞蒂热爱绿色的乡村，对自然景物描绘细致。而他的赞助人罗斯金则抨击英国"把灵魂卖给了钢铁和蒸汽"[③]。他在一次演讲中提及兰开夏有个地区过去远离城市，非常僻静，景色宜人，人们还过着传统的牧羊人式的生活。而现在则是"每隔最多1000码的距离，肯定就能看到一座高炉或者工厂"[④]。面对急速发

---

① 高健：《英国散文精选》，上海译文出版社，2010年，第325页。

② 参见黄梅：《〈理智与情感〉中的思想之战》，《外国文学评论》，2010年第1期，第175—192页。

③ 飞白：《世界在门外闪光：英国维多利亚时代诗选上卷》，湖南文艺出版社，2015年，第17页。

④ ［英］约翰·罗斯金：《芝麻与百合》，翟洪霞、余艳译，外语教学与研究出版社，2009年，第267页。

展的工矿业对自然的破坏，他还设想了一幅未来工业恶性发展后的景象：从东海岸到西海岸，英国烟囱林立。没有草地、树木和花园，甚至没有地方铺路。废弃和尘烟挡住阳光——"英格兰的土地上，每一寸都有转动轴和引擎"。①泰晤士河的污水和伦敦雾霾证明了他的预测，英国花费了许多时间、金钱和健康的成本才消除了工业扩张的负面影响。而这些问题如今在我们国家再次上演，重读罗斯金的文章，发人深省。

这种对工业文明的疑虑一直带到了20世纪英国文学。吉普林是英国首位诺贝尔文学奖得主。他的苏赛克斯文学继承了哈代的传统，在绿色乡村中寻找英格兰的精神和道德价值。其著作《山精灵普克》致力于在新一代传承英国传统的绅士精神，如其在书中所言："古老的道路、城墙和城市，昔日的盐泽化为今天的麦垄。我们的英格兰就诞生在，和平、战争和艺术几度兴旺的地方……你我生长的斯土斯乡，乃魔法师梅林的仙境。"②这种森林精灵意象一直深深地吸引着福尔斯。阿道司·赫胥黎是曾与马修·阿诺德和威伯福士论战的托马斯·赫胥黎之孙。作为生物学家的他在《美丽新世界》中也描绘了一幅恐怖景象：现代文明人生活于都市，被科技高度掌控。他们就像蜜蜂一样，其社会地位和性格体貌全由基因调配好，一出生就决定了自己的社会位置和功用。他们没有感情，只会消费和享乐，每个人经过洗脑后都安于自己的社会地位。与之相对，在隔离的"野人区"，人们还保持传统的生存方式。"野人"约翰来到"文明世界"反倒无所适从，最终逃入被树丛掩映的废弃灯塔离群索居，在无人的自然中找回人性。而牛津古英语教授J.R.R.托尔金在其用十六年时间写就的神话传奇《魔戒》中，也影射了其对工业文明的担忧。书中的矮人族家乡"夏尔"就是英国西部乡村的真实写照，那里的人生活宁静祥和；半神的精灵们则住在森林中——罗宾汉的营地，而这正是福尔斯致力挖掘的人

---

① ［英］约翰·罗斯金：《芝麻与百合》，翟洪霞、余艳译，外语教学与研究出版社，2009年，第269页。

② ［英］鲁迪亚德·吉卜林：《山精灵普克》，刘仲敬译，广西师范大学出版社，2015年，第5页。

物。尤其值得注意的是，书中反派"半兽人"不仅貌丑心狠，而且喜欢摆弄机械，喜欢奴役其他族群给他们工作。这简直就是对工业资本家赤裸裸地描绘。而小说中的战斗场面也植入了作家对一战中高效杀人机器的痛苦记忆。在后来拍成的电影中，这种描绘得到延续：半兽人的老窝不像藏妖纳鬼之地，而是更像个钢铁工厂；与之相对，夏尔则是典型的英格兰乡村风貌。然而，与电影的大团圆结局不同，小说主人公历经艰险返乡后，沮丧地发现高耸的烟囱代替了记忆中的绿树，"滚滚浓烟正从烟囱口涌出，喷入傍晚的天空中。"①

及至二战，当福尔斯与家人为了躲避战乱躲到南部乡下时，英国的宣传机器也把纳粹说成是一个发狂的工业社会，而英国则是有着悠久传统的乡村。在讽刺小说《机场》中，英国以乡村为代表，而德国纳粹则以工业化的空军机场为代表。最终获胜的不是"机械化军队"而是"田野和农村"。前者的能源很快耗尽，而根植于乡村田园的英国则可以从大地母亲那里汲取无穷力量。因此，有学者得出结论，认为英国真正的"民族本能"是"热爱旷野及其所包含的一切"②。玛格丽特·德拉布尔曾就此评论道："我们回到了简·奥斯汀的这样一种观点，即生活在乡村的人都是好的，生活在城里的人都是坏的；制造业者都是坏的；简单朴素比发展要好。"③

这种观点和本能也鲜明体现在福尔斯的生活及创作中。福尔斯年少时没有兄弟姐妹（妹妹在他15岁时才出生），略显孤独的他常与舅舅到乡下的沼泽和树林去历险。他们一起捉毛毛虫，逮蝴蝶，研究各种植物和昆虫。小福尔斯逐渐走进自然，热爱自然。12岁时，他就发表了一篇小文章，描述怎样通过在树上抹蜂蜜和啤酒来捉好看的蛾子。多年以后，他还

---

① ［英］J.R.R.托尔金：《魔戒——王者无敌》，汤定九译，译林出版社，2001年，第332页。

② ［美］马丁·威纳：《英国文化与工业精神的衰落（1850—1980）》，王章辉、吴必康译，北京大学出版社，2013年，第83页。

③ 转引自［美］马丁·威纳：《英国文化与工业精神的衰落（1850—1980）》，王章辉、吴必康译，北京大学出版社，2013年，第109页。

在日记中对那些在荒野中的"金色黄昏"念念不忘。1939年，他进入贝尔福德中学读书。这所公学等级森严，纪律严明，以为英帝国培养未来管理人才而著名。福尔斯还一度被委任管理低年级学生，但他很快厌恶了这种秩序井然却又虚伪严酷的生活方式。较之成为帝国雄鹰，他更向往当一只乡下蝴蝶。这种体制造成的心理创伤影响了福尔斯一生。开明的母亲为痛苦的儿子办理休学，并为了躲避轰炸居家来到多佛的一个偏僻乡村。福尔斯的外祖父母来自康沃尔乡下。他们对荒野自然及与其有关的历史传说很熟悉，这令年轻的福尔斯把避难之旅看成回乡的朝圣之旅。后来，福尔斯也一直以康沃尔后人自居。乡居生活进一步培养了他对自然的热爱，这种情感伴随其一生。当举国上下都在抗击纳粹空军时，居于乡村的福尔斯家人却在享用家宴。他后来谈及此事还有一种"罪恶感"。然而，就如前述小说《机场》所表达的，这也从另一方面形成了他根植于大地，批判工业机器文明的人生观和价值观。这些也体现于其创作当中。自然与机器，乡村与城市的对立一直贯穿于其前期小说中。

在《自然的本性》一文中，福尔斯回忆其到法国后一度沉醉于感官享受，但仍然恋慕一个"姑娘"。这个姑娘就是"荒野"（the wild）。他学习了法国艺术、社会风俗和市井人文，并像许多同龄人一样被加缪的存在主义迷倒。然而，所有这些在"the wild"姑娘面前皆黯然失色。[1]

在《巫术师》中，"the wild"姑娘正是美丽的希腊荒野。远处蔚蓝大海托着缭绕云朵如烟似梦，近处松涛林海伴着落日余晖静谧空灵，"天空蓝得耀眼，像四月里一样暖和。远方响起羊铃声。有一只像云雀鸟在我们头顶高高的山坡上歌唱"。[2]如尼古拉斯所言，歌声神秘的牧羊女是"仙女"，是"属于还未使用机器前的世界，几乎是未出现人类前的世界"。[3]置身于此的艾莉森也摆脱空姐的胭脂味和都市气息，变成驰骋于草原的

---

[1]　John Fowles. *Wormholes,* London: Jonathan Cape, 1988, p.350.

[2]　约翰·福尔斯：《巫术师》，陈安全等译，上海译文出版社，2001年，第330页。

[3]　约翰·福尔斯：《巫术师》，陈安全等译，上海译文出版社，2001年，第51页。

"the wild"姑娘。在《法国中尉的女人》中，"the wild"姑娘变成了安德克立夫崖。久居伦敦的查尔斯来到这里后，认为自己在城市文明中已忘记自然的本貌。荒野中的花鸟树木才使他神魂颠倒。作为达尔文的信徒，他沉醉于大自然的怀抱中，甚至"对搞化石研究这门科学居然反感起来"。[①]他一度想离开伦敦到乡下的莱姆小镇定居，只因未婚妻的反对才最终作罢。

福尔斯并不信上帝。但他又像个自然神论或泛神论者那样，认为荒野具有一种神圣性。其笔下的人物也认为荒野具这种神性。当艾莉森在荒野中脱衣游泳时，尼古拉斯提醒她可能有蛇。这未能吓到艾莉森，还令其感到眼前美景就是"伊甸园"。她还代替罪恶的蛇抛给尼古拉斯一个水果。在《法国中尉的女人》中，当代叙事者也把1867年的安德克里夫崖称为"英国的一座伊甸乐园"[②]，荒野中的查尔斯和莎拉就像孤立于世的人类始祖。当查尔斯想象着与莎拉隐居高山深谷时，则把叙事者的断语具象化了。"伊甸园"意象也附着于《乌木塔》中世外桃源般的柯米奈庄园。男女主人公裸身在湖里游泳，在草地上闲谈，好似衣不蔽体的亚当和夏娃。庄园里也种了大片苹果树和梨树，而主人就像上帝一样掌控一切，也像蛇一样催促戴维快尝尝新鲜的水果。

荒野的神秘性还集中体现在《巫术师》中的亨利克身上。在挪威的蛮荒之地赛德瓦雷，他疯疯癫癫地抛妻弃子，隐居山林，十几年如一日地在荒野中向天空呼喊，聆听等待上帝的讯息。身为医生的康奇斯想为其治病，却险些葬身其斧下。当他用望远镜偷窥到亨利克在月夜下那旷野的呼唤时，先前由科学、理性、医学、分类法构筑的世界观被重击了。挪威的荒野和亨利克对其是一个深不可测的谜。他也希望赛德瓦雷是一个时间不能使其改变的地方。类似想法也出现在其他人物身上：尼古拉斯站在希腊

---

① 约翰·福尔斯：《法国中尉的女人》，刘宪之、蔺延梓译，百花文艺出版社，1986年，第78页。

② 约翰·福尔斯：《法国中尉的女人》，刘宪之、蔺延梓译，百花文艺出版社，1986年，第78页。

小岛上希望自己"没有时间的概念"①，而查尔斯面对莱姆镇的荒野也愿"世界永远如此，永远象此时此刻"。②荒野不仅具有神性，还突破了历史性，成为某种永恒存在。正如皮特·康拉迪所言："安德克里夫崖就是一个超越历史的伊甸园，一个透射神秘性的地方。"③

然而，福尔斯对现代工业和都市生活侵袭神秘之地的现状深感不安。他在日记中说自己"最喜欢独自呆在乡村，就像一个人在一座岛上。城市是某种未来。它散去，与我分离，被我遗忘。"④去法国旅游时，被广告牌毁容的绿色乡村令其痛心。他感到城市在不断扩张，沙滩拥挤海湾繁忙。在曼哈顿，他感到当地居民完全丧失理智了："一百万居民中有四分之三的人在这座世界上最漂亮的城市中企图毒死自己。很明显，毒药就是汽车尾气。对自然的完全抹杀，一望无际的拥挤的人群，挤满了每一条街道，这真是要命。这里对宁静，孤单，沉默和新鲜空气的欲望叫嚣着，强烈的就要爆炸。"这些批判异国都市的言语似乎也在折射我们当下的困境。

与福尔斯一样，《巫术师》中的"诗人"尼古拉斯也敏感于现代文明对自然的侵袭。就在他欣赏弗雷泽斯岛上的绿树蓝天时，发现工厂打破了景色的和谐。当其在岛上看到第一道铁丝网时，就厌恶它"玷污了这里的宁静"⑤。从绿树成荫的布拉尼来到雅典后，他发现到处是尘土飞扬的灰褐色和土褐色，人类的一切人性"都退缩到黑色的皮肤和更黑的墨镜后面去了"。绿色的布拉尼宛如伊甸园，而灰褐的雅典则把他牵回现实："机器、紧张都令人无所适从。"⑥工具理性和实用主义也渗透到了中学教育。据传，尼古拉斯授课学校的北面就是克吕泰墨斯特拉杀害阿伽门

---

① 约翰·福尔斯：《巫术师》，陈安全等译，上海译文出版社，2001年，第85页。

② 约翰·福尔斯：《法国中尉的女人》，刘宪之、蔺延梓译，百花文艺出版社，1986年，第45页。

③ Peter Conradi: *John Fowles*, Methuen, London and New York, 1982, p.64.

④ John Fowles.*The Journels* I (1949-65), ed by Charles Drazin, New York: Northwestern University Press, 2003, p.220.

⑤ 约翰·福尔斯：《巫术师》，陈安全等译，上海译文出版社，2001年，第73页。

⑥ 约翰·福尔斯：《巫术师》，陈安全等译，上海译文出版社，2001年，第304页。

农之地。然而，当地的学生对这重要的神话传说地毫无兴趣。这所名学校模仿英式公学，并以在此长眠的拜伦勋爵之名命名。讽刺的是，学生们用打呵欠回报尼古拉斯讲授拜伦诗歌，却对实用知识充满兴趣。如第一章所述，Knowing在此胜过了Feeling，希腊的神话传说淹没在美国科学教科书那一片"完全不懂的专业术语"中。深处美景中的学校更像一个封闭的监狱，它与工厂所占据的小岛北方与南边自然原始的布拉尼对比明显，暗合了英国"北方"与"南方"的隐喻。前文所述的亨利克热爱开阔，宁静的大海。他为了航海去学习轮机，却被拴在一艘船上，禁锢在"到处有润滑油、充满机器轰鸣声的轮机舱里"①。这令其逐渐厌恶机器，并进一步发展到厌恶制造和使用机器的人类。他之所以逃避到挪威荒野赛德瓦雷，就是因为这里远离人类，又像大海一样开阔。这不紧让人联想到奥尼尔《毛猿》中的扬克。20世纪的他所身居的船舱、监狱、动物园都是禁锢人性的牢笼。与之相对，老水手派迪在19世纪的帆船上工作过。他回忆了与蓝天、白云、海浪为伴的航海生活，掷地有声地说道："只有在那些日子里，人们在船上才算数……一个人才算得上船的一部分……"②

维多利亚时代的查尔斯对工业和机器给传统带来的冲击也有深刻体会。他所在的时代已经是火车和马车同行，电报和书信并用的时代。在享受工业化带来的诸多便利时，他又用审视和批判的眼光看待这些变化。与莱姆小镇的宁静祥和不同，伦敦的泰晤士河涨潮时总是漂浮着粪便，浓浓雾气中夹杂着闻惯了的烟煤味和伦敦特有的辛辣刺鼻气味。工业城镇给进城工人新盖的房屋狭窄潮湿，光照极差。街上臭气熏天，到处是烂泥污水，酒店和风月场所堆挤在一处。在第三十六章，埃克斯特河道旁有一排乔治时代的房子，叙事者设想当年从屋里可以俯瞰沿河景致。然而后加盖的房子挡却住了风景，破坏了自然美。甚至就连建筑本身也因日趋强调

① 约翰·福尔斯：《巫术师》，陈安全等译，上海译文出版社，2001年，第379页。

② ［美］尤金·奥尼尔：《毛猿》，收录于《奥尼尔剧作选》，荒芜译，上海译文出版社，1982年，第104页。

经济实用而丧失美感。在当时，保护旧建筑不仅是美学追求，更有道德考量。建筑是民族记忆和文化传承，保护它们不仅因为它们是美的，还因为它们是古老的。正如约翰·罗斯金说："一座建筑物最大的价值不在于它的石头，也不在于它的黄金，而在于它的年代。"[1]因此，面对莱姆镇的新会议厅，查尔斯厌恶地称其"坐落的地方和造型之丑陋，堪称英伦三岛最差的公共厕所。"[2]作为一名绅士，这样的话语几近刻薄。但这刻薄之声的背后不仅是审美批判，更有道德谴责和历史反思。像许多19世纪文人一样，在他眼中，凝聚英国历史传统和民族特性的建筑不是都市里钢铁玻璃建筑，而是乡村庄园。

在《法国中尉的女人》第二十三章，查尔斯饱含深情地注视着温斯亚特庄园：

> 庄园的一切都是为了爱他才存在着的：那整洁的门房花园，那远方的园林，那一丛丛的古树——每丛古树都有一个雅号，像"卡森的讲坛"呀，"十松岭"呀，"拉米伊"呀（为庆祝那次战役的胜利而种植的），"栎榆合欢"呀，"缪斯丛"呀，等等。查尔斯对这一切都很熟悉，就象他熟悉自己身体的各个部分一样。还有那酸橙树林荫道，那铁栏杆，这一切在他看来，或者凭他的本能觉得，都是来自对他的爱。[3]

在查尔斯眼中，这个庄园不仅是乡村宅邸，它还是某种"为了爱他才存在"的情感结构。他刚满周岁母亲便撒手人寰，父亲是个浪荡公子。因此，孩提时代的查尔斯"便从各处寻找母爱"，而庄园女仆霍金斯夫人尽

---

① ［英］马丁·威纳：《英国文化与工业精神的衰落（1850—1980）》，王章辉、吴必康译，北京大学出版社，2013年，第93页。

② 约翰·福尔斯：《法国中尉的女人》，刘宪之、蔺延梓译，百花文艺出版社，1986年，第146页。

③ 约翰·福尔斯：《法国中尉的女人》，刘宪之、蔺延梓译，百花文艺出版社，1986年，第224页。

力弥补了这个缺失。庄园每一处命名的树丛都是他童年的玩伴，内化为他的精神。他像"熟悉自己身体的各个部分一样"熟悉它们。甚至连冰冷的"铁栏杆"都是带有温度的成长记忆。当他离庄园越来越近时，车轮车轴原本难听的吱嘎声都唤起他的"甜蜜回忆"①，令其激动不已。庄园已不是由无声的草木和冰冷石头构筑的建筑物，而是连接查尔斯童年记忆和内心情感的灵性存在物。因此，当未婚妻看不上老旧的庄园，想对其翻新时，查尔斯冰冷地讽刺她可以另建一座"水晶宫"。②显然，时尚的未婚妻只是满足于庄园贵妇的称号，并未理解它是查尔斯的"精神家园"。

与笔下人物相似，福尔斯童年的乡村成长经历让其毕生对荒野和庄园有种执着偏爱。当他因写作出名后，第一时间放弃城市生活而来到莱姆镇购置宅邸，终生居住于此。同查尔斯一样，他也给自己花园中的植被命名。如其所言："乡村庄园是其精神避难所。"庄园这一文化守成价值在英国有着长久传统。

简·奥斯丁和狄更斯是福尔斯欣赏的作家。在奥斯丁的《曼斯菲尔德庄园》等小说中，花园里的闲谈中总是或隐或显地与来自城市的另一种思想文化进行交锋。在狄更斯的《远大前程》中，威米克在伦敦给律师贾格斯做助手。但他厌恶那里，并与其父在瓦尔沃斯打造了一个有着城堡、湖泊与草地的世外桃源。他们还巧妙地设计了吊桥，隔绝与伦敦的一切联系。这种自然而富有人情的乡村家庭生活，与皮普在伦敦看到的阴沉雾气、丑陋市容和压抑的死囚监狱对比强烈，让其对伦敦起了一种反感。D.H.劳伦斯被福尔斯称为二战前最伟大的作家。他在给友人的信中对"布鲁姆斯伯里团体"常聚会的卡辛顿庄园几近赞美，认为这所古老乡村宅邸总让人回忆其宁静美好的过去。

《法国中尉的女人》中多次引用丁尼生的诗作，他对福尔斯影响很大。

———————————

① 约翰·福尔斯：《法国中尉的女人》，刘宪之、蔺延梓译，百花文艺出版社，1986年，第225页。

② 约翰·福尔斯：《法国中尉的女人》，刘宪之、蔺延梓译，百花文艺出版社，1986年，第222页。

丁尼生则在一系列乡村田园诗歌中描述乡村庄园的迷人景色和其包含的历史传奇。威廉·莫里斯则在附和丁尼生时断言，"人的住房没有比古老的英格兰房屋更使人感到亲切或更令人愉快的"[①]。莫里斯本人就在泰晤士河上游乡村购置宅邸。它和周围的小教堂与荒野构筑的田园风光是英国历史文化的组成部分，并象征着一种道德性的存在：宁静、稳定、秩序的存在。也正是温斯亚特庄园，让查尔斯感受到一种"保持安宁和秩序"的"巨大责任"。在《乌木塔》中，戴维也感到柯米奈庄园体现着一种与世隔绝的和谐。而在庄园暂居的女艺术生戴安娜也留恋于这里的宁静，害怕外人闯入会扰乱这里的"生活秩序"。不过，细读文本，就会发现福尔斯在赞美田园美景的叙事中还潜藏着另一种声音。

## 第二节　乡村与城市：文学想象的意识形态与文化消费悖论

在《法国中尉的女人》第十九章，叙事者提及波尔蒂妮太太的一个女仆米莉。她是农夫女儿，姊妹十一人与父母一起生活在荒凉的山谷中。全家挤在两间拥挤潮湿的草屋里。话到此时，叙事者笔锋一转：

> 现在，那两间草屋已落到了伦敦一个时髦的年轻建筑师手里，他常到那儿度周末。他很喜爱两间草屋，因为那儿地处山野，十分偏僻，一片田园风光。这件事或许消灭了维多利亚时代这地方出现的可怕现象。但愿如此，乔治·莫兰之流（在一八六七年，伯基特·福斯特是罪魁祸首）把乡村生活大加渲染，似乎农村劳动者和他们的子孙都是那样心满意足地生活着。其实，他们的绘画同我们时代的好莱坞

---

① 转引自［美］马丁·威纳：《英国文化与工业精神的衰落（1850—1980）》，王章辉、吴必康译，北京大学出版社，2013年，第63页。

电影一样，都掩盖了"真实"的生活，是一种愚蠢而有害的情调。只要看一看米莉和她的十个兄弟姐妹的情况，关于"快乐的乡村少年"的神话便会不攻自破了……就我个人而论，我最痛恨的是那种用文字和艺术建造起来的高墙。①

叙事者以横跨两个世纪的对比，意在提醒读者，英国文化中的"乡村想象"其实是一种有选择的文化形塑，"文字和艺术建造的高墙"在墙前展示某种人造景观的同时，又有意遮蔽了墙后不可告人的景象。叙事者的"痛恨"之声也呼应了安德鲁·郎利的如下文字：

　　大多维多利亚时代以乡村生活为题材的艺术作品总是营造出一派乐观、祥和、天真无邪的田园景象。穿着工作服的农夫身强体健；收割工人在干草堆下休憩……艺术家们透过这些美妙的田园景色来表达自己的道德观……但是广大农民的实际生活却与艺术作品中所描述的大相径庭。他们租住在窄小、阴暗、潮湿的村舍里……不论是严寒还是酷暑，他们都得起早贪黑地在户外工作。②

上述观点在秉持"文化唯物主义"的文学批评家雷蒙·威廉斯那里得到详细阐述。在其著作《乡村与城市》中，威廉斯以其深厚的文学功底，详细梳理了英国16世纪以来的乡村田园文学作品，从中发现两个问题：其一，古希腊罗马的田园诗既描写田园生活之欢乐和乡民之淳朴，也描述乡村劳作的艰辛和农民生活的困苦。但在英国的田园诗歌中，辛苦的农民和破败的农舍在文学和绘画中体现的越来越少。农田和庄园，乡绅和农民日渐构成一个和谐统一的"有机社会"，自然的秩序与一种立足农业的社

---

① 约翰·福尔斯：《法国中尉的女人》，刘宪之、蔺延梓译，百花文艺出版社，1986年，第183—184页。

② ［英］安德鲁·朗利《艺术为证之维多利亚时代》，吴静译，天津教育出版社，2011年，第32页。

会等级秩序对应起来。其二，他发现怀旧的田园主义传统自古有之，每一代文人都在诗作中批判当下，感怀过往。及至19世纪工业商业资本主义快速发展后，许多文人更是用"往昔美好的日子""快乐的英格兰""有机社会""绿色田园""黄金时代"等词汇称呼日渐消逝的农耕社会，以理想化的乡村英国反衬当时快速、冰冷、隔膜的工业社会和城市生活。

威廉斯认为以"田园主义怀旧反对资本主义的金钱秩序，承载了一定的人道主义情感"①，值得肯定。同时，作为一个马克思主义文化批评家，他又敏锐发觉这种怀旧文学是一种"编制出来的意识形态神话"。它将一种美好生活的期盼之情对应于一种社会等级秩序，是一种历史和文学误读。他认为这种误读不是"史诗误读"，而是"历史视角"和"文学视角"②问题。如果变化一下视角，我们也能发现福尔斯的作品中或明或暗地揭示了另一种叙事声音。

前文我们提到，查尔斯通过庄园窗户欣赏着小镇安静祥和的田园风光。如果我们推远镜头并扩大视域，会发现在查尔斯陶醉于田园美景时，仆人萨姆正在磨剃刀、烧开水。窗外风景是他无暇消费的"奢侈品"。当查尔斯在屋内隔着窗户观望牧羊人并声称不想回伦敦时，萨姆却揶揄道："要是你老是站在风口上，先生，您就真的去不成伦敦啦。"③此话明褒暗讽。一层窗户把查尔斯和牧羊人分隔为两个世界，屋内的查尔斯感到暖风"搔弄着他的脖颈"，并不能理解屋外牧羊人的寒冷和辛苦。因此，萨姆既是在善意提醒主人注意保暖，也是在暗示主人把牧人的生活美化了。

同样的，当查尔斯把希腊小岛上的牧羊女视为林中仙女并倾听其神秘的歌声时，却并未看到她辛苦劳作的现实场景。然而，正如查尔斯所言，

---

① ［英］雷蒙·威廉斯：《乡村与城市》，韩子满等译，商务印书馆，2013年，译序第6页。

② ［英］雷蒙·威廉斯：《乡村与城市》，韩子满等译，商务印书馆，2013年，第13—15页。

③ 约翰·福尔斯：《法国中尉的女人》，刘宪之、蔺延梓译，百花文艺出版社，1986年，第45页。

那无拘无束的歌声并不是欢快的歌声，而是"估计和痛苦的心声"，让他自己显得"渺小、荒唐"。当他与艾莉森在旅行路上碰到真正的小牧羊女后，却嫌弃她身上可能有虱子而不愿靠近。牧羊女只是他理想化的审美符号。只有当地赶骡人懂得牧羊人真正的生活之苦："日出而作，日落而息，数羊只，挤羊奶，繁星清风，无边的沉默偶尔被铃声打断，还要小心防狼防鹰，一种六千年不变的生活。"①查尔斯和艾莉森借宿的山林小屋也从侧面印证了牧羊人的这种艰苦生活。所以，当查尔斯和尼古拉斯们在居高临下地欣赏田园美景时，代表"自然生活和自然情感"的牧羊人们只是观看对象，他们的真实生活场景则被隐去。

在《乡村与城镇》中，威廉斯注意到17世纪以来，对田园美景的描写慢慢滑向对乡绅生活和乡间庄园的赞美，以此对比腐败宫廷或城市的生活。传统营造了乡绅与乡民在温和的家长制下相安无事的和谐，以致"上帝和地主的形象发生了重叠，都被称作'Lord'"。对自然风景和乡村生活的捍卫与"对旧乡村秩序的捍卫"混同起来②。威廉斯认为这是一种美化甚至神化的虚构，这种"自然的"农业经济和乡绅阶层并不天然具有一种道德优势。《法国中尉的女人》也折射了这一复杂矛盾的关系：

查尔斯感到自己与萨姆不仅是仆人还是伙伴，后者就是自己的桑丘·潘沙。他自得于这种和谐的主仆关系，还嘲笑暴发户们把仆人当机器使用。事实上，他在经济和情感两方面对萨姆的伤害早令后者心怀不满。小说中有个有趣细节：当萨姆被查尔斯取笑后，心怀不满地摔门而去。对此，查尔斯并未发觉，反而对着镜子板起面孔，作出"一副严厉的年轻家长的模样"。他在按照传统模式把自己塑造为一个严厉的家长式的庄园主。在温斯亚特庄园，我们也似乎看到一幅和谐画面。仆人们各居其位，安心工作。有十几个老人退休后留住在庄园领取养老金。这些有功之臣可

---

① 约翰·福尔斯：《巫术师》，陈安全等译，上海译文出版社，2001年，第319页。

② ［英］雷蒙·威廉斯：《乡村与城市》，韩子满等译，商务印书馆，2013年，第269页。

以像庄园主人一样随意在庄园走动。这是庄园一直沿袭的规矩。叙事者以抒情的语调描绘着平静乡间和年复一年辛勤劳作的人，似乎这种生活是"应该的""神圣的""永远不可动摇的"。然而，叙事者到此笔锋再次转向，讽刺了自己先前所说：

> 可是，老天知道——女仆米莉也知道——乡下的非正义与贫穷象谢菲尔德市和曼彻斯特市的非正义与贫穷一样丑恶。但是农村里的这种非正义与贫穷总是以隐蔽的形式进行着……农村的主人们象喜欢照料良好的土地和牲畜一样喜欢照料良好的农民。他们对雇工们相对而言的善良，只不过是追求家业兴旺过程中的副产品……"①

在当代叙事者看来，维多利亚时代乡村的剥削、罪恶并不比工业城市少。地主对农民相对而言的善良是为了追求家业兴旺，这与工厂主对工人善良是为了"提高生产效率"并无二致。狄更斯认为有产者自我反省式的"道德自律"和慈善行为是缓和劳资矛盾，化解社会矛盾的有效方式。然而，威廉斯认为地主对农民的"保护"并未改变后者作为前者"财产"的身份属性。小恩小惠是为了使他们能够付出更多的劳力，生产更多的食物，是一种"明显不道德的事件之后的一个道德反射"②，背后的本质还是相当彻底的身体和经济控制。因此，这种乡村社会关系并非文学想象所描绘的那般完美，唯一的区别就是控制力度因人而异。小说中也给出了这种对比：查尔斯的伯父醉心于打猎和收藏，较为开明，其庄园的农民和仆人待遇较好。而莫尔伯勒府邸的波尔蒂尼太太刻薄、规矩多。她每周让家仆工作一百多个小时，逼得他们逃之夭夭。而《巫术师》中的德康更是以一种非道德立场看待自己与农民的关系。生活两极分化对他只是一种

---

① 约翰·福尔斯：《法国中尉的女人》，刘宪之、蔺延梓译，百花文艺出版社，1986年，第226页。

② ［英］雷蒙·威廉斯：《乡村与城市》，韩子满等译，商务印书馆，2013年，第253页。

取乐的谈资。当其站在菜地看农民劳动时，只说了句"他们是他们，我们是我们，这就是美"。[①]最终，他的冷酷招致下人报复，庄园和藏品被付之一炬，他也自杀身亡。《法国中尉的女人》中关于康芒岭由公变私而引发的争端则揭示了乡村另一种更严重的冲突：圈并土地。资本的介入加深了城乡联系，农村逐渐成为城市工业的原料产地和市场。英国还把岛内城乡之争的模式扩展到帝国广大的殖民地中——以英国为都市，以殖民地为乡村，后者为前者提供原料、资源和市场。前文提及的德康大部分财产就来自刚果的企业。当尼古拉斯像鲁滨逊一样，对有人侵入"我的荒岛"很恼怒时，他的圈地行为就像在摹仿那场"圈地运动"。而鲁滨逊也是英帝国这个"大都市"在全球范围内对其他"乡村地区"统摄的典型事例。当他在荒岛求生的同时，其资本还在"乡村"巴西的种植园中继续运作，源源不断地生成财富。只是在作者的叙述中，这个资本运作的商业神话被鲁滨逊个人传奇的荒岛求生神话掩盖了。

经过"圈地运动"后，大量失地农民进入工业城镇谋生，而许多地主则转变为农业资本家。这种变化促成了乡村田园神话受众的改变。如第一章所述，当工人阶级开始逐步适应城镇生活时，工商业资本家和中产阶级却回过头来追寻贵族式的绅士文化，也极力模仿这种乡村田园的生活方式。对于有产阶级来说，乡村旅行是对抗城市病的良方，购置乡村宅邸则成为一种昂贵的炫耀性消费。查尔斯的岳父在伦敦建立了商业帝国，却仍要模仿贵族去乡下购置庄园。平日都在伦敦，只有夏季去度假。在《巫术师》中，尼古拉斯屡次提及要逃离伦敦，去乡下写作。在《乌木塔》中，戴维在柯米奈庄园感到逃离了城市喧嚣，深入到田园中体味这种神秘之境，甚至想回国后与妻子再去威尔士的乡村体验这种感觉。英国的乡村神话书写构成了一种乡村文学想象，促成了中上层的文化消费；而这种文化消费又进一步强化了"乡村英国"的概念，最终形成了国家层面的"想象共同体"。诚如马丁所言："对旧时乡村生活的迷恋，无论它是真实的或

① 约翰·福尔斯：《巫术师》，陈安全等译，上海译文出版社，2001年，第217页。

是想象的，在第一次世界大战后都渗透了整个中产阶级。"①

然而，在福尔斯的文本中，我们却读出了某种文化消费的悖论：一方面，所有人都相信乡村是好的，乡民是淳朴的；另一方面，都市的中上层有产者却只消费乡村风景，忽略甚至轻视乡民。当尼古拉斯形容希腊小岛的美景时，用到了"如画美"（Picturesque）这个词。他也遵循依此去寻找适合入画的景物。然而，在其黑名单中，不仅有工厂、难看的建筑，还有文学作品中赞美的淳朴乡民。在《收藏家》中，米兰达喜爱乡村田园，懂得欣赏老建筑，却瞧不上克雷戈。在《法国中尉的女人》中，当城里游客来到莱姆码头上欣赏早春风景时，无人注意到那些补网、漆网的渔夫，他们被从"如画"美景中抹掉了。欧内斯蒂纳整日梦想成为庄园女主人，却看不惯乡下的风土人情，提醒查尔斯要忍受粗野的目光。在原文第十四章，当她谈及伦敦和莱姆的差别时说道："There is a world of difference between what may be accepted in London and what is proper here."②现将不同译本译文分列如下：

| 译本 | 译文 |
| --- | --- |
| 花城出版社，1985年，阿良、刘坤尊译 | 伦敦可以接受的东西与这里得体的做法有着天大的差别。（第101页） |
| 上海译文出版社，2002年，陈安全译 | 伦敦可以接受的东西和这里视为得体的东西，两者之间是有天渊之别的。（第111页） |
| 好时年出版社，1981年，张琰译 | 伦敦和这儿的尺度差异极大。（第110页） |
| 百花文艺出版社，1986年，刘宪之、蔺延梓译 | 伦敦和这儿乡下不同。（第120页） |

上述译文基本按原意译出，前三个译本更多关注到"a world of difference"该如何翻译，唯有刘宪之、蔺延梓版本根据上下文把"here"

---

① ［美］马丁·威纳：《英国文化与工业精神的衰落（1850—1980）》，王章辉、吴必康译，北京大学出版社，2013年，第99页。

② John Fowles. *The French Lieutenant's Woman*, New York: New American Library, 1970, p.88.

译为"乡下"而不是简单处理为"这里"或"这儿",还在下文中加入了原文没有的"听到'乡下'一词"①。如上的译文和改动尽管不是完全直译,却敏感捕捉到了欧内斯蒂娜这一人物的潜台词,她不仅想表示不同,更想表现一种"高下有别"。因此,小说叙事者也调侃地称特兰特夫人有"未开化的乡村居民早起的习惯"。此外,查尔斯拒绝与弗里曼一起经商,懒惰只是一个借口(他一直在做管理庄园的准备),最大原因是其讨厌弗里曼的伪绅士做派。当他面对商店时,感觉它像发动机和张着血盆大口的野兽,充满动力又充斥欲望。他却突然发现自己深爱温斯亚特庄园,"爱着它那'可怜的'古画和家具,爱着它悠久的历史、它的安全和它的礼仪"。②对于商业大亨弗里曼来说,乡村庄园只是自己维持绅士身份的一个装饰。但对于查尔斯来说,庄园则是其情感结构和精神家园。如果说商人弗里曼只是一个乡村文化消费者,作为贵族的他则是真正的乡村文化坚守者。

所以,人们想从乡村文化想象中寻找英国特性、文化历史、自然情感、和谐秩序;却又仅将赞美目光聚焦于乡村宅邸和乡绅,有意无意地忽略了真实的乡民和真实的劳作。这种选择性想象最终会导致历史的扭曲甚至断裂。正如哈代谈及小说创作时所言:"最根本的变化是,最近一段时间以来,维系着当地传统和气质的农舍常住居民被大体上是流动性的劳力所替代了,从而造成当地历史连贯性之断裂,对于保存地方的传奇、民族、社会阶层之间的密切关系和古怪的个性而言;没有什么变化比这种断裂更具毁灭性。所有这些传统的存续之不可或缺的条件,就是一代又一代人附着在同一片土地上生活。"③

---

① 约翰·福尔斯:《法国中尉的女人》,刘宪之、蔺延梓译,百花文艺出版社,1986年,第120页。

② 约翰·福尔斯:《法国中尉的女人》,刘宪之、蔺延梓译,百花文艺出版社,1986年,第326页。

③ 转引自Cristopher Harvie & H.C.G.Mathew,《19世纪英国:危机与变革》,韩敏中译,外语教学与研究出版社,2007年,第266页。

因此，福尔斯反对这种乡村田园文学想象的意识形态底色和文化消费的娱乐性，梦想回到更久远的文化传统中去寻找精神寄托。

## 第三节　不列颠与英格兰：福尔斯
## "绿色英格兰人"的精神反叛

在《巫术师》中，当尼古拉斯于1952年从希腊返回伦敦后，感到"伦敦的灰色"令其窒息。在与小说同一年的现实中，福尔斯正在希腊教书。他在日记中记述到："希腊的美景让我强烈地回忆起英国灰色的街道，灰色的市镇，英国的'灰色性'（greyness）。"然而，福尔斯认为真正的英国特性（Englishness）不应是灰色的，而应是绿色性的（greeness）。这种特性很难在英国现实（Social England）中找到，只能返回到神话英国（Mythical England）中发掘。在那里，他找到了真正的英国人，即绿色英格兰人（Green Englishman），其典型是森林中的罗宾汉和绿色骑士（Green Knight）。

"Green man"是西方文学长存的原型之一，巴里·欧申曾撰文对此进行总结。[①]20世纪70年以后，它还是环保主义者的代称（常被叫作"绿党"），常被用在生态批评的著作中。尽管福尔斯在其后期的"非小说"（non-fiction）作品中对生态破坏和环境保护日益关注。但前期创作中，其笔下的"Green Englishman"更多是一种通过艺术显现的传统文化精神，其原型就是深藏于森林的罗宾汉。通过其日记，我们发现罗宾汉形象一直萦绕在福尔斯头脑中：1954年，当他在一个乡镇小学看孩子们表演英国民间传说时，突然像劳伦斯一样想道："英格兰，我的英格兰。英格兰的神秘精灵应该是愉快的、未成熟的。总有一天我要写关于罗宾汉，这是一个遥

---

① Barry N.Olshen. "The Archetype of the Green Man in the Writings of John Fowles", in *John Fowles and Nature*: *Fourteen Perspectives on Landscape,* edited by James R.Aubuey, Fairleigh Dickinson University Press & London: Associated University Presses, pp.96–104.

远而深刻的工程。"①，而在后来几年的日记中，他又反复提及有关罗宾汉的创作冲动。

　　福尔斯在《是英国人，不是不列颠人》一文中，阐述了自己对绿色英格兰人和罗宾汉主义的理解。尽管强调自己不是一个英格兰本土主义者（Little Englander），但他还是批判大不列颠联合王国（Great Britian）是英帝国时期强推的政治概念，并非一种民族认同。它用一种军事和意识形态的策略强行把英格兰人、苏格兰人、爱尔兰人和威尔士人统一起来。联合王国国旗上蓝、红、白三色遮盖了"绿色英格兰"（Green England）的英国特性。在他看来，"绿色英格兰"有两个特点，其一是岛国（island）意识，与之相伴的是孤独意识、隐遁意识或迁徙意识。其二是公正（Justise）意识，反抗不公与压迫，还专门产生"正义的罪犯"（Just Outlaw）这一概念，特指因反抗官方不公而被宣布有罪之人。而在民间传说中，罗宾汉之本性就在于反叛而非权力，在于敢与诺丁汉治安官代表的一切体制禁锢和权力压迫对抗。他还一直退隐于森林，像自然之子一样脱离文明社会的各种文化观念、习俗礼仪的束缚；无论是因服从还是因为胜利，离开森林的罗宾汉都不再是原先的自己。因此，福尔斯认为罗宾汉是"绿色英格兰"的代表，而"约翰牛"只能代表傲慢霸道的不列颠帝国形象。

　　福尔斯遗憾地发现，17世纪以来，随着资本主义发展和工业革命的开展，现代化进程使得英格兰森林逐渐消失。与这种自然褪化相伴的则是现代英国人身上罗宾汉侠义精神的缺失。人们对事物变得冷漠，对别人的苦难视而不见。大家宁可与陌生人谈天气，也不与之谈论严肃问题。"虚伪"成为一种民族特性，每个人都隐藏自己的真实想法："大谈我们不信的观念，拒绝我们实际支持的，有需求时我们沉默，有目标时态度又不明朗。"较之"灰色"的现实，"绿色英格兰"逐渐成为记忆中的意象，在英国艺术中得以表现和流传：在霍加斯、托马斯·比威克，约瑟夫·透纳的

---

　　① John Fowles.*The Journels* I (1949–65), ed by Charles Drazin, New York: Alfred A.Knopf, 2005, p.323.

风景画中，在布莱克、克莱尔、杰弗里斯、哈代、奥斯丁、勃朗特的文学中，都能感受到这种精神。此外，这种绿色英格兰的传统也被带到美国，在梭罗、艾米莉·迪金森、马克·吐温那里传承下来，美国文学中的西部牛仔英雄就是罗宾汉的变体。所以，他认为外国人很难理解英格兰人的两种情感生活：一种是外在的、社会的、虚伪的、灰色的，在诺丁汉治安官的监视下；一种是内在的、精神的、真诚的、绿色的，在罗宾汉的森林里。

因此，"绿色英格兰"是一个情感的而非理智的概念。就像罗宾汉只能隐遁于森林中，它也只能在人们的深层意识（deepest mind）和艺术创作中靠直觉去找寻。尽管未能写出关于罗宾汉的专著，但福尔斯在前期小说中潜藏了"绿色英格兰"意象以及"罗宾汉和绿骑士"原型。

在《巫术师》中，初来乍到的尼古拉斯面对希腊小岛的高山、大海，"平生第一次开始观察自然"，开始用"一种新的方式注意石头、飞鸟、花朵"。小岛就好像孤立于世，没有公路和汽车，天上一个月也没有一架飞机。身处绿色自然之地，他发现自己"苍白的伦敦人的手"与周围很不协调，联想到了灰白的伦敦，以致感到"那么恶心"。对于福尔斯来说，真诚而非虚伪，是"绿色英格兰人"的精神特性和天然道德优势。面对大自然，肉体可以赤露，心灵更要坦诚。因此，尼古拉斯与艾莉森身处帕纳塞斯山的森林时，发现后者像夏娃一样，心灵同她的肉体一样赤裸坦诚。而他则看到现代生活各种丑陋无诗意的衍生物强加于真实自我，感到"不讲真话心里不踏实"。而当康奇斯站在赛德瓦雷静谧的土地时，深深地被那里的荒凉空旷和宁静神秘所震撼。说它荒凉空旷，是指其极少人类活动痕迹，多见林地河流，尽是飞鸟游鱼；说其宁静神秘，是很少有人类文明活动的声音，多为各种鸟类鸣叫和戏水声音，几里地外都能听到，颇有"鸟鸣山更幽"之意境。这让康奇斯感到那里的"山水有灵魂"，"人敌不过它，也驯服不了它"，相反地，是"自然战胜人"，而且是"平静、高贵"地战胜。作为一名医生、一名"理性协会"成员，赛德瓦雷的荒野令其发觉自己先前笃信的科学和理性是"有缺陷的"。他的科学知识的头脑无法解释亨利克的所想所为，却又被其深深吸引和震撼。如若说他和尼古拉斯都是在新环境中开始领悟这种"绿色"精神,那亨利克则已是一个不折不扣的"Green man"。他就像罗宾汉一样,从机械轮船的轮机房逃避到森林里。当他站在河中向月空高喊"我净化了"时,似乎是"领悟到神明的某种启示一样"。所以,康奇斯感觉他"不是满怀信心地在等待。他早已生活在其中"。小说中的这段情节并非完全杜撰。大学假期,福尔斯曾跟随一队鸟类学者去挪威探险,那段经历让其对自然的神秘有了深刻体会,也为其后的写作积累了素材。

在查尔斯和莎拉那里,我们同样能找到"绿色英格兰人"的影子。

查尔斯在安德克立夫找化石时,身着臃肿的职业装束,其鼓鼓囊囊的包里装着锤头、包装材料、笔记本等工具物品。在叙事者看来,这是科学研究必备的,却也是文明的负担。当查尔斯来到"一个人影也没有"的僻静处时,叙事者"极为高兴地"记下这一点:

> 这当儿,一个完全合乎人性的时刻来到了。查尔斯警惕地环顾一下四周,当他确信四周无人时,便小心翼翼地脱去靴子、绑腿和长统袜。那是童年才会有的时刻,他试着回想荷马的诗句,说明这样的时刻古已有之。可这时一只小螃蟹从他身边爬过,捉螃蟹的念头分散了他的精神。查尔斯在水中的巨大倒影落在螃蟹警惕的、高高翘起的眼上。[①]

在这样一个无人的荒野之地,查尔斯也甩掉文明社会的包袱,以自然之躯面对自然之境。这一情景既联系着他的童年记忆,又联系着荷马诗句所描绘的悠远历史。那只突然出现的小螃蟹像一个顽皮的自然精灵,把查尔斯从历史冥想中拉回到当下现实,令其摘掉文明社会的面具,以赤子之心投入自然的怀抱。当查尔斯的身影映照在螃蟹的眼上时,人与自然不再

---

① 约翰·福尔斯:《法国中尉的女人》,刘宪之、蔺延梓译,百花文艺出版社,1986年,第56页。

是对立的。他们似乎合二为一地融合在一起。

因此，他私下承认让其来到莱姆镇的原因并非未婚妻而是那绿色的山丘。后来，"岛屿、山脉和人迹罕至的绿色丛林"成为他出游的首选，"不仅仅是为了欣赏泉水，而是为了自由自在"。①

当查尔斯首次见到莎拉后，用"树林中淙淙而流的泉水"来形容莎拉脸上露出的悲哀。这奇特的比喻也暗示着莎拉是一位自然之女，一位女版的罗宾汉。小说中，查尔斯多次提及莎拉具有某种"野性"（wildness）。波尔蒂尼夫人面前的莎拉总是很文雅（politeness），谨小慎微，吐字如金。然而一旦走向康芒岭，回归荒野自然，她就如鸟儿出笼般地显露出真实的自我和野性的一面。她在小镇上对查尔斯唯诺寡言，在荒野中却像开闸洪水奔般向其倾诉情感的压抑。在查尔斯眼中，莎拉野性的一面也是其真诚（honest）的一面。与格罗根医生把这种野性视为疯疯癫癫的精神疾病不同，查尔斯把莎拉的野性等同于听鸟儿唱歌所体会到的那种野性，"是一种纯洁的野性，一种近乎热望的野性。"②而这种野性与欧内斯特蒂娜在小说第十二章，查尔斯向未婚妻欧内斯蒂娜感叹安德克立夫崖这个茫茫荒野（wild）叫人心醉，后者却打趣他根本没去找化石，而是与林中仙女幽会了。言者无意，听者有心。这随口的玩笑话却中一语成谶：此时查尔斯既被安德克立夫崖的"荒野"所吸引，也被"林中仙女"莎拉的野性所诱惑。自然与人在此统一到了一起。而莎拉那红色的头发与深色的皮肤更显其野性与健康，就像尼古拉斯眼中的希腊风光：强烈、激情；而金色头发、面色苍白的欧内斯蒂娜则总是一副病相，好像北方阳光下平静、驯化的景色。就如叙事者所说，莎拉的朴素就像查尔斯脚下的小野花："虽然朴实无华，但却能跟奇异的暖房植物一样茁壮成长，并跟它们争奇斗

---

① 约翰·福尔斯：《法国中尉的女人》，刘宪之、蔺延梓译，百花文艺出版社，1986年，第157页。

② 约翰·福尔斯：《法国中尉的女人》，刘宪之、蔺延梓译，百花文艺出版社，1986年，第286页。

艳。"①正如罗伯特·赫法克所言："安德克里夫崖的荒芜象征着莎拉的野性，而这种荒野的孤独与温室里有教化的欧内斯蒂纳形成鲜明对照。"②

莎拉确实也像罗宾汉一样，在康芒岭找到一块绿色的小高地，将自己遮得严严实实。当查尔斯形容她的藏身处既迷人又安全时，她却淡淡地回应自己只是找个"孤寂的地方"——无人打扰却也孑然一身，感觉被抛荒岛。然而，莎拉又觉得自己应该并且只能属于这片绿色荒野。为了多在这里留驻，她不惜装病装疯，冒着被人闲言碎语和被主人训斥的风险。她把自己比作一颗山楂树，适合寂寞地生长于此，却与小镇环境格格不入。她把康芒岭当做自己真正的家园，熟悉这里的一切，能轻易找到查尔斯费尽心思也找不到的化石。而在婉辞查尔斯时，她俨然是在自己的会客厅说话。与此同时，与受教化的都市文明人相比，女罗宾汉莎拉的野性还体现在热烈的情感和直觉把握事物的能力。如书中所言，莎拉的聪明不是分析型，不是解决问题型。她费尽心力才学会了数学。但她的优势在于其能凭着直觉和本能知人论世，表现出一种"未曾在伦敦混迹过的人所表现出的一种神奇洞察力"。正如《暴风雨》中腓迪南王子见到小岛上单纯无知的米兰达，查尔斯在"绿色小岛"安德克里夫也与莎拉暗生情愫。当两个罗宾汉的后人相拥于旅馆时，叙事者也用了一种绿色而非暧昧的自然语言形容查尔斯的感觉："象一个囚犯回到了绿色田野，象一只山鹰在自由翱翔。"③

《乌木塔》的故事场景是潘蓬森林，柯米奈庄园就是布里斯利这个老罗宾汉的森林。他在混迹巴黎多年，最终选择退隐于此。当他带着戴维和两个女孩散步时，小说叙事者尤其强调布里斯利是在用手杖指着"他的"森林的光影和景观。他能随口说出这片土地的神秘事迹，它们都联系着更

① 约翰·福尔斯：《法国中尉的女人》，刘宪之、蔺延梓译，百花文艺出版社，1986年，第194页。

② Huffaker, Robert. *John Fowles,* Boston: Twayne Publisher, 1980, p.110.

③ 约翰·福尔斯：《法国中尉的女人》，刘宪之、蔺延梓译，百花文艺出版社，1986年，第390页。

传统与现代：约翰·福尔斯小说研究

为古老的传统。而老人就像森林一样也有神秘的故事。尽管小说一开始用"老人""老鬼""老牧童""可怕的老混账"等各种称谓指称他，但最终还是把他定位在"像小孩子一样天真"。正如福尔斯所言："英国人到了国外就像青春期的青年来到成年人中间。"而"绿色的英格兰人"应该有这种"淳朴的情感和直觉的道德观"。与莎拉相似，叙事者也认为老人身上具有自然野性（wildness）。从某种意义上，他"不是住在庄园里，而是住在森林里。"与莎拉不同的是，前者与小镇的虚伪文化斗争，而他的斗争领域是绘画。布里斯利热爱自然，珍视传统，受文艺复兴时的皮萨内洛影响。他反对戴维所代表的现代抽象画，认为它"效法毕达哥拉斯"，画的是几何图形。在技巧上、风格上掩饰内容空洞。他痛斥画家背离了自然与现实，破坏了自己与观众的关系，摆脱对人类及社会的责任，只为知识分子与理论而画，是艺术史上最大的背叛。而小说对戴维与老人的对比，恰似"灰色"与"绿色"的对比：老人与自然联系密切，而戴维则"包裹在知识的胶囊里，视艺术为社会机构、科学、争取项目基金的途径"；老人的野性让其冲破各种文化藩篱的束缚，而戴维及其一代人"天生被囚禁在笼中，只能透过栏杆，回顾过去那种书与绿色自然的自由"。[1]正因为如此，戴维在面对柯米奈的景色时却"什么都没画成"。而布里斯利则不断创作着一系列以"森林""神秘传说""凯尔特"等自然和传统元素为主题的油画作品。结合其他作品，我们知道布里斯利就是福尔斯本人的传声筒。他喜欢意大利文艺复兴的作品，喜欢19世纪英国拉斐尔前派的作品，讨厌20世纪以来的各种前卫绘画。在《巫术师》中，他讽刺一处简陋住宅的墙上"到处涂满了与性和胎儿有关的耀眼的抽象派油画"[2]。在《法国中尉的女人》中，当查尔斯望着窗外的田园美景时，懊悔自己不能用画笔记下这"如画美"的风景；在另一处场景中，叙事者用优美的词句描写了当地美丽景色后，专门提到文艺复兴时的意大利画家皮萨内洛也用画笔

---

① John Fowles. *The Ebony Tower*, London: Jonathan Cape, 1974, p.110.

② 约翰·福尔斯：《巫术师》，陈安全等译，上海译文出版社，2001年，第775页。

描绘了同样的美景。在《收藏家》中，他更是借帕斯顿之口表达自己的不满："大伙都在那里奢谈抽象派绘画法和立体派绘画法……那些大长句子，那些华丽辞藻的堆砌，都掩盖了这样一个事实，那就是：要么你真能画画儿，要么你压根儿就不行。"[①]因此，致力于描绘自然，坚守传统的布里斯利才是霍加斯、透纳的传人，才能表达"绿色英格兰"的精神。布里斯利为了不受现代派干扰，为了坚守传统艺术和自我创作理念而远走他乡。然而，他外表是个艺术流亡者，内心仍然心系故土。正如小说所写，他为了保持自我，为了找寻不受干扰的藏身之所而离开英国；到法国后却又用英国面具抵挡法国文化中一切胁迫、侵害到自我的力量。戴维也突然发现自己抓住了布里斯利的精髓：他的画基本都是"英国气质"（Englishness），而他本人"表面上是个老滑头，隐藏在由怪诞行为和世界性影响构筑的华丽屏风之后。实际上，他可能只是一个单纯又难舍故土的罗宾汉"。[②]原文中的"wily old outlaw"让人想起了前文所提及的"Just outlaw"。这正是"绿色英格兰"精神的体现。而紧随其后，叙事者更是直接说布里斯利"和罗宾汉没两样"。他是一个真正的"绿色英格兰人"。另一方面，当戴安娜面对布里斯利的求婚进退两难时，戴维的出现令戴安娜怦然心动。两人的暧昧让这个当代庸俗的婚外恋故事套上了骑士营救公主的中世纪传说模式。戴维也成了戴安娜眼中的"绿色骑士"。这一形象在福尔斯前期创作中反复出现，表达了作者对传统罗宾汉精神的憧憬。

## 本章小结

约翰·福尔斯的"自然"书写既是其本人热爱自然的情感表达，也是对英国田园文学传统的承继。他曾在《树》中强调开启其小说的钥匙就在

---

① 约翰·福尔斯：《收藏家》，李尧译，上海译文出版社，1999年，第146页。

② John Fowles. *The Ebony Tower*, London: Jonathan Cape, 1974, p.83.

他与大自然的关系中。像许多自然神论者一样，他对自然也怀有一种敬畏感，认为其中存有某种神秘性。而对这种不可言说的神秘的体悟又是其艺术创作的灵感来源。他曾在日记中强调人都有两个自我：一个自我活在上帝的影子之下，被任命为自然的管家。另一个自我难以察觉却更接近于自然。他在清早的树林中能有此体会。此时，他会感到在一个没有他人的世界是如此的快乐。后来，他又像个生态保护主义者那样对未来感到担忧："不久之后大自然便会不复存在。从此之后它对任何人来说对毫无意义。"他强调这种情况会慢慢地攀附于我们的肉体和心智，充斥于我们日渐混沌的价值观与观念。但总有一天大自然的灭亡会成为无法逆转的事实，绿色将不复存在。

同时，他也在作品中揭示了传统田园文学中的意识形态隐喻，并对其持批判态度。因此，他的绿色书写更多是个人内在情感的彰显，其在自然中找寻的不是秩序，而是一种自由精神。他在文学传说中的罗宾汉身上发现这种精神：侠义、自由、反抗不公正同时也排斥一切官方的组织和制度。这种自由就隐含了解放和破坏两种力量，而这两种倾向也体现于其矛盾的自由观中。

# 第三章

## 西西弗斯与俄狄浦斯：
## 福尔斯小说创作中的自由观

　　福尔斯在多个场合强调其作品关注同一个主题：自由。在其中文版《法国中尉的女人》序言中，他又引导中国读者关注这一问题。因此，探讨福尔斯小说创作，自由问题无可回避。然而，"自由"这个词太大太宽泛。它历史悠久，内涵模糊，不同论者会给出不同定义。因此，笼统抽象地谈论自由没有意义，需要结合具体的社会、历史、文化语境对其进行理解。在实践层面，自由既是人类的奋斗理想，引导无数人为之奋斗；也可能是欲望的面具，以正义之名行罪恶之实。罗兰夫人临刑前那句"自由，多少罪恶假汝之名义行"即是最好注解。这就需要我们对各种冠以自由之名的言行进行审慎的辨析。正如黑格尔在《历史哲学》中所言："一般所谓'自由'这个名词，本身还是一个不确定的、笼统含混的名词。并且它虽然代表至高无上的成就，它可以引起无限的误解、混淆、错误，并且造成一切想象得到的轨外行动。"①中文"自由"一词，在英语中对应着"freedom"和"liberty"。前者来自条顿民族，意指原始社会中无拘无束的自然生活状态；后者来自罗马法，有"权利和义务"两重含义。②雷蒙·威廉斯认为liberty除了具有freedom所具有的含义外，还具有"不严厉的""开明的"等政治意涵，甚至在某些情况下是"自由与限制"的混杂概念。③由于论题和篇幅所限，我们不能在此详述自由概念演化史，而需要关注福尔斯作品的自由内涵。福尔斯在牛津学法语时就参加了"存在主义小组"。1962年，他在一篇日记中称自己是"萨特、波伏娃和加缪"的复合体，甚至在知道萨特和存在主义思想之前就具有类似精神特质。④因此，萨特、加缪的"无神论"存在主义自由观（区别于克尔凯郭尔、马塞尔等人的"有神论"存在主义）是其自由观重要来源。但是，作为一名英国作家，福尔斯的自由观势必受到本国文化影响。因而其笔下的"自由"含义复杂，甚至语焉不详。"存在"（哲学）自由、社会（现实）自由、叙事（文本）自由经常纠缠在一起。而萨特和加缪的存在主义自由观也似乎只是他的一根拐杖。当他在创作之路上感到疲劳时，就用它支撑一阵；一旦他找到了自己的力量，或者说自己的观点，他又扔掉拐杖，按照自己的步点向前走。即便如此，我们仍需借由这根拐杖来评析其作品中对自由主题的多元表达。同时，需要注意几个问题：其一，需要区别萨特和加缪等法国存在主义者的思想与福尔斯对"存在主义"和"自由"等概念的理解差异；其二，福尔斯个人自由观与文本叙事呈现的自由观并不同一，这种差异构成的叙事张力提供了阐释空间；其三，作为中国读者，需要注意不同文化语境下文本的"社会背景"和"历史情境"差异，避免对作品中的思想观念、术语概念和观点结论不加辨析的接受，简单地进行"话语平移"。

---

① ［德］黑格尔：《历史哲学》，王造时译，上海世纪出版社，2006年，第19页。

② 张金华：《自由论》，上海人民出版社，1991年，第3页。

③ ［英］雷蒙·威廉斯：《关键词：文化与社会》，三联书店，2005年，第307—310页。

④ John Fowles.*The Journels* I (1949–65), ed by Charles Drazin, New York: Alfred A.Knopf, 2005, p.529.

# 第一节　境况：缺席的上帝与荒谬的人

存在主义思想传统古已有之，可上溯至古希腊文化。福尔斯就认为第一个存在主义者是赫拉克利特而不是克尔凯郭尔。在20世纪中叶，风行欧美的是以萨特和加缪等人为代表的法国存在主义思想。有趣的是，他们都反对给自己贴上"存在主义"标签。萨特曾说其哲学是"关于存在的哲学"，"'存在主义'？我不知道这算什么学说！"[①]加缪也否认自己是存在主义者："萨特和我总是惊奇地看到我们的名字被连在一起。萨特是存在主义者，而我出版的唯一的论文，《西西弗斯的神话》，却是反对所谓存在主义哲学的。"[②]对于萨特极为重视的"自由"问题，他"全然没有兴趣"，"只能够体验自身的自由"。[③]因此，其学说在法国多被称为"荒谬哲学"。尽管如此，他们的学说在许多方面还是具有一致性，其中一点就是受尼采唯意志论影响很深，坚持"无神论"。

萨特不相信上帝的存在："由于上帝没有在我心中扎根，它存在过一段时间，后来就死了。"[④]加缪也认为："就一切存在主义而言，否定就是上帝。"[⑤]在《西西弗斯的神话》里，他写道："如果上帝不存在，我就是神。""对于基里洛夫和尼采，杀死上帝是成神之路"。[⑥]

不同于以上两位法国学者的坚决，福尔斯在上帝存在这个问题上很暧昧。一方面，他信仰达尔文主义，自称博物学家；另一方面，他又相信神秘主义。因此，他像自然神论者把上帝比喻为"钟表匠"一样，认

①　柳鸣九：《萨特研究》，中国社会科学出版社，1981年，第413页。

②　柳鸣九：《萨特研究》，中国社会科学出版社，1981年，第479页。

③　［法］加缪：《荒谬的自由》，闫正坤译，江苏凤凰文艺出版社，2015年，第38页。

④　柳鸣九：《萨特研究》，中国社会科学出版社，1981年，第312页。

⑤　［法］加缪：《荒谬的自由》，闫正坤译，江苏凤凰文艺出版社，2015年，第29页。

⑥　［法］加缪：《荒谬的自由》，闫正坤译，江苏凤凰文艺出版社，2015年，第70、71页。

为"上帝通过不存在而存在"。① 在哲学文集《智者》中，他认为若想像存在一个制定宇宙规则的上帝，会陷于一种困境：万能的统治者必须公平统治；然而，没有统治能对所有人公平。福尔斯曾读过《道德经》，还在《智者》中引用其文。受其启发，他提出一种"无为而治"的解决方案：创造一种情形让被统治者统治自己。他认为即便存在上帝，"他应做的第二件事就是消失。"② 他认为问"上帝是什么"就像问无限的开头和结尾在哪里。"上帝"不是一种力量（power），不是存在（being），也不是影响（influence），而是一种"处境"（situation）。不能说其是实存或非实存，它既是实存又是非实存。③ 因此，他在自己是否是无神论者的问题上摇摆不定。在一些场合他自称无神论，而在《智者》中，他又认为唯一的科学态度就是"不可知论"："我们就是不知道，除了赌一把没有别的选择。"④ 因此，在其笔下，"上帝"不是不存在而是"缺席"。

《收藏家》中，米兰达被囚禁后，开始做"好多年都没有做的"祷告了。然而，她是躺在床上祷告，并不下跪。她不确定自己是否信仰上帝，祷告更像是在一种无望的求助而非真诚的信仰。后来，她在日记写道：

> 我觉得我清楚，对于人间的苦难，上帝并不出面干涉……我是说，也许上帝真的创造了世界，创造了事物及其发展的基本规律。但是他不能照顾到每一个具体的人。……一定有一个上帝，只是他一点也不知道我们的情形。⑤

这段话明显是福尔斯在《智者》中观点的翻版。当她临近死亡时，上帝的沉默让其情绪失控。她把上帝比喻成一只黑暗中巨大的、讨厌的蜘

---

① John Fowles. *The Aristos,* Boston/Toronto: Little, Brown and Company, 1970, p.27.

② John Fowles. *The Aristos,* Boston/Toronto: Little, Brown and Company, 1970, p.19.

③ John Fowles. *The Aristos,* Boston/Toronto: Little, Brown and Company, 1970, p.22.

④ John Fowles. *The Aristos,* Boston/Toronto: Little, Brown and Company, 1970, p.29.

⑤ 约翰·福尔斯：《收藏家》，李尧译，上海译文出版社，1999年，第249页。

蛛，在那张巨大的网中看其挣扎至死。她愤怒地喊道："上帝是无能的。他不能爱我们。"①

福尔斯在此影射了战后青年一代的信仰危机。二战中纳粹在集中营的暴行和核武器的运用动摇了许多亲历者的信仰，上帝在罪恶面前的"沉默"和"缺席"令其迷惑。冷战格局和核战阴影更让人对未来产生不确定的幻灭感。许多青年人对启蒙思想构筑的美好未来和各种计划远景深表怀疑。这个主题在《巫术师》中继续得以阐释。尼古拉斯以挑衅的态度认为所有神的共同点就在于"他们从不回答"。②当看到亨利克对上帝十余年的呼唤只得到"沉默"时，康奇斯感到"自己在宇宙中的存在是孤零零的"。③同样的，查尔斯在漆黑的教堂里发现上帝听不见他的祷告。正如叙事者所言，是他头脑中的善恶观在交谈。他的哭泣不是为了莎拉，而是为自己已经不能面对上帝表达心声："一切联系都断了，与上帝的神交是无法进行了。"④小说第五十六章，引用丁尼生的诗句表达了这种无助感："哦，上帝，让我看见——哪怕是一刻也好。"

面对一个沉默无神的世界时，人类何去何从？加缪认为人是渴望幸福和理性的，然而现实又逼迫他面对这种没有回应的非理性。因此，在这种"人类需求和世界非理性沉默之间的对峙就诞生了荒谬"。

加缪认为荒谬是对有秩序、有目的、有未来规划的人生的揭露：

　　在遭遇荒谬之前，芸芸众生带着目标而生活，他们关注未来以及一个合理的解释……他们期望"某天"的到来，退休之日或子孙成人的那天。他们还相信，他们生活的一部分将会收到引导……然而，在意识到荒谬之后，一切都被颠覆了……一种随时可能死亡的荒谬之感

传统与现代：约翰·福尔斯小说研究

---

① 约翰·福尔斯：《收藏家》，李尧译，上海译文出版社，1999年，第283页。
② 约翰·福尔斯：《巫术师》，陈安全等译，上海译文出版社，2001年，第225页。
③ 约翰·福尔斯：《巫术师》，陈安全等译，上海译文出版社，2001年，第471页。
④ 约翰·福尔斯：《法国中尉的女人》，刘宪之、蔺延梓译，百花文艺出版社，1986年，第402页。

以一种令人晕眩的方式给与这一切以一个谎言。①

这就像《巫术师》中的康奇斯，他那一代青年一度相信自己"是在为实现某一目标而努力，是在为某一计划服务——最终的结局会很好，因为有一个伟大的全盘计划"。②然而，当其在夏佩勒村的烂泥塘中经受炮火和面对死亡时，发现"并没有什么计划，一切都带有随意性"。身后没有了上帝，前方面对必然到来的死亡——伴随"上帝的缺席"而来的就是"荒谬的人"。在这种境况下，判断人是否值得活下去成了哲学的根本问题。福尔斯受加缪影响很大，曾在《智者》写道："我们继续生活，因为我们不知道为什么我们要活着。无知或是赌运气对人类就像水一样重要。"③偶然代替了决定论，不再有有一个确定的、秩序的世界。在《收藏家》中，福尔斯借克雷戈之口表达了这样的观点：

> 我总以为一切全凭运气。好比赌博。不，比赌博还要糟糕。赌博时可以抽签，总有好坏之分。可是这种事情你永远也说不清结果会怎样。只知道A对B，C对D，谁也不知道这个ABCD究竟是怎么回事。这就是我为什么不相信上帝的原因。我认为我们都是些像昆虫一样渺小的人，活上一阵子，然后就死了。这便是我们的命运。世界上没有怜悯，甚至没有一个所谓的"来世"，什么都没有……④

克雷戈体会到了荒谬世界的"复杂难懂和陌生疏远"。而他自己也成为一个典型的加缪式荒谬之人。加缪认为"太荒谬了"既表示"这不可能"，也意指"这前后矛盾。"克雷戈即是这样。就像莎拉米所说："在

---

① ［法］加缪：《荒谬的自由》，闫正坤译，江苏凤凰文艺出版社，2015年，第38—39页。

② 约翰·福尔斯：《巫术师》，陈安全等译，上海译文出版社，2001年，第153页。

③ John Fowles. *The Aristos,* Boston/Toronto: Little, Brown and Company, 1970, p.27.

④ 约翰·福尔斯：《收藏家》，李尧译，上海译文出版社，1999年，第305页。

米兰达和克雷戈的两重叙述中，他都是一个有多重欲望和分裂观念的迷失者。其精神分裂式的叙述中充满了矛盾。"[1] 他沉醉于骑士公主的爱情童话想象，却采用了怪兽绑架囚禁公主的模式将米兰达囚禁于郊区"古堡"中。所以，尽管其与《暴风雨》与中的王子腓迪南重名（公主也叫米兰达），但米兰达却把他视为怪物凯列班。他的思维、行为、语言看似合理却又充满悖谬：他既想把米兰达视为一个能有精神交流和情感关爱的恋人，又将其看作一个只为他自己占有的珍贵物件（就像他捕获的稀有的蝴蝶）；他有拍裸照的偷窥癖，面对米兰达的性引诱却恶心得浑身发抖；被米兰达视为野蛮人，却自认为高人一等；对米兰达所有善意举动和付出冷漠处之，对其所有逃跑或者攻击行为却最终原谅。他既是一个潜在的野兽也是一个潜在的爱人。正如米兰达所言，他是那种夹在两个阶层之间的人，就像腓迪南和凯列班的合体。这种身份的错乱令其厌弃先前属于的阶层，却不被新阶层接纳。作为无神论者，他在抛弃上帝之后，又被人类兄弟抛弃。在这个郊区别墅中，他与米兰达物理距离近而精神距离远。这种种不协调使其处于各种矛盾中。其中，最大的症结在其始终未认清自己将米兰达既作为物件又视为恋人的谬误：物件可以占有，人则不行。死蝴蝶标本可以收藏，活的蝴蝶应该飞翔在花丛中；米兰达的照片可以收藏，但米兰达其人应该自由。正如米兰达在日记中所写："如果他真的爱我，他就不会放我走。如果他真的爱我，他就应该放我走"[2]。前一句的"我"是物化的我，后一句则是作为"人"的我。

就像加缪《局外人》中的莫尔索，克雷戈不觉得他需要对自己的罪责负责。在《西西弗斯的神话》中，加缪说："荒谬的人只承认一个道德典范，一个与上帝密不可分的道德准则：被支配原则。然而，他事实上却生活于上帝之外。"因此，在上帝缺席的世界里，也就失去了"被支配原

① Mahmoud Salami. *John Fowles's Fiction and the Poetics of Postmodernism*, Fairleigh Dickinson University Press, 1992, p.54.

② 约翰·福尔斯：《收藏家》，李尧译，上海译文出版社，1999年，第262页。

则"以及相应的"道德原则"。他借用卡拉马佐夫那句:"一切都是允许的"来为这种无辜注解:"一切皆善,一切皆是允许的,没有任何能够引起仇恨的东西——这就是荒谬的判断。"①如果让荒谬的人承认罪行,他只会感到"无可挽回的无辜。正是这无辜给了他行事的权利"。②

克雷戈并不觉得自己有罪,因为他按照自己认为对的原则行事。奥申发现克雷戈一直在叙述中刻意强调他的种种作为是偶然的(by chance)而非选择性的(by choice)③当米兰达斥责他的绑架行为时,他却认为"就情感而言,我确实是非常幸福的。因为我的用意本来就是好的。这一点,她永远也不会理解"④。当他迷倒米兰达并拍裸照时,却说自己只是拍照而已,其他人恐怕要更坏。对于未能让米兰达及时就医致其死亡的事实,他给自己找了"一打理由",最后以一句"我就是这么个人,我也没有办法"⑤进行开脱,似乎自己也是无辜的受害者。他把一切归罪于生活,不受良心谴责地去干自私自利的勾当。克雷戈越是接受荒谬世界,就越能与米兰达的死撇清关系。为了保持这种观点,克雷戈试图唤起读者对他的荒谬处境的同情。正如加缪所言:"这种无辜让人恐惧。"类似的"无辜"辩解也出现在其他人物身上。尼古拉斯不对自己放纵行为反思,却说:"不是我有意伤害女孩子,而是女孩子成了我接触常人、接触社会、接触敞开的心扉的唯一途径这一事实对我构成了伤害。从这个意义上说,我才是真正的受害者。"⑥这与公交车上骚扰女生却怪罪女生穿着引人犯罪有异曲同工之妙。戴维在与戴安娜幽会的同时却认为自己不敢保证妻子旁边没有另一个男人,也颇有贼喊捉贼的风范。也正是这种"无辜"的无罪之感,让荒谬的人变得极为冷漠。

① [法]加缪:《荒谬的自由》,闫正坤译,江苏凤凰文艺出版社,2015年,第72页。
② [法]加缪:《荒谬的自由》,闫正坤译,江苏凤凰文艺出版社,2015年,第36页。
③ Barry N.Olshen. *John Fowles*, New York: Frederick Ungar Publishing.co 1978, p.22.
④ 约翰·福尔斯:《收藏家》,李尧译,上海译文出版社,1999年,第29页。
⑤ 约翰·福尔斯:《收藏家》,李尧译,上海译文出版社,1999年,第298页。
⑥ 约翰·福尔斯:《巫术师》,陈安全等译,上海译文出版社,2001年,第775页。

《收藏家》和《局外人》在这一点也有许多相似之处。如在第一章已提及的，加缪小说第一句话就是莫尔索母亲的死亡。但莫尔索并不知道母亲死亡的确切日期，也不知道母亲实际年龄。这种冷漠与克雷戈的陈述如出一辙："我父亲是在一次车祸里死的……我15岁那年，狄克姑父死了。"①克雷戈与莫尔索都被说成像怪物一样冷血。而他们真正危险的原因是因为他们不能划清道德与罪恶的界线。克雷戈的内心只有"什么是对自己好的"和"什么是对别人不好的"两部分。他活在自己的荒谬世界中，就像莫尔索似乎不明白为什么他被判死刑。他们是孤独的反英雄，都觉得自己作为陌生人在陌生的土地上生活，失去了洞察真相的能力。

值得注意的一个细节是，两位作家都喜欢用"太阳"这个意象。太阳是光的象征，是存在的最大真理的象征，是针对那些荒谬之人的压制力量。在《局外人》中，太阳是一种向莫尔索施展压力的主宰力量，他一心要战而胜之。在母亲的葬礼上太阳就让其感到难受。也正是在阳光照耀的眩晕中，他开枪打死了阿拉伯人。在一篇其回击法国评论界的文章中，他写道："太阳封住我们的嘴巴，尚待时日。"②在克雷戈的回忆中，米兰达上午十点说的临死前最后一句话就是"太阳"。米兰达一直期盼能见到阳光，让其照到这荒谬之地和荒谬之人。在《巫术师》中，当地中海阳光照到尼古拉斯"周围的世界时"，他感到它是美的。然而，当阳光接触到他的身体时，他发现那阳光"似乎是腐蚀而不是净化"，自己就像"在弧光灯低下开始接受讯问"③。而在德国的行刑场上，太阳就像纳粹军官一样具有某种压迫力，让康奇斯在那种荒谬的境况里感到"眩晕、恶心"④。有趣的是，萨特似乎也注意到太阳意象的主宰力量。在

---

① 约翰·福尔斯：《收藏家》，李尧译，上海译文出版社，1999年，第5页。
② ［法］加缪：《荒谬的自由》，闫正坤译，江苏凤凰文艺出版社，2015年，第163页。
③ 约翰·福尔斯：《巫术师》，陈安全等译，上海译文出版社，2001年，第49页。
④ 约翰·福尔斯：《巫术师》，陈安全等译，上海译文出版社，2001年，第547页。

戏剧《俄瑞斯忒斯》中，臣服的老学究认为没有什么东西"比这太阳更不吉祥"。① 面对黑暗的复仇女神，俄瑞斯忒斯则希望"太阳的光芒将像利剑一样刺透她们。"② 戏剧最后，他无视民众对其谩骂攻击，只是高喊着："太阳！"与悲观的加缪不同，在俄瑞斯忒斯眼中，或在萨特眼中，这是解放的力量。

对死亡的焦虑是加缪式荒谬人物的又一特点。在其之前，海德格尔亦在存在的维度上对死进行了充分阐释。在海德格尔看来，"死"是"此在"（Dasein）的终结，是"此在"不可超越的必然性。但海德格尔对此的态度并不悲观。他认为"死"并不仅是一个等在前方的结局，而是作为此在的一种可能性。个体的人只有面对属于自己存在可能性的"死"，才能于"为死而在"中摆脱沉沦和异化，在有生之年积极地自我谋划，"按照自己的意志去获得最好的自我实现"。如其所言，"为死而在，本质上就是畏"。只有在畏死情绪中，才能领悟人的"本真"之在和此在的自由。③ 萨特强调死的"荒谬性"。走向死亡是"一系列被剥夺的过程"。死不能赋予生命以意义。自杀是一种徒劳的逃避手段，是一种将"我的生命沉入荒谬之中的荒谬性"④。加缪认为荒谬的人通过"死"意识到自身"自由的有限和短暂"⑤。但他反对自杀，因为它"并不表征反抗的逻辑后果"，是一种"自我否定"⑥。为了维护人类尊严，人应该选择反抗而非自杀："生活若没有意义，人们则要更好地继续下去。"⑦ 因此，他喊出"拒绝自杀"的口号。与海德格尔和萨特一样，福尔斯也认为死亡是一个历时过程。它

---

① 柳鸣九：《萨特研究》，中国社会科学出版社，1981年，第168页。

② 柳鸣九：《萨特研究》，中国社会科学出版社，1981年，第238页。

③ 刘放桐：《现代西方哲学（下）》，人民出版社，1981年，第607页。

④ ［法］萨特：《他人就是地狱：萨特自由选择论集》，周煦良译，陕西师范大学出版社，2003年，第136页。

⑤ ［法］加缪：《荒谬的自由》，闫正坤译，江苏凤凰文艺出版社，2015年，第44页。

⑥ ［法］加缪：《荒谬的自由》，闫正坤译，江苏凤凰文艺出版社，2015年，第37—38页。

⑦ ［法］加缪：《荒谬的自由》，闫正坤译，江苏凤凰文艺出版社，2015年，第36页。

不是一个我们"向其走去的阴险之门，而是我们脚下走的每一步"①。他认为死亡应以钟表而非骨架的面貌出现：当人们读到他写的那句话时，"死亡就作为其一部分伴随着他"②。同海德格尔和加缪一样，福尔斯也反对自杀。他认为快乐不是"源自逃避死亡，而是直面死亡"③。"为死而在"也成为其笔下人物的普遍选择。

克雷戈一直幻想像罗密欧与朱丽叶那样与米兰达死在一起，认为那才是"真正的悲剧"。他一度计划给谋杀的事件虚构一个殉情的结尾。但米兰达的日记令其发现在她心中另有罗密欧。因此，他决定把魔掌伸向其他女生。这里的荒谬之处在于，克雷戈企图以死亡证明自己的真心和绑架行为的正当性，但其行为恰恰构成了死亡本身。从某种意义上，也恰是死亡可能性的存在，促成了米兰达的改变。正如其在日记所言："一个奇怪的念头：我被凯列班绑架也许是件好事……如果不发生这桩事，我不会成为现在我所希望成为的人。"④

死亡也让尼古拉斯和莎拉产生人生的顿悟和转变。在《巫术师》第八章，尼古拉斯突然发现他不是一个诗人，这将其抛入一个荒谬之境："整个世界终于公开宣布与我作对了"⑤。他发现自己"属于虚无，属于乌有……"这种认知不和谐导致他自我憎恨和绝望，以至于想自杀。他看门人的步枪来到树林，但在即将扣动扳机的"死亡时刻"，他却停住了：

> 我的头脑逐渐为一个想法所占据：我即将采取的行动不属于道德范畴，而基本上属于审美范畴，我是要以一种耸人听闻的，意义深长的，和谐的方式结束自己的生命。我追求的是象征性的死亡，

---

① John Fowles. *The Aristos,* Boston/Toronto: Little, Brown and Company, 1970, p.35.

② John Fowles. *The Aristos,* Boston/Toronto: Little, Brown and Company, 1970, p.34.

③ John Fowles. *The Aristos,* Boston/Toronto: Little, Brown and Company, 1970, p.32.

④ 约翰·福尔斯：《收藏家》，李尧译，上海译文出版社，1999年，第278—279页。

⑤ 约翰·福尔斯：《巫术师》，陈安全等译，上海译文出版社，2001年，第60页。

不是真正的死亡。是一种可留在记忆中的死亡……不是消灭肉体的死亡。[1]

尼古拉斯知道自己这样做虚伪、懦弱，会被人鄙视。但在其看来，自杀和写诗一样，看似矛盾，实际都是"试图解脱"。他也知道自己想"继续保持自尊心"，但却只能面对不断的失败。面对着人生的有限和意义的缺失，出路在哪里？这是他的疑问，也是青年福尔斯的疑问。加缪提供了一种可能性：冒险。

面对荒谬之境，加缪以一种南欧人的热情找出了自己的反抗途径：最大限度地感受他的生活、他的反抗和他的自由。怎样达到"最大限度"？加缪提出以"数量"为目的，以"冒险"为手段：

> 笃信荒谬无异于在经验获取时用数量代替质量……如果我认定自由只有涉及其有限的命运才有意义，那我就应该说，起作用的不是活得最好，而是活得最多。
>
> 冒险者单单凭借经验的数量就打破了所有记录（我特意使用了这种体育类的表达）并因此而赢得了自身的道德准则。[2]（原注：数量有时构成质量。）

加缪以唐璜为例，认为人"爱的越多，荒谬就越是强大"。针对人们对唐璜的质疑，加缪反问道："为什么爱得深就必须要爱得少呢？"正是在这里，福尔斯找到了自己的支撑点。在《自然的本性》一文中，福尔斯回忆自己年轻时被加缪的存在主义迷倒。他也借希腊术语sideros, keraunos, eleutheria表达了从冒险中反抗必然性并达至自由的思想。《法国中尉的女人》中曾提及唐璜。而数量和冒险也支配其笔下诸多人物（尤其是男性人

---

[1] 约翰·福尔斯：《巫术师》，陈安全等译，上海译文出版社，2001年，第65页。
[2] ［法］加缪：《荒谬的自由》，闫正坤译，2015年，第41—42页。

物）的思想和行为。在帕斯顿、尼古拉斯、查尔斯、布里斯利、戴维等一系列人物身上，都有着唐璜的影子。在《可怜的KOKO》中，主人公还直接对"冒险"问题大加议论：

> 我有个朋友曾经说过，一个人想要死而无憾，那么，有些体验生前就应该尝尝看。譬如说：以为自己就要与世长辞了是一种；或者，在一个家庭式的晚宴上，和别人的太太上床偷情被逮个正着也是一种。撞到鬼是第三种；杀人是第四种。

从这段话中，我们读出了加缪的影子，同时也感到一丝道德上的瑕疵。其实，加缪在《西西弗斯的神话》中确实提及人一旦追求最大限度生活时，"价值观体系就变得毫无用处"。他后来逐渐修正了这种观点。但福尔斯始终秉持着原有观点，其笔下人物也给人带来伦理困惑。

面对一个无神的世界，存在主义者做出自己的回答。萨特把人定义为自由，并在自主选择中主动承担责任。加缪则以西西弗斯推石上山的魄力对抗荒谬的权威，彰显人的尊严。他要在冒险中最大限度地生活。尽管存在分歧，但他们也找到共同的选择：在自主选择的行动中贯彻自我意志。这也正是福尔斯的选择。

## 第二节　行动：自主选择与"自我"超越

福尔斯作品中的"自由"在不同情境中涉及不同范畴：纳粹枪口下的"选择"体现了"存在"（哲学）自由；米兰达的囚禁是一种社会（现实）自由，在《法国中尉的女人》第十三章的论述则涉及艺术（文本）自由。在此，我们重点关注其哲学和社会意义的自由（后文会专门论述艺术自由）。

与克尔凯郭尔、雅斯贝斯、马塞尔等代表的基督教存在主义不同，萨特的存在主义是无神论存在主义，因此自由是与决定论相排斥的。而萨特又对存在做了"自在"和"自为"的区分，没有意识的物和其他生物只能是"自在"，具有"意识"的人才是"自为"。而这种"自为"总是不断变化，具有超越性："是其所不是和不是其所是。"[①] 因此，人没有一个固定为"是"的本质，而这种自为的"自我超越"也决定了人的自由："人并不是首先存在以便后来成为自由的，人的存在和他'是自由的'这两者之间没有区别"。[②] 所以，与传统自由观不同，萨特认为自由不是一个目标或结果，它就是人的存在方式。然而，人又总是在一定客观环境中生存，萨特将其称为"处境"。他认为人不能摆脱处境，却可以通过个体的"自主选择"对待处境。因此，萨特的自由就是人的选择。自由是选择的自由，而不是不选择的自由。如其所言："我必须懂得如果我不选择，那也仍旧是一种选择。"[③] 这就类似于回避政治也是一种政治态度。选择的结果好坏并不涉及自由本身，那只是一个附带品。按照萨特的自由观，自由本身未必是一种幸福，在很多情况下会带来痛苦。他甚至认为一个人对另一个人的迫害和压制并非破坏自由（结果意义上），反倒是给被压制者提供了自由选择的"处境"。他曾于1944年在《法兰西文学报》写道："我们从来没有像在德国占领时期那样自由；我们失去了一切权利……由于这一切，我们是自由的。"在另一场合，他提到自己当战俘是不自由的，但这种经历中却"具有某种自由"。第一种自由显然是作为结果的人身自由；后一种则是作为行动的选择自由。萨特的自由观无疑强调了人的自主意识和主体价值，但他把自由作绝对化的处理无疑又陷入唯意志论的主观主义错误，最终会将人引向个人主义甚至自我中心主义。

福尔斯在谈及存在主义时更多强调个人主义和自主意识。他认为多数人更倾向于服从和归属感，这给法西斯主义提供了温床。存在主义恰是对

---

① ［法］萨特：《存在与虚无》，陈宣良等译，三联书店，2012年，第745页。
② ［法］萨特：《存在与虚无》，陈宣良等译，三联书店，2012年，第54页。
③ ［法］萨特：《存在主义是一种人道主义》，汤永宽译，上海译文出版社，1988年，第24页。

抗法西斯主义的良药。首先，存在主义是"对所有企图剥夺个性的思想体系、心理理论和社会政治压力的反叛"。<sup>①</sup>它是一种个人的反抗和个人意见的表达，无关于政治与社会。其次，存在主义"反对组织化的社会体制和信仰体系，因其阻碍个人按自己意愿进行自主选择。"<sup>②</sup>因此，福尔斯批评克尔恺郭尔最终将其存在主义导向宗教，也批判后期萨特派试图将存在主义与马克思主义调和，而后者恰恰是关于决定论的学说。他特别强调真正的存在主义者根据他自己的信念和价值判定境况，进行评估，做出选择，绝不附庸于组织化群体的需求。他认为存在主义不是一种哲学，而是一种审视、利用哲学的方法。福尔斯对存在主义思想的理解带有强烈的个人主义甚至无政府主义倾向。这也体现在其生活和作品中。

在《智者》中，他调侃地写道，"上帝同情心的最后证据是我们有行为选择的自由"<sup>③</sup>。前文提及，他坚持不可知论，认为上帝不干涉人类；同时，他受达尔文主义影响很深，认为人类是各种偶然因素促成的物态存在。所以，他认为自由和神性干预不能并存，"意志自由则是人类最高的善"<sup>④</sup>。其作品人物也总是努力通过自主选择不断实现自我超越。

按照萨特的理论，克雷戈的囚禁限制了米兰达的人身自由，也为其设置了一种"境况"。米兰达展开了存在主义式的行动：她拒绝克雷戈的无理要求，连续尝试逃跑。每次行动的失败都进一步疏远也激怒了克雷戈。她尝试教育克雷戈，甚至性诱惑他。这些行动非但没有奏效，其中两个行为还间接造成了自己的死亡：其一，她告之克雷戈自己认识他是谁，而这正是后者最害怕的。这决定了克雷戈不会放她走。其二，她在引诱克雷戈并与其接吻时，传染了令其致命的感冒。这样的结果不啻为对萨特式"选择自由"的讽刺。当各种办法用尽之后，米兰达选择写日记，以精神的逃脱反抗肉体的束缚。这是典型的萨特式选择自由，却也只能是一种意志的

---

① John Fowles. *The Aristos*, Boston/Toronto: Little, Brown and Company, 1970, p.74.

② John Fowles. *The Aristos*, Boston/Toronto: Little, Brown and Company, 1970, p.76.

③ John Fowles. *The Aristos*, Boston/Toronto: Little, Brown and Company, 1970, p.63.

④ John Fowles. *The Aristos*, Boston/Toronto: Little, Brown and Company, 1970, p.63.

或想象的自由。其价值只在于选择行动本身，而不在于结果。小说中还有一个耐人寻味的对比：当米兰达有机会在偷袭中用斧子砍死克雷戈时却选择了放弃；与之相反，当重病的米兰达需要就医时，克雷戈却害怕罪行暴露放弃求医机会。同样是"选择"放弃，米兰达带来了生命，克雷戈却送来了死亡。按照萨特早年的自由理论，在"自主选择"的意义上，他们的"自由"是等价的。然而，行动的结果却有天地之别。萨特后来也认识到这种局限，不再一味沉溺于主体意志的自由，而是日益强调历史和环境对自由的限制。

不过，米兰达也在另一个层面践行了存在主义学说。幽闭囚禁的"境况"令其感受到"死亡的可能性"。如同海德格尔所说的"畏死而在"，她也开始重新审视生活："我是这样热爱生活。但以前我并不知道，我是多么愿意生活在这个世界上啊！如果能逃脱眼前的困境，我再也不会像先前那样生活。"①小说最后，她在镜子里发现自己变了：因为生活经历而变老了，又因为思想的涅槃而变年轻了。她看着自己"愚蠢的旧我"就像看一个玩腻的玩具娃娃。当她意识到自己离自由渐远而离死亡渐近时，甚至产生了悖谬之念："我知道，如果不发生这桩事，我不会成为现在我所希望成为的人。"②荒谬的是，她超越"旧我"并得到"新我"的同时，却也即将失去自我。正如康拉迪所言："福尔斯认为米兰达也是个存在主义者（尽管她本人未意识到）。她探索自己的真实性。她的悲剧在于她永远不会实现这个目标，而她的成功在于她早该做这件事情。"③

但是，看似冲突的双方被统一在"控制对方"这同一的思考和言行模式中。在米兰达，是居高临下地"非得让他懂得体面的人应该怎样生活和行事不可"④；在克雷戈，则是"她得按照我的意志行事"⑤。正如马蒙

---

① 约翰·福尔斯：《收藏家》，李尧译，上海译文出版社，1999年，第133页。

② 约翰·福尔斯：《收藏家》，李尧译，上海译文出版社，1999年，第279页。

③ Peter Conradi. *John Fowles*, London and New York: Methuen 1982, p.38.

④ 约翰·福尔斯：《收藏家》，李尧译，上海译文出版社，1999年，第145页。

⑤ 约翰·福尔斯：《收藏家》，李尧译，上海译文出版社，1999年，第85页。

德·莎拉米所言："米兰达和克雷戈不仅代表着相互冲突，同时也是相互包含的；他们的心灵不仅是独立的，也是在一起的。"①小说中多次出现男女主人通过照镜子确证自我的情节。他们互为对方的镜像，互补印证自己被遮掩的真实，完成自我建构。在此过程中，爱情或"想象"的爱情，则成为不可或缺的重要内容。然而，在多重矛盾冲突下，作者笔下男女主人公的爱情却给人以病态之感。

克雷戈对米兰达的爱恋更多的是沉溺于自我想象，是一种柏拉图式的无性之爱。他面临一个维多利亚时代的可恶难题，把女性做圣女/荡妇的一分法，把忄生与爱分开。米兰达是克雷戈眼中的圣女。他陶醉于她美丽的长发、举手投足间透射的典雅，甚至深深呼吸的声音都很"罗曼蒂克"。在她面前，克雷戈也努力表现出维多利亚式的绅士风范。在给米兰达戴首饰和陪她在花园夜间散步时，克雷戈一度激动地浑身颤抖。前文提到，在中彩获奖后，克雷戈陷入身份认同的焦虑。他自认为高于先前生活的阶层，却并不为米兰达的阶层认可。他希望通过得到米兰达的爱以确证自己的身份被接纳，从而确证新的自我。因此，克雷戈此时对米兰达的需要是"为了获得对抗焦虑的安全感"，此种爱情带有某种神经症的病态成分。正如霍尼所言，神经症病人"一旦自己的愿望得不到满足，这种感情就随时可能发生剧烈的转变"②。所以，当米兰达宽衣解带试图与其上床时，他却羞愤地认为对方是在用肉体接触代替感情交流。在其眼中，米兰达由圣女顷刻变为娼妇。他那理性控制下的机械思维方式像扳动开关一样令其抛却先前的绅士态度，瞬间变脸。在小说《美丽新世界》中也有类似场景：约翰面对列宁娜的脱衣举动也很恼怒，最终扬起皮鞭将其打死。③而克雷戈

---

① Mahmoud Salami. *John Fowles's Fiction and the Poetics of Postmodernism*, New Jersey: Fairleigh Dickinson University Press, 1984, p.46.

② ［美］卡伦·霍尼：《我们时代的神经症人格》，冯川译，译林出版社，2011年，第75页。

③ ［英］阿道司·赫胥黎：《美丽新世界》，陈亚萍译，华东师范大学出版社，2015年，第213—214页。

则是举起相机，强迫重病中的米兰达拍摄色情照片。在他看来，米兰达先前的文化和阶级优越感消失殆尽。她并不比自己高尚，只配做自己的一个把玩对象。米兰达只是"他的世界里的一个物体"，而他则"不会把她当做有意识的主体"。[①]小说中的一个细节耐人寻味：克雷戈拍照后会剪掉照片中米兰达的头部。他不关心人，只关注身体，仅会"对准焦距，按一下快门罢了，连一点想象力也没有"。[②]受惠于科技进步和消费文化的色情摄影把女性置于一种被拍摄把玩的物的境地。摄影在此不是艺术创作活动，而是一种变相的占有行为。克雷戈混淆了爱与占有欲。他所谓的爱，是收藏意识和占有欲的伪装变体。尽管他声称要像罗密欧与朱丽叶一样去殉情，但当他在日记中看到米兰达满心爱的是另一个男人时，先前看似坚贞不渝的爱情守望顿时烟消云散。他也剪下米兰达一小撮头发，却没有像包法利先生那样发现妻子不忠的证据后仍旧沉浸于悲痛与爱恋。因此，与其说他爱真实的米兰达，毋宁说他爱上其"想象的"米兰达，并通过"她"实现自我的超越。

《巫术师》中，福尔斯以一种略带调侃的语调描写尼古拉斯对存在主义的歪曲：时髦地参与存在与虚无的讨论，模仿法国存在主义小说中的英雄或反英雄。他像唐璜一样不断进行爱情冒险，总是拿"一颗孤独的心"俘获不同女生的心。他发现自己摆脱了仇恨，却没找到真爱。当其在希腊小岛放弃自杀时，用"存在主义术语"称自己"不可信"（inauthentic，国内哲学著作一般翻译为"不诚"或"自欺"）。整部小说就是通过康奇斯的一系列神戏，让尼古拉斯在选择和行动中超越自我，真正懂得爱和诚实。

尼古拉斯像米兰达一样拥有知识，却像克雷戈一样缺乏真情。米兰达在镜子里发现了新我，康奇斯也告诉尼古拉斯，希腊就像一面镜子，会让人吃尽苦头。

---

① Robert Campbell. "Moral sense and the collector: the novel of John Fowles" in *Critical Quarterly*, vol.25, no.1, 1983, pp.45-53.

② 约翰·福尔斯：《收藏家》，李尧译，上海译文出版社，1999年，第156页。

这面镜子就是那不可捉摸的神戏，还有康奇斯口中的故事。所有的事件、叙事、人物和情感，都始于真诚而终于谎言。正是这些虚构之物组成尼古拉斯的自我之境，令其从中发现自己的虚假和冷漠。这期间，他与朱莉的情感纠葛几经沉浮。最终，尼古拉斯发现朱莉对自己的折磨就是自己对待艾莉森的翻版。如其自己所言："以前想做存在主义者的本性在作祟：把自由建立在反复无常的基础上。"[1]

同米兰达一样，他也自满于其出身和教育背景。在希腊小岛，面对康奇斯的神戏，他自以为可以通过理智解决问题，却一次次陷入被动。最终，他发现问题解决之途不在理智，而在情感。见面不久，康奇斯就对尼古拉斯提及"支撑点"（point of fulcrum）的概念："我的意思是偶然的机会。在每个人的一生中，都有一个时间好比支撑点，那时你必须接受自己。在这一点上，不再存在将来你会成为什么的问题，此时你处于什么状况，以后便永远如此了。"[2]引文中的"偶然机会"在原文中是"hazard"[3]一词，它含有"赌运气、冒险"的意思，较之"偶然机会"，更体现出人的主观能动性。这也与前文提及的加缪式"冒险"观是相似的。中文译本是根据福尔斯1977年的修订版本翻译的。其实，在1965年第一版中此处用的是"fortunate"[4]一词，它多为"幸运"甚至"侥幸"之意，更多表示一种被动结果。通过这种改动，也看出福尔斯意在强调主动选择的意向。这让人想到萨特所说的"极端境遇"，后者曾在《提倡一种境遇剧》中写道：

> 如果人在某一特定处境中真的是自由的，如果他真的在这个处境中并且通过这个处境选择自己，那么应该在戏剧中表现一些单纯的、人的处境，以及在这些处境中选择自身的自由……戏剧能够表现的最

---

① 约翰·福尔斯：《巫术师》，陈安全等译，上海译文出版社，2001年，第303页。

② 约翰·福尔斯：《巫术师》，陈安全等译，上海译文出版社，2001年，第126页。

③ John Fowles. *The Magus*, London: Jonathan Cape, 1977, p.109.

④ John Fowles. *The Magus*, New York: Dell Publishing Co., Inc., 1967, p.105.

动人的东西是一个正在形成的性格，是选择和自由地作出决定的瞬间，这个决定使决定者承担道德责任，影响他的终身。①

尼古拉斯曾把康奇斯比作《暴风雨》中的普罗斯帕罗，后者通过魔法在荒岛上设置种种幻境教训或者教育落难者。康奇斯也利用各种神戏为尼古拉斯设置种种情境。他认为尼古拉斯"尚未定型"，需要在人生经历和一系列选择行动中体会它。就如萨特所言，需要把自己"置于这类既普遍又有极端性的处境中，只给他们留下两条出路，让他们在选择出路的同时作自我选择。"②而尼古拉斯则在"放弃自杀"的生死一瞬体会到这种选择的意义。

在其刚到布拉尼时，曾在一本诗集中发现《小吉丁》的几行诗句：

> 我们绝不停止探索
> 在我们探索的尽头
> 就是新探索的开始
> 每次都有新的发现③

诗句原文如下：

> We shall not cease from exploration
> And the end of all our exploring
> Will be to arrive where we started
> And know the place for the first time.④

---

① 施康强：《萨特文论选》，人民文学出版社，1991年，第434页。
② 施康强：《萨特文论选》，人民文学出版社，1991年，第434页。
③ 约翰·福尔斯：《巫术师》，陈安全等译，上海译文出版社，2001年，第73页。
④ John Fowles. *The Magus*, London: Jonathan Cape, 1977, p.69.

译文将最后一句译为"每次"有"新发现"，似乎没有表达出"首次、开始"（started、the first time）之"地点"（the place）的意思。如果联系小说整体叙事，这几句诗预示了主人公之后的"探索之路"和"回归之路"。原文小说的整体结构设置也暗合了诗句：第一和第三部分在英国，第二部分在希腊。现列出裘小龙先生译文以做对比：

> 我们称为开始的经常是结束，
>
> 作一次结束就是作一次开始。
>
> 结束是我们的出发之处。[①]

裘小龙的译文更符合原文，也符合小说中情节设计：就像希腊神话中的奥德修斯一样，尼古拉斯逃离于伦敦，又归回于伦敦。奥德修斯在罗马神话中的尤利西斯，詹姆斯·乔伊斯曾以此为名写出名著。福尔斯认为乔伊斯是伟大的作家。《巫术师》也与《尤利西斯》一样分为三部，不知是否有模仿之意。而福尔斯笔下的"奥德修斯"也要再次面对自己的"珀涅罗珀"——艾莉森。他在此又想到了康奇斯的"支撑点"："那就是一个人得到未来机遇的时刻。我也知道，这一切都是和艾莉森紧密联系在一起的。我选择了她，往后就必须做到每天都继续选择她。成年好比一座山，我就站在用冰做成的峭壁脚下，站在这根本不可能爬上去的地方……"[②]康奇斯的神戏旨在告诫尼古拉斯要在自我选择与道德担当上取得某种平衡。上述话语却表明尼古拉斯仍未找到支撑点的平衡，他并不想爬上"成年"的大山。正如福尔斯在作者序言中所说："这是一位精神发育过于迟缓的少年写的一部小说，它应该永远保留青春期小说的原貌。"[③]

因此，尼古拉斯转变的并不彻底。回到英国后，他可以很负责地照

---

①　[英]T.S.艾略特：《四个四重奏》，裘小龙译，漓江出版社，1985年，第226页。

②　约翰·福尔斯：《巫术师》，陈安全等译，上海译文出版社，2001年，第820页。

③　约翰·福尔斯：《巫术师》，陈安全等译，上海译文出版社，2001年，作者序言第7页。

顾一个小姑娘，也会继续视家庭为自由的束缚。当尼古拉斯和艾莉森在伦敦公园再次见面时，都必须面对彼此的真诚问题。尼古拉斯只能做一件事儿：他承认对自己的怀疑，对自己全身心投入爱情的能力的怀疑，然后他用尽全身力气掌掴艾莉森来挑战双方的真实感受。在他看来，这是一种简单的、无需解释的情绪表达方式，没有欺骗，也没有面具的掩饰。他决绝地让艾莉森在他和康奇斯之间作出选择，在选择中确定他们的真实关系和真正自我，寻找他们的"支撑点"。

类似的"支撑点"也存在于莎拉和查尔斯身上。莎拉在莱姆镇面临的最大问题是自我身份认同的困惑。她的父亲妄想自己是贵族之后，为了恢复荣耀之身，把女儿送到寄宿学校接受"三流的淑女短训班"教育。他就像苔丝父亲和包法利夫人父亲的合体，让莎拉"离开了自己的阶层，但又无力把她提高到上一个阶层"。[①]她不认同社会传统对其家庭教师和女仆身份的设定，却不能容于其他社会阶层："我永远不能跟同类人建立友谊……永远被排除在这个世界之外。"[②]查尔斯反复提及莎拉的"野性"（wildness），认为她是荒野（the wide）之女。其实，这恰是由于莎拉拒绝社会对其自我身份的"固定化""本质化"设定，被迫在自然中忘却或者摆脱社会认定。因此，维多利亚时代的她用一种存在主义的方式开启了争取自由之路——没有一个"本质的自我"等待着被发掘和认可；人是在个人选择中不断生成和超越自我。正如萨特所言："人的存在的本质悬置在人的自由之中。因此我们称为自由的东西是不可能区别于'人的实在'之存在（être）的。"[③]法国中尉的出现为其提供了"支撑点"：她接受人们的误解，默认"法国中尉的女人"这一称号，目的就在于把

① 约翰·福尔斯：《法国中尉的女人》，刘宪之、蔺延梓译，百花文艺出版社，1986年，第62页。

② 约翰·福尔斯：《法国中尉的女人》，刘宪之、蔺延梓译，百花文艺出版社，1986年，第197页。

③ ［法］萨特：《存在与虚无》，陈宣良等译，生活·读书·新知三联书店，2012年，第53—54页。

自己从传统的社会认定和道德判断中解脱出来。因此，她用一系列选择行动确证新的自我。当她与查尔斯在伦敦再次相见时，认为自己"似乎是"找到了归宿，找到了真正的自我。

与莎拉找到归宿相反，查尔斯则迷失于自己的"虚无"。查尔斯认为自己具有"自由意志"，能够掌控自我，却在莎拉的引诱下"自由"地选择放弃先前的自我。他的支撑点出现在埃克斯特火车站。当仆人问其是否停留过夜时，他的选择决定了后来的人生。小说也正是据此写出了多个结尾。尽管从萨特"选择绝对性"的角度，我们可以认为所有的选择都意味着自由。但此处我们是在自我"虚无"的层面进行分析，因此只谈论第三个结局：他决定去宾馆找莎拉，与之发生关系后解除了与未婚妻的婚约，最终却被情人抛弃。出身贵族的他，拒绝参与岳父的商业活动；伯父的结婚和自己的离婚，使其丧失了继承权和绅士身份。莎拉的离去最终使其丧失了所有先前具有的和可能具有的角色：维多利亚绅士、贵族继承人、好丈夫、庞大商业帝国的继承人、浪漫情人。在小说结尾，查尔斯就像小说开始时的莎拉，独自面对着大海，注解了艾略特的诗句："荒凉而虚无是那大海。"[①]然而，正是这"虚无的存在"向查尔斯敞开了超越自我的可能。人的这种虚无化"意味着人超越当下的给定的存在，摆脱了实在世界里因果关系的束缚，意味着一种欲望、一种希望、一个未来的可能性。一言以蔽之，意味着自由"。[②]就像加缪笔下的冒险者一样，他也"全力以赴地在纯粹冒险中进行自我界定，正如之前莎拉所做的"。这种自由并不代表幸福，却代表一种反叛的姿态。查尔斯对19世纪宗教观和性道德观的突破，代表了存在主义者反叛社会传统的一贯态度，也与20世纪后辈青年反叛者相呼应。然而，这种反叛未必导向自由，也可能导致混乱。

---

① ［英］T.S.艾略特：《情歌·荒原·四重奏》，汤永宽译，上海译文出版社，1994年，第15页。

② 杜小真：《由虚无到希望：谈萨特的〈存在与虚无〉》，《读书》，1987年第5期，第43页。

## 第三节 反叛：争取自由还是破坏秩序？

安德烈·莫洛亚认为"存在主义"是"一个向部分青年传授生活和思想准则的流派"。[①]这些思想适应了青年知识分子的需要。他们被二战中的杀戮和暴行所震撼，被现世的荒谬所刺激，对缺乏明确目标而厌烦。无论是根据萨特和加缪式的存在主义自由观推演，还是从福尔斯本人的价值观出发，"反叛"都成为一种必然的逻辑选择和现实追求。反叛式的人物出现在其每一部作品中。这既是他个人的创作选择，也是时代精神的具体体现。经过战后十余年的恢复和发展，西欧各国普遍进入了经济繁荣和社会稳定的时期。年轻一代已忘记战争的残酷和混乱，也就忘记了秩序和责任的重要意义。福利社会的建立和家庭收入的增加，又使得包括工人阶级在内的青年人有闲钱进行消费和享乐。成年人的社会原则和学校的沉闷课堂成为他们寻求新鲜和刺激的束缚，引起了他们的"愤怒"。因此，从20世纪50年代中期，一种彰显自我个性、反叛传统权威、追求个体"自由"的思潮悄然兴起。萨特等人的存在主义自由哲学恰恰吻合了青年人的精神追求，这是其在五六十年代风生水起的重要原因之一。福尔斯的创作黄金期与反叛文化的发展时期基本重合。他以旁观和写作的方式参与到这场运动中，肯定它产生的原因，却质疑和担忧其造成的后果。在其多部小说都活跃着青年反叛者的影子，有些还有自传的成分在内，他们从家庭、社会、艺术等多个维度背离传统和规范，企图在这种逃离中寻求自我和自由，最终却发现自己进入了某种"拙劣模仿"的自我否定，由反叛又走向传统的复归之路。

福尔斯小说中的家庭成为对个人限制和挤压的重要领域（另一个领域是学校）。家庭中的父母就是这限制的源头。青年人似乎陷入某种"影响

---

① 柳鸣九：《萨特研究》，中国社会科学出版社，1981年，第306页。

的焦虑"，他们急于发出自己的声音，不认可父辈的价值观。他们缺乏足够的生活阅历和人生经验，却在一种想象中丑化过去，美化未来。"父与子"的主题在不同时代循环上演。这种青年人的家庭反叛主要体现为情感冷淡、反抗父辈和逃离家庭。

从前文我们已经知悉，克雷戈失去父亲，憎恨母亲，厌恶姑母和残疾的表妹。家庭环境的缺失正是其心智和人格缺陷的重要原因。然而家境优渥的米兰达也反对父母所属的中产阶级"庸俗"艺术，认为母亲是个充满野心的"中产阶级坏女人"。更让人心惊的是，她居然像将其囚禁的克雷戈一样，认为没有双亲倒是件幸运事。即便在囚禁的日子里，她也只是偶尔提及妹妹，几乎没有想到父母，却把大量思绪和篇幅留给了企图引诱她的艺术老师。与之相似，米兰达的姨母卡洛琳也抱怨其十六岁的女儿不理解自己。当她与女儿谈话时，感觉自己像动物园里的动物，而女儿则在笼外冷漠地观望。

《法国中尉的女人》以19世纪为背景，却以百年之后为参照，其主人公也渗透出六十年的反叛精神。父亲过世的查尔斯与没有子嗣的伯父构成了实际上的父子关系（他有权继承伯父遗产）。然而，这对"父子"也有着旧思想和新观念的冲突。伯父对打猎和收藏有着病态喜爱，查尔斯则喜欢读书和搜集化石。他喜欢温斯亚特庄园的书房，而伯父基本不涉足那里。平日里，查尔斯忙于旅行和爱情游戏，很少关系伯父生活。小说中有个细节微妙地表现了两人观念的冲突，查尔斯无意射杀了一只濒危鸟类，激发了两人不同的心理反应。查尔斯懊恼自己的愚蠢之举可能加速这种鸟的灭绝；而他的伯父则很开心，把鸟做成标本装入玻璃盒，摆到房间显要处。标本在这里有种朦胧的象征意义。伯父似乎像父母珍视子女所送礼般珍视它。他可以睹物思人，然而只有冰冷躯壳，没有生命热度。因此，当他心有所属后，就把标本换成了未来妻子的什物。伯父在解释为何结婚的同时，委婉批评了查尔斯对其的冷落，令后者略有忏悔。从某种意义上，恰是查尔斯情感上对伯父的冷落才造成了自己丧失继承权的窘境。

在短篇小说《可怜的KOKO》中，理查是中产夫妇莫里斯和珍的独子。他乘反叛之风，放弃剑桥"毫无意义"的法律学习而去创作摇滚。在享受父母提供的优越生活时，他却转而对他们的阶级、财富和生活方式大肆批判。从小说可知，莫里斯和珍靠共同奋斗取得如今的生活。他们努力工作、热心公益，同时也按照中产阶层的方式生活。然而，在理查眼里，家中增值的房产是投机所得；父亲既给穷苦百姓争取权益又私下享受舒适生活是表里不一；身为劳工顾问的母亲就不该每晚都做一顿精致晚餐。[①]而他们最大的罪恶，就是心安于目前的状态，没有发现自己的虚假无知。为了反叛父母，他出走参加青年公社，而这个公社由另一位"离家出走的富家千金掌管"。小说暗示他甚至策划了对自家乡村别墅的偷盗行动。与之相似，在另一短篇小说《谜》中，保守党议员菲尔丁在政商两届如鱼得水，然而其唯一的儿子彼得却秉持左派革命理论，并不想继承父亲的资产。[②]这种父子冲突也被认为是菲尔丁看破人生，意外失踪的原因之一。有评论认为，许多反叛青年出身社会中上层，他们的反叛不是处于生活贫困。与之相反，他们都在物质富足和社会安定的环境中被娇宠坏了。这些青年激进分子缺乏社会经验，并没有思考成熟的社会理想，却盲目秉持存在主义思想，"倾向于行动而非言论"。在无知无畏中把反抗的矛头指向父母。还有的人则选择逃离家庭桎梏，以求自我解放。

《乌木塔》中的戴安娜家境富有，父母不落俗套。然而，她却躲进柯米奈庄园，百般拖延回家看望父母的时间，也不愿谈及他们。因为她已适应柯米奈孤立安静的秩序，讨厌外边的打扰。与此同时，她却在面对布里斯利的求婚时像圣母一般，为了顾全他的创作灵感准备牺牲自己。布里斯利是她的爷爷辈，她却像母亲一样照顾这个"老男孩"。与之相比，有养育之恩的父母反倒成为打扰她"秩序"的"外人"。在其确立自我，取得

---

　　① John Fowles. "*Poor KoKo*", *The Ebony Tower*, London: Jonathan Cape, 1974, p.166.

　　② 约翰·福尔斯：《谜》，收录于《浪漫舞厅：英国小说集》，施咸荣译，上海译文出版社，1991年，第156页。

自由的同时，却也不顾双亲感受地剪断了家庭的情感纽带。而尼古拉斯则因双亲的突然去世完成了一次另类的逃离。他的父母继承了维多利亚时代的思想和生活观念：母亲是模范妻子，对丈夫绝对服从；父亲是权威，以责任、传统、纪律来教育他。他少不更事，过于自我，很少反省自己的自私自大，却痛恨父母反对自己的价值观。他认为自己和父母之间是纯粹的供养关系，没有感情依赖，只需"象征性的感激"。小说中，尼古拉斯以令人震惊的语气叙述了双亲的死亡：

> 飞机在优质汽油的燃烧中化为灰烬。一阵震惊之后，我几乎立即产生一种如释重负之感，我自由了……凡我视为真正自我的东西，现在再也没有家庭的束缚了。[①]

与飞机一同化为"灰烬"的是父母和这种"供养关系"。"优质汽油"一词看似客观叙述，却暗含着一种调侃甚至宣泄报复的快感。得知消息后他只是"震惊"而非"悲痛""难过"。这个词只表示消息来得太突然，绝无情感含义。"立即""如释重负""自由"几个词表达了逃离"家庭束缚"和掌控"真正自我"的解脱之感。这种冰冷的文字和语调与莫尔索和克雷戈如出一辙。如若自由的获得要以双亲的牺牲为代价，这"带血"的自由和冷血的自由人有何意义？作者似乎用略带夸张的笔调引人惊醒和反思。在现实生活中，青年福尔斯也与父亲有诸多冲突。随着年龄增长，他对家庭和父辈的理解更加深刻。尽管他在日记中仍不原谅父母对其施加的影响，却更无法原谅自己曾忘恩负义地嘲笑父母。青年人总以某种坚决却幼稚的方式宣告自己的存在。然而多数人的反叛更像是一种寻求刺激的冒险，对家庭的种种"不满"多为一种自怨自艾的想象。因此，当风潮平息后，他们或者返回家庭，或者在现实中悔恨自己的冲动之举。与福尔斯相似，2013年诺贝尔文学奖得主艾利斯·门罗也在其作品中对青年的

---

① 约翰·福尔斯：《巫术师》，陈安全等译，上海译文出版社，2001年，第5页。

家庭反叛做了反思：在其中篇小说《逃离》中，女主人公卡拉在年轻时看不起父母，厌倦了家里的"房子""相册""度假方式"甚至"喷水设备"，要过一种"更为真实的生活"①。这理由给人为赋新词强说愁之感。殊不知，她所谓的"真实"恰是自己想象虚构的世界。在突然"顿悟"到自己爱上克拉克后，卡拉放弃学业与之私奔。她无视母亲的急切劝阻，却视克拉克为二人生活"设计师"，期望凭借他实现"自由"之路。偷偷出走的当天，她哼着甲壳虫乐队的歌，并按歌词所唱给家人留了纸条，就兴高采烈的走上自我解放之路，丝毫没有顾及家人的心情。然而，美好的愿景敌不过生活的现实，由此循入另一种困顿：逃离家庭并非解脱和幸福，而是无以承受的压抑。然而，当卡拉跑到西尔维娅太太家涕泗横流地大吐苦水时，这位刚刚丧夫的过来人，却发现她的滔滔不绝中"似乎没有提到一句特别的伤心事和烦心事"②。因此，当卡拉再踏上逃离之路，回避生活本应承担的责任时，只是自我模仿了年轻时的冲动之举。而三个短篇《机缘》《匆匆》和《沉寂》则记述了朱丽叶逃离家庭又被女儿所逃避的故事。她年轻时追求自由和自我，其现代气质与传统的家庭氛围不合。所以，她放弃学业，逃离家庭，追求不期而遇的爱情，并做了未婚母亲。当她回家省亲时，面对母亲表达的爱意却保持沉默；多年后，自己的女儿也离家出走，不留音信，似乎故意躲避她。命运的轮盘转了一圈又回到原点，而她也体会到自己给母亲造成的痛苦。质疑传统和反叛权威是每一代青年人的同性，面对传统习俗、社会体制与庸常生活的诸多限制，逃离和越界是他们的首选。然而，当这种反叛之举行动沦为某种象征时，其标签的意义要大于实质内容。而"自由""自我"之类脱离现实语境和具体所指的空泛概念极具鼓动性，简单盲从并冲动而为，常有的结果不是解放而是更大的混乱。这种混乱明显地反映在由吸毒、暴力性和放纵等行为构成的社会反叛中。这些都或隐或显地在福尔斯作品中得以呈现。

---

① ［英］艾丽丝·门罗：《逃离》，李文俊译，北京十月文艺出版社，2012年，第33页。
② ［英］艾丽丝·门罗：《逃离》，李文俊译，北京十月文艺出版社，2012年，第27页。

在《可怜的KOKO》中，警察检查理查所在的青年公社时，只发现了"永远会有的大麻烟"①。《乌木塔》里的安也承认自己曾碰过毒品。福尔斯曾在一次访谈中明确反对艺术家可以用毒品获取灵感的主张。然而这在"垮掉派"那里似乎司空见惯。金斯堡在《嚎叫》中这样描写道"这代人最杰出的头脑毁于疯狂……在凌晨拖着自己奔向黑人区寻找一针带劲儿的药剂……小镇街头的红绿灯向开车兜风的大麻爱好者眨眼睛……"②凯鲁亚克也自称《在路上》是服用致幻剂后一气呵成。如若这仅是他们为了艺术创作的个人行为（尽管已经涉及违法），尚可让人理解（柯勒律治和拜伦等诗人也都服用鸦片酊）。然而，这些所谓"反叛者"却极不负责地企图把这种行为推及大众。金斯堡就曾在文章中写道："无论直接还是间接，倾听我的声音的每一个人，每一个健康的超过14岁的男人、女人和孩子［应该］至少试一下化学药品LSD（麦角酸酰二乙胺，一种致幻药物）。"③他就像一个邪教教主一样，通过种种荒唐的越界行为进行个人表演，毫不顾忌其言行带来的负面示范效应，似乎非此离经叛道之举不能彰显其独特个人价值。

在《巫术师》中，尼古拉斯认为D.H.劳伦斯是20世纪最伟大的作家。这也是福尔斯本人的想法。1960年在英国文化史上有一个标志事件：法院裁定《查泰莱夫人的情人》不再是禁书。法国也解除对萨德侯爵作品的禁令，他一时成为存在主义左派的英雄。④《巫术师》每一部的引言都取自萨德作品，不知是巧合，还是福尔斯有意的呼应。随着出版禁令的解除，一大批"情色"文学涌入图书市场。在青年反叛者看来，公开讨论"性"是对抗老一辈虚伪保守道德观和体现个性自由的重要途径；在

① John Fowles. "*Poor KoKo*", *The Ebony Tower*, London: Jonathan Cape, 1974, p.179.

② ［美］艾伦·金斯堡：《金斯堡全集（上）》，惠明译，人民文学出版社，2017年，第187－188页。

③ 转引自王逢振：《先锋译丛3：六十年代》，天津社会科学院出版社，2000年，第237页。

④ ［美］罗兰·斯特龙伯格：《西方现代思想史》，刘北城、赵国新译，金城出版社，2012年，第548页。

传统与现代：约翰·福尔斯小说研究

一些文化研究者看来，对身体和情欲的关注，可以解构西方传统中"灵肉二元对立"及"灵魂高于肉体"的文化偏见；在部分女性主义者看来，这场"赤裸身体"的革命有助于女性摆脱男权压制，树立自身主体意识；在商人们眼里，禁令的解除为文化消费市场带来大量商机。因此，在公共场合谈论性，在大众媒体（酒吧舞台、广告牌、电影院）展示性，在学术平台研究性一时蔚然成风，甚至在保守的英国引发法律改革：1959年，议会准许卖淫合法化，但不许当街拉客；1960年以后，政府停止对剧目的审查；1967年，议会宣布成人同性恋关系为合法。青年福尔斯无论是本人经历还是思想观念，都顺应了这一潮流。在其作品中，性既是艺术创作的灵感来源（其实是重弹弗洛伊德的老调）和艺术生活的重要表现方式，又是摆脱社会陈腐规范和家庭枯燥生活的最佳途径，为人生提供了更多冒险机会和选择可能性。因此，其笔下的不同年龄的男人公们多为猎艳高手。

尼古拉斯在牛津求学时与十几个异性上床，并因此颇自负地创设"于尔菲定律"。在希腊小岛上，他继续与双胞胎姐妹进行着风求凰的性游戏，还因为逛妓院染上疾病。但他认为自己真正的病并非梅毒，而是"更严重更可怕的病，是先天的性乱交"。《收藏家》中的帕斯顿惯用花言巧语引诱异性，在经历两次不负责任的失败婚姻后，又企图将魔掌伸向米兰达。《乌木塔》中的戴维，在别人眼中拥有美满婚姻。当其身处异国庄园、远离妻子后，面对两位年轻的"夏娃"，兴奋又懊恼地发现自己"已忘了古老的男性自由"。① 在《法国中尉的女人》中，查尔斯恰恰是通过性越轨达到所谓对自我和社会桎梏的突破，从某种意义上是20世纪版的维多利亚青年。而他在求学时的性放纵也从侧面说明类似行为自古有之——从古希腊罗马到薄伽丘笔下的中世纪再到文艺复兴乃至拜伦、雪莱的浪漫主义。因此，青年反叛者将"性解放"视为社会革命手段的说辞实属为自己的耽于享乐和逃避责任寻求说辞，只不过是一个"充满幻想、乌托邦和否

---

① John Fowles. *The Ebony Tower*, London: Jonathan Cape, 1974, p.75.

定的大杂烩，几乎包含了过去200年里每一种激进思想的回声"①。

此外，福尔斯自称支持女性主义，其笔下的女性人物也都秉持着"性解放"的理念并依此而行。米兰达在日记中经过帕斯顿一番隔空教育，很突兀地要急于摆脱旧我、"解放"并创造新我。她认为自己思想不够解放，声称自己看不起纯洁女人洁身自好那一套理论，并幻想着自由后一定要把自己献给帕斯顿。更为讽刺的是，讨厌收藏家的她强调自己"不以收藏男人为乐"，可谈及男人时就像描述藏品。她由一个对性避讳的传统女性突变为一个急于投入帕斯顿怀抱的先锋女性。当其向克雷戈兜售时那半生不熟的"性自由"理论时，这种突转让后者恼羞成怒。也让读者感到不舒服，作者人为斧凿的痕迹较重。米兰达也在思想上从一个传统少女转变为一个崇尚性解放和先锋艺术的反叛青年。艾莉森与尼古拉斯认识的第一晚就主动留宿在他家里。她在叙述自己堕胎时只认为孩子会"碍手碍脚"，并没有表现出对生命消逝的哀痛，也未对自己的放纵反省。朱莉也秉持女性主体地位，自愿通过肉体关系对每个参加实验的男青年进行"责任教育"。《乌木塔》中的安也极度叛逆，随便与人上床，并将责任归结于父母和家庭环境。而《谜》中的伊莎贝尔在接受警官迈克尔的闻讯后，便互生情愫、宽衣解带。小说在"肉体上温柔的实用主义富于诗的意境"一类令人迷惑的矫揉语句中结束。诗意或艺术总能成为越轨、失德的遮羞布。或者如其小说人物一贯的观点看：艺术是非道德，它在道德之外，因而不受道德所限。

在福尔斯看来，性的解放代表着突破秩序、限定和规范，摆脱社会既有结构和文化清规戒律的束缚。但这种煽动的言辞和时髦的理论却经不起现实和道德考量。其小说中许多矫情的桥段成为自我主义或自恋主义的展示手段。在现实生活中，更多理性的人也发现所谓"性解放""性革命""性自由"一类说辞和思潮最直接的结果就是道德失范和社会问题丛

---

① ［美］罗兰·斯特龙伯格：《西方现代思想史》，刘北城、赵国新译，金城出版社，2012年，第552页。

生。在英国，1955年新生儿中只有4.7%为非婚生子。及至1970年，这个数字升至8.4%。[①]伯尼斯·马丁严肃批评了"性解放"之类冠冕堂皇的说辞，认为其目的在于抽掉其社会意义，弱化其道德考量，将其变为享乐主义或自恋主义的游戏，最终以文化和解放之名演变成为一种激进的"反文化"和"新控制"。[②]艾滋病的出现更是给所谓性解放以严肃的回击。正如英国作家约翰·赖尔所言，性解放的大赢家"是那些病毒和细菌"。1992年，一位声望很高的英国女性牵头迫使议院通过了一部降低性放纵的法律。西莉亚·哈登也在《性的限度》中认为，性解放产生的焦虑和内疚比它减缓的要多。[③]就像叛逃家庭一样，反叛者绕了一圈之后又回家了。对于女性而言，"性自由"并不意味着"性别自由"。自我解放甚至放纵的表象下，隐含着自身进一步被男性"物化"的可能。与"性自由"相伴的反倒是"爱无能"。

## 第四节 悖谬：女权表象下的男权叙事

在《巫术师》中，尼古拉斯曾说道："在我们这个时代，叫人难为情的不是性，而是爱。"[④]福尔斯很关注文学理论界的动向。当女权运动云涌之际，他在《法国中尉的女人》等作品中对此作出了回应。戴安娜·维蓬（Dianne Vipond）在一次采访中问其是否是女权主义者。对此，他用三段论的方式绕着圈子作出回答：先说自己是一个人文主义者，又强调人文主义者都是女性主义者。因此，他是"最一般意义上的女权主义者"。然

---

① ［美］克莱顿·罗伯茨等：《英国史（下册）：1688—现在》，潘兴明等译，商务印书馆，2013年，第554页。

② 参见［英］伯尼斯·马丁：《当代社会文化流变》，李中泽译，辽宁人民出版社，1998年，第316—321页。

③ ［美］罗兰·斯特龙伯格：《西方现代思想史》，刘北城、赵国新译，金城出版社，2012年，第578—579页。

④ 约翰·福尔斯：《巫术师》，陈安全等译，上海译文出版社，2001年，第29页。

而，他又强调自己"大部分思想仍然是男性的"。在采访中，维蓬援引帕米拉·库珀的观点，认为其女性人物基本是被动的，往往是男性欲望的对象，并非独立的人物。[①]福尔斯自己也承认有个女学者一直责备其对女性描述的过于草率。其实，就在同一篇采访中，福尔斯提及他学生时代崇拜D.H.劳伦斯，而在《巫术师》中，尼古拉斯似乎道出了他真实的心声："这里面也可能有恋旧的成分，怀念过去那种劳伦斯笔下的女人，除了具有女人的莫测的神秘和美丽的巨大魅力之外，其他样样不如男人。男人光彩照人，阳刚之气十足；女人黯淡无光，弱不禁风。"[②]许多评论认为其笔下的莎拉、戴安娜等女性体现了追求独立自主的要求。细读其作品，会发现文本中女性叙事的表面下隐藏一种男性话语。"阳刚气十足"的男性在"性自由"的旌旗下对女性人物的思想、语言和行为进行了各种或明或隐的压制。这些男性在"审视"和"消费"女性的同时，却伴随着爱的无能为力。

首先，福尔斯笔下的许多男性人物往往以艺术之名行放纵之实，痴迷乱性自由，却逃避感情责任。《收藏家》中，克雷戈可以让米兰达宽衣解带，却无法得到她真心的爱。然而，较之于克雷戈肉体的囚禁，艺术教师帕斯顿在精神上对米兰达的控制，更有几分恐怖之意。尽管她被囚禁在克雷戈的地下室，却通过日记在帕斯顿的世界里活动。帕斯顿其貌不扬，矮、壮、宽脸盘，艺术上崇尚唯美主义，生活上却远非道德楷模——有两次失败婚姻，风流韵事不断。但他却像上帝一般训诫米兰达，给其提出了各种信条（在日记中被整理成八条），而后者竟然会因为违背这些原则"觉得自己有罪"。她认为自己的"新我"是帕斯顿塑造的，对社会、生活、艺术甚至性的观念全都受其影响。她不仅学习帕斯特的思想，而且模仿其表达，甚至用他的标准评价别人。与克雷戈一样，米兰达先前也一

---

① Dianne Vipond. "An Unholy Inquisiton", in *Twentieth Century Literature,* Vol. 42, No. 1, Spring, 1996, p.25.

② 约翰·福尔斯：《巫术师》，陈安全等译，上海译文出版社，2001年，第300页。

直秉持传统爱情观，有着深深的灰姑娘情结。然而，她的骑士帕斯顿却拿着一套"性爱艺术论"给她洗脑。他说自己一辈子都需要女人，"喜欢女人的肉体"，又公然承认自己"从来不是因为爱情和人睡觉"。帕斯顿秉持的是所谓"要审美不要道德"的价值观和行为方式。用他的话说："哪怕最浅薄的女人，脱掉衣服之后也会变得美丽。"[1] 这种放纵而不负责的观念也早已潜移默化地影响到米兰达。早在被囚禁之前，她就跟一个叫皮尔斯的男生接吻调情，只体会他的"容貌之美"，而不顾及其道德心理上的丑陋。她甚至学会了帕斯顿残忍地玩弄感情。当她有一次拒绝帕斯顿的示爱后，表面假装像对方一样难过，心理却想着"我知道，我并不爱他。这一场游戏是我赢了"。[2] 当其用"性爱不起什么作用，真正起作用的是爱情"这句话为自己辩解时，恰与其真实的所想所为构成鲜明的反讽。在帕斯顿思想诱导下，米兰达也接受了前者玩世不恭的生活态度和荒谬言行。在日记中，她写道："Sick, sick, it's his way of being healthy."[3] 李尧先生的译文中将其翻译为"他就这么开玩笑，而这正是他的养身之道"。[4] 该译法似乎没有表达出其思想的悖谬。因此，我认为可以翻译为："病态！病态！这就是他的健康之态。"令人费解的是，帕斯特的"病态"像有神秘魔力一般，吸引着米兰达一次次登门拜访。他秉持"要严肃地对待艺术，对其他一切都可以多多少少开点玩笑"[5] 的不负责态度。不论从哪个标准看，这都存在明显的常识错误和道德缺陷。尽管他并未在性关系或感情上占上风，但却用"艺术生活"的论调从理智上、道德上和审美上掌控了米兰达。他把自己塑造成一个迷人的矛盾体：外表孤僻而内心热情、既沉默颓废又耽于享乐、玩世不恭又严肃明智的"权威人士"。他用绘画、音乐、甚至印度神秘主义文化来吸引米兰达的注意，而后者也在日记中也越

① 约翰·福尔斯：《收藏家》，李尧译，上海译文出版社，1999年，第197页。
② 约翰·福尔斯：《收藏家》，李尧译，上海译文出版社，1999年，第243页。
③ John Fowles. *The Collector*, New York: Dell Publishing Co., Inc., 1980, p.159.
④ 约翰·福尔斯：《收藏家》，李尧译，上海译文出版社，1999年，第192页。
⑤ 约翰·福尔斯：《收藏家》，李尧译，上海译文出版社，1999年，第192页。

发用夸张的语言把他近乎当成偶像来崇拜。巧合的是，福尔斯也对绘画和印度神秘主义感兴趣。从某种意义上，帕斯顿确实是福尔斯的传声筒，表达了其个人艺术生活的观念。同样的论调也出现在尼古拉斯身上。

尼古拉斯一直以诗人自居。当他在希腊妓院门口犹豫时，突然灵光乍现地以"不道德正是诗人的道德责任"为理由为己开脱。在其举枪自杀前一刻，头脑中却被一个怯懦的想法占有："我即将采取的行动不属于道德范畴，而基本上属于审美范畴"[1]。自杀只是一个象征仪式，用以表示"旧我"之死和"新我"重生，而这个"新我"也秉持艺术生活的原则。在其眼中，美景和美色都是欣赏和消费的对象。希腊景色在其眼中就像"富于挑逗性的性感女郎"，具有颓废之美的愉悦感；而道德操守则是北欧的谎言。当他憧憬与朱莉结婚时，"出于审美的需要"[2]，同样迷人却风格迥异的双胞胎姐姐朱恩也要随她一起来。在其凝视着艾莉森的步态，从中读出固有的性感时，不忘强调那性感与道德无关，不是淫欲，而是纯粹的欣赏。这与其是在为艾莉森进行道德松绑，不如说是潜意识里开脱自己的多情。因为同一时间，他脑海中一直在幻想着朱莉。最为讽刺的是，他竟然认为自己学会用情专一。而就在不久之前，他却认为朱莉要比艾莉森强百倍。当艾莉森因其朝秦暮楚而发怒时，他竟荒谬地指责对方只要性，不懂爱。然而他想出的最后解决办法却自扇耳光："跟她做爱，用下身来证明我对她的爱。"在艾莉森的一再逼问下，他最终承认自己"不知道什么是爱"。而艾莉森的一番斥责则击穿其审美生活的谎言：

> 爱不仅是一步三回头。爱是假装要去上班实际上却去维多利亚车站为你送行。……那天早上，我对世界上的任何一个人都笑不出来了，而你却笑了。你他妈的跟一个行李搬运工站在一起有说有笑。我当时才发现你的爱原来如此。看到你要与之幸福生活在一起的人离开

---

[1] 约翰·福尔斯：《巫术师》，陈安全等译，上海译文出版社，2001年，第65页。
[2] 约翰·福尔斯：《巫术师》，陈安全等译，上海译文出版社，2001年，第401页。

你而无动于衷。

你在内心深处筑起一道墙，什么都够不着你。因此，不管你做什么，你都可以说，我是不得已而为之。你永远不会输。你永远会有下一次冒险，下一轮肮脏的风流韵事。

经过粉饰之后，你变成清白无辜之人，变成需要某种体验的大知识分子。总是左右逢源，总是鱼和熊掌兼得。①

尼古拉斯极其自恋和自私。他总是"把抛弃一个姑娘总会带来的轻松感觉当成是对自由的热爱"。②牛津毕业的他并未将带有澳大利亚土气方音的艾莉森视为平等之人，正如其所言："当我爱她时，我想象和她一起到了希腊；当我不爱她时，我独自一人在那里，她没那份福气。"③当得知艾莉森的死讯时，他居然"从道德的角度转换为美学的角度"来看待这件事情，把自责偷梁换柱为自我宽恕。因此，审美、艺术都是其自我放纵的遮羞布。他总是"寻找一些因素让自己感到孤立，为自己制造借口，从有意义的社会责任和关系中撤出来"④。在其眼中，男女两性交往不过是"隐含有性内容"的游戏，异性就像可随时更换的艺术品或玩物，只需欣赏把玩，不需长期拥有。小说结尾那句"让从没爱过的人获得爱，让一直在爱的人获得更多的爱"则给人以讽刺而非祝福之感。

这种艺术名下的玩家心态也体现在布里斯利身上。正如作者借戴安娜之口为其辩解道："他实际上还是个孩子。感情于他就像是玩具。他会尝试一下，然后摔成碎片。"⑤这种任性之举可以视为他的个性，但这种个性绝无道德层面的炫耀之处。他可以无视碎片，把兴趣转移到下一个目标。但作为"玩具"的女性之痛苦，却像垃圾一样被扫入文本的暗角中。在其

---

① 约翰·福尔斯：《巫术师》，陈安全等译，上海译文出版社，2001年，第342页。
② 约翰·福尔斯：《巫术师》，陈安全等译，上海译文出版社，2001年，第12页。
③ 约翰·福尔斯：《巫术师》，陈安全等译，上海译文出版社，2001年，第37页。
④ 约翰·福尔斯：《巫术师》，陈安全等译，上海译文出版社，2001年，第648页。
⑤ John Fowles. *The Ebony Tower*, London: Jonathan Cape, 1974, p.38.

眼中，或在福尔斯眼中，为了艺术而无视社会道德，才是一种全新的大德。就如戴安娜所言，布里斯利具有一种瓦解少女戒备的魔力："使你不以享受身体愉悦为耻，反以拘泥于传统习俗为耻。"[①] 而最具象征性的人物恐怕是《巫术师》中的德康，富可敌国的他居然不允许一个女性出现在其城堡。同时，他又大量收集机械木偶，尤其是钟爱一个叫米拉的裸体机械情妇。他甚至在米拉身上安置特殊保护装置，确保她的忠贞。这种荒谬之举形象表达了性/爱、女性/玩偶的异化主题。

其次，许多男主人公不拒绝恋爱的冒险，却怀疑批判婚姻家庭的"枷锁"。从福尔斯的个人经历和存在主义自由观看来，婚姻至少有两方面缺陷：其一是婚姻中的人由于承载了更多责任和道德束缚，无法随意经历爱情冒险；其二是婚姻把人固定在某几个角色上（夫妻、父母），令其身份变得单一。而这两点造成了婚姻中的人生活可能性的减少，人也就难以在新的"选择"中超越"旧我"。用"艺术生活"的眼观看，这种缺乏新鲜感的"平淡"乃至"沉闷"生活令人难以接受。《收藏家》中的帕斯顿是用"两位""甚至""结婚"等词汇向米兰达描述他与两个前妻的婚姻，然后就将她们扔进了与他有关的一群异性中间，既像谈论两个过客，又像抛弃两个"玩具"。在其话语中丝毫没有爱与恨的情感，有的只是无关紧要的冷漠。恨与爱其实是一个硬币的两面，都代表某人某事在你心里占据重要位置。正如《可怜的KOKO》中男主人公所言："在贬抑爱的同时年轻人也削弱了恨。"因此，与爱相对的不是恨，正是帕斯顿的冷漠和麻木。而这种冷漠也不禁让人想起《鲁滨逊漂流记》中的细节：从荒岛返回英国后，鲁滨逊娶妻生子，成立家庭，小说这样写道："我马马虎虎地结婚……生了三个孩子，两个儿子，一个女儿。可是不久我妻子就去世了……"[②]。然而，鲁滨逊所谓的"不久"却是"七年"，而对此他却不着一字，似乎没有存在过。就在提及其妻过世这个话题的同一句话里他就接

---

① John Fowles. *The Ebony Tower*, London: Jonathan Cape, 1974, p.68.
② ［英］笛福：《鲁滨逊漂流记》，徐霞村译，人民文学出版社，1982年，第276页。

传统与现代：约翰·福尔斯小说研究

着转向了生意："同时我的侄子往西班牙走了一趟，满载而归。"中国古语有云："十年生死两茫茫，不思量，自难忘"，"曾经沧海难为水，除却巫山不是云"。这些传世佳句背后是作者对亡妻绵绵不绝的思恋。反观鲁滨逊，妻子过世就像损失一件物品，并未引起情感波澜。他只是像报账一般说完后便继续想着如何冒险和发财。在《鲁滨逊漂流记》续集中，他在妻子过世不久后就以六十一岁的高龄再次远航，丝毫没有顾及三个子女的感受，也没有提到对子女的思念。与之相似，帕斯顿只是指着两个儿子的照片，淡然地提及其中一个只比米兰达小四岁。米兰达也对父母的婚姻很失望，认为他们不过是为了顾忌子女才勉强在一起。而在这多重因素影响下，她也生成一种丑化婚姻和家庭生活的图景："结婚，当一个母亲真让我害怕。我真害怕陷入繁重的家务，陷入一个婴儿的世界，孩子的世界，做饭、卖菜的世界。"[1] 与之相对，她只想"创造美"，艺术的生活替代了现实的生活。

尼古拉斯也直言不讳地说他可以爱一个人，但不想与任何人结婚。当康奇斯诚恳建议尼古拉斯回英国与艾莉森结婚好好生活时，后者的回答是"我宁可去死"。与之不同，艾莉森貌似放荡不羁，内心深处却渴望一个家庭港湾。当她与小牧羊女在一起时，表现出了一种母性的慈爱。她渴望与尼古拉斯有孩子。在其眼中，夫妻和孩子聚在一起就是爱的表现。而尼古拉斯却认为这种想法肮脏、讨厌、令人作呕。他回到英国后，艾莉森曾托人送个他一个表现家庭温情的瓷盘，似有所指。尼古拉斯不情愿地收下后，却"无意间"把它摔成了两半。当其看到包装袋上温馨的家庭图画时却吐唾沫，认为这只是一种幻景，真实的家庭是一种囚禁。这种对爱情和婚姻的无所谓态度，让人想起《局外人》中的莫尔索。当女友玛丽问他是否想结婚时，他说无所谓；问他是否爱自己时，莫尔索痛快回答不爱。在其眼中，结婚只是一种仪式，不关涉情感。因此，尼古拉斯的"爱而不结"与莫尔索的"结而不爱"是异构同质，都表现出情感的冷漠。因此，

① 约翰·福尔斯：《收藏家》，李尧译，上海译文出版社，1999年，第159页。

康奇斯在叙述自己的恋情时暗中训诫尼古拉斯：

> 我们躺在地上接吻。也许你会笑我们，只是躺在地上接吻。你们现在的年轻人可以把自己的身体拿出来玩，献给对方，可是当时我们不能这样做。但是你要知道，你们为此也付出了代价：你们失去了一个充满神秘和微妙感情的世界。不仅仅是动物品种会灭亡，整个感情也会灭亡。[1]

在《法国中尉的女人》里，杳尔斯与其伯父一度都患上了婚姻恐惧症。前者在订婚后还对新得的未婚夫身份半信半疑。他对未婚妻谈论未来家庭布置的要求毫无兴趣，居高临下地认为女流之辈见识尚浅。而男人生活要多样精彩，不能局限于服饰、家庭和子女。因此，居家生活的未婚妻令其腻味，而充满野性的莎拉则代表"某种激情、某种机会"，使他"意识到自己被剥夺了某种珍贵的东西"。这珍贵之物是什么？作品用一个比喻做了形容：他一直自以为脚下道路宽广，却发现婚姻让自己驶向了固定的航向。

而在《乌木塔》中，拥有一片森林的布里斯利却拒绝把自己捆绑在某一棵"异性之树"上。他年轻时风流事迹不断，直到年老还左拥右抱，却迟迟不肯结婚。他一度向可以当自己孙女的戴安娜的求婚。但细读文本，会发现这很难说是诚心之举，还是为促成戴维好事的策略。与之不同，戴维年轻时与自己的学生成婚，在旁人眼里是成功的婚姻。然而，在柯米奈庄园这个独立的时空里，其心态却发生了微妙变化。庄园里熟透的红苹果与布里斯利身边的女生都变成了伊甸园的禁果，令他口干舌燥。而老画家则化身为蛇，似乎像《巫术师》中的康奇斯一样，用言行引诱戴维尝试某种新生活。在散步时，他无意间对戴维已婚表示遗憾，因为园中两位佳丽期盼着与陌生人的情感冒险与温存。也许言者无意，但听者绝对有心。面

① 约翰·福尔斯：《巫术师》，陈安全等译，上海译文出版社，2001年，第179页。

对美景美人，戴维感觉眼前所见与"妻子、孩子和千篇一律的家庭生活"是天壤之别。尽管他表面常提及妻子，内心却心仪新人。他屡次设想自己若未婚将会是怎样一幅新天地，甚至一度幻想通过妻子死去换得自由身。为此，他一度抱怨自己掉入"例行公事"般的婚姻陷阱中。[1]然而，就在其像"骑士"一样与戴安娜互诉衷肠时，妻子贝丝却主动放弃与他同来休假的机会，在家照顾病重的孩子。当他抱怨妻子的缺点、工作与生活的诸多不易时，当他在戴安娜面前海誓山盟时，却始终没有想过一次孩子。火热的爱情与冰冷的亲情对比鲜明。为了获取所谓生活的自由，这道德的代价未免太沉重。

此外，尽管福尔斯声称讨厌海明威等作家笔下那种"男性气概"。但其作品中类似的男性气质丝毫不差。在小说叙事中，男主人公们总是在言行中表现出对女性有意甚至粗野的侵犯。

首先是语言侵犯。米兰达在囚室里称克雷戈为主人，自己是奴仆。当艾莉森与尼古拉斯相拥时，后者突然说她是自己的"情妇和奴隶"。在一次中产阶层的聚会中，面对朋友质疑的目光，尼古拉斯"幽默"地说找艾莉森"比集中供暖便宜"，言语中充满了歧视和侮辱。

其次是行动侵犯。有两个明显的动作在多部作品里反复出现。其一是女性给男性"下跪"：《收藏家》中的米兰达跪在克雷戈面前作揖；在《法国中尉的女人》中，莎拉和欧内斯蒂娜都曾给查尔斯下跪，而查尔斯只给上帝下跪；《巫术师》中的艾莉森和朱莉各有一次跪在尼古拉斯身旁；《乌木塔》中的女学生安也"跪在老人身边耳语"。其二是"扇耳光"：克雷戈曾经在梦中像电视剧中那样打了米兰达一耳光；自负的尼古拉斯先后两次打了艾莉森耳光，另一次则是打了朱恩；而在《法国中尉的女人》中，查尔斯也一度想举手打莎拉。更极端的是，尼古拉斯得知被艾莉森欺骗后，气愤地要"把她打得青一块紫一块，让她因悔恨而哭泣"[2]，即便她

① John Fowles. *The Ebony Tower*, London: Jonathan Cape, 1974, p.101.

② 约翰·福尔斯：《巫术师》，陈安全等译，上海译文出版社，2001年，第717页。

"跪在地上绕着赤道爬一圈"也绝不会饶恕她。这些暴力举动反复出现，不仅发生在克雷戈这样的"野蛮人"身上，也出现在贵族查尔斯和中产阶级的尼古拉斯那里，不知是作者无意之举还是有意为之。总之，它们实实在在体现出一种粗鲁的大男子主义，反倒是给"尊重女性或为女性发声"的论调一记响亮耳光。在《乌木塔》中，布里斯利面对着戴维仍然对年轻女孩儿安动手动脚，旁若无人。不知这是老人率性为之还是仅把女性当玩物，抑或在向戴维示威——她们是我的。而戴维也并未觉得有何不妥，甚至在布里斯利的角度把安当成"可笑的性玩偶"。

再次是意识侵犯。小说中许多男性人物或是通过其思想控制女性；或是通过审视女性将其置入自己的臆想，通过自己的观念为其下判语。前文已论述，帕斯顿对被囚禁的米兰达仍有控制力；康奇斯掌控着德·塞特斯夫人及其双胞胎女儿的思想；布里斯利也让庄园内的两个女学生对其听之任之。更有甚者，去世的男人都有继续掌控在世女性的能力：在《法国中尉的女人》中，独断专横的波尔蒂妮太太受制于去世的丈夫。她并不喜欢所住之处，只是由于丈夫的遗愿才留守："他活着希望我住在这儿，现在他死了仍希望我住在这儿。"死去的人对活着的人仍有控制权。为了强调自己维多利亚式的模范妻子形象，她还特别强调："他的愿望是不能违背的。"①此外，女性还是男性视角的产物：《巫术师》中，当风儿吹动朱莉的衣服时，尼古拉斯认为这"吹出了她的风骚、淫荡"②。他显然是从男性眼光中产生意淫之念，却将其描述成朱莉的固有之态，话语中充盈着自恋的大男子气。此外，在多部小说中，男主人公都把自己幻想为国王：克雷戈面对米兰达的苦苦哀求，顿感自己像国王；尼古拉斯阅读希腊书籍时把自己想象为一个国王；布里斯利感到自己就像王国一般掌控着柯米奈庄园。福尔斯宣称自己对精神分析尤其是荣格的理论感兴趣，还很神秘地把

---

① 约翰·福尔斯：《法国中尉的女人》，刘宪之、蔺延梓译，百花文艺出版社，1986年，第118页。

② 约翰·福尔斯：《巫术师》，陈安全等译，上海译文出版社，2001年，第239页。

小说主人公与自己的潜意识联系起来。不知道在其笔下反复出现的"下跪""打耳光""国王"等意象是否与其潜意识中的男权思想有关。更为夸张的是，当戴维询问布里斯利为何称戴安娜为"老鼠"时，后者在纸上写下 Mouse，提醒戴维它只比 muse 多了一个字母。更夸张的是，布里斯利对自己的想象力意犹未尽，又把字母描画成女性器官的样子，并对自己这一创举洋洋得意。[1] 作为读者，我们读到这样的文字却绝无笑意，也没有为布里斯利（抑或作者）的奇思妙想击节叫好。这不是传统的英式幽默，那种幽默体现于敢于自嘲。而布里斯利的作为却与市井低俗笑话无异。在其意识里，女性一直是玩偶角色。

因此，尽管福尔斯多次声称自己的女权主义立场，讨厌海明威和许多美国文学中的"男子气概"。然而，从前文可以看出，福尔斯作品也充斥着令读者迷惑的男性话语，其男子气概较之海明威毫不逊色。其笔下的男主人公们追寻与描述的对象永远是性和冒险，而不是爱与婚姻。哪怕是始乱终弃（比如帕斯顿、尼古拉斯、布里斯利等人），那也是男性气概的展现。在其文本叙事中，性的自由并未带来爱的体验和升华。这种爱不仅是一时激情和冲动冒险，更应该是包含理性的责任担当和细水长流的日常陪伴。也许，福尔斯是用一种夸张和反讽的语调像读者揭示这个道理。

## 第五节　个人自由与道德守成

福尔斯在其作品中呈现出的"自由"观是复杂甚至矛盾的。其自由思想的来源也驳杂：既有萨特、加缪的存在主义，也有达尔文的进化论和尼采的超人思想，还有唯美主义和精神分析。这些观念在作品中众声喧哗、互相龃龉。其言论和作品中的个人自由总给人带来某种到的困惑。

尽管在作品中多有涉及，但福尔斯并未完全从概念和价值上接受萨特

---

[1]　John Fowles. *The Ebony Tower*, London: Jonathan Cape, 1974, p.81.

的"绝对自由"观。他认为这种"人就是自由"的本体论自由观只强调选择行动本身而不考虑其后果的做法反倒让人焦虑和痛苦。在《巫术师》作者序言中,他就强调自己不会为康奇斯在刑场的选择进行辩护,但要"为进退两难辩护",并认为"永远不会有绝对的自由"。[①]与之类似,查尔斯也痛恨"不得不作出选择"。叙事者认为查尔斯还不知存在主义为何物,但已经在这种必需的选择中产生了"自由的焦虑":"意识到一个人确实是自由的,同时又意识到人有了自由也就进入了可怕的处境。"[②]实际上,从参加二战之后,萨特自己也在逐渐修正此前的绝对自由观:从"一个人总是自由的"前进到"存在着给自由加上枷锁的环境"。[③]

萨特还努力将存在主义与人道主义结合起来,强调其伦理意义:自主选择的人须为自己的选择承担"责任"。然而,福尔斯在论及存在主义和自由概念时,只强调其个人主义特征和反对社会规范及社会组织的倾向,并未提及责任。其作品中人物还常质疑讽刺所谓"责任观"。查尔斯就认为责任"不过是一只罐子,它可以盛下任何东西,最邪恶的东西和最善良的东西都可以放进去"。[④]如前文所论,福尔斯非常强调个人价值,以至于将其和社会对立起来,表现出无政府倾向。因此,他会赞成萨特早期的"懦夫"观念:其行动并非由于自己的勇敢,而是出于尊重一些原则和禁忌。比如,一个男人自愿被杀仅是"出于责任",一个女人由于"尊重婚约"而忠诚。[⑤]他对这一点的强调部分来自加缪和达尔文的影响。

作为一个博物学家,福尔斯一直受达尔文进化论思想影响。晚年他甚

---

① 约翰·福尔斯:《巫术师》,陈安全等译,上海译文出版社,2001年,作者序言第9页。

② 约翰·福尔斯:《法国中尉的女人》,刘宪之、蔺延梓译,百花文艺出版社,1986年,第381页。

③ [法]萨特:《他人就是地狱:萨特自由选择论集》,周煦良译,陕西师范大学出版社,2003年,第32页。

④ 约翰·福尔斯:《法国中尉的女人》,刘宪之、蔺延梓译,百花文艺出版社,1986年,第404页。

⑤ 柳鸣九:《萨特研究》,中国社会科学出版社,1981年,第314页。

至号称放弃"存在主义"而更认可达尔文的理论。在《智者》中，他强调即便只有相对自由，那也应该"进化出更高级的相对自由。这种自由既可以在个人的人生中获得，亦可在人类的漫长历史中取得"[1]。而达尔文的选择和进化理论表明生物的进化发展存在偶然性。因此，多样性和尝试改变就是物种延续的重要因素。福尔斯将这种观念与加缪的"冒险观"和"最大限度生活"等观点结合起来。《智者》在论述"冒险"（hazard）概念时，强调其本质上是"一个进化的过程"（an evolutionary process），旨在通过不断进化（evolve）来保证我们能够生存（survive）。由于这种冒险过程本身具有"不均等性"，冒险行为也往往会突破常规和律法的限制。这也是其笔下人物不做"懦夫"并蔑视和反叛传统规范的重要原因。因此，他在这个意义上赋予各种反叛和突破之举以更高层次的"道德意义"。当然，作为英国人，他也审慎地认为这种冒险是"有限度的冒险"（limited hazard）[2]。

此外，福尔斯还受到赫拉克利特和尼采精英主义思想影响。如前所述，在《智者》中，他认为赫拉克利特将人类分为道德、智慧的精英（the few）与无知、顺从的大众（the many）。与此同时，他还受到尼采宣扬的"酒神精神"和"主人道德"的影响。尼采反对阿波罗式的理性者，自称狄俄尼索斯的门徒，宁肯做萨梯（Satyr）这样一个酒色之徒，而不愿做一个圣者。[3]在《巫术师》中就出现包括阿波罗、萨梯等希腊人物的假面戏，暗示了康奇斯或者作者的价值选择。而在《善恶的彼岸》中，尼采认为贵族若成为道德的牺牲品就是堕落。他认为支配者的道德在于"随心所欲地行事"，超出善恶的限定。[4]福尔斯小说中有许多贵族或贵族式的人物（查尔斯、康奇斯、德康、布里斯利、菲尔丁等等），他们往往重视艺术而无视道德，或者毋宁说用审美替代通常意义上的道德，并视之为更高的道德。恰如尼古拉斯所言："这就是典型的二十世纪逻辑，从内容退到形式，

第三章 西西弗斯与俄狄浦斯：福尔斯小说创作中的自由观

---

① John Fowles. *The Aristos,* Boston/Toronto: Little, Brown and Company, 1970, p.70.

② John Fowles. *The Aristos,* Boston/Toronto: Little, Brown and Company, 1970, p.42.

③ ［德］尼采：《尼采散文选》，钱春绮译，百花文艺出版社，1995年，第263页。

④ ［德］尼采：《尼采散文选》，钱春绮译，百花文艺出版社，1995年，第251页。

从意义退到表象，从道德退到美学……"①

综上，福尔斯作品体现的"自由观"具有如下几个倾向性：其一，自由体现在种种越界的"冒险"行动和选择上，重视生活的"数量"而非"质量"或"深度"；其二，通过个体自主选择不断实现"自我超越"；其三，反叛各种社会体制和传统规范，淡化责任和义务观念；其四，以审美（艺术）而非道德标准作为生活的最高准则，其中的贵族式精英人物更是不能用日常道德标准去衡量；他们还肩负教化大众之责。

不过，作品所展示出的自由观并不能完全等同于作者本人观点。实际上，福尔斯在作品中也通过一种复调式的对话揭示诸多对立思想观念的碰撞。有时看似其支持某种观念，实则是用一种夸张的手法进行反讽（比如对尼古拉斯自私势力的讽刺）。其作品在强调个体自由的同时也表现出道德困惑，潜藏着道德守成的叙事声音。这种困惑呈现方式多样，总体表现在两个方面：一是在追求个体自由的同时从"自我超越"滑向"自我中心"；二是将社会组织和传统规范视为对个体自由的束缚，在追求后者的同时忽视甚至反对前者。

福尔斯小说中诸多主人公都很关注"自我"的认同。存在主义很重视这个概念，萨特将自我定义为"自为"："不是其所是，是其所不是。"福尔斯在《智者》中也说过类似的话："我是即我过去不是，我过去不会是，我现在不会是，我将来不会是。"②加缪也在《西西弗斯的神话》中写道："我若极力想抓住确定的自我，我若极力去定义并概述它的存在，那儿只会有一股清泉流经指间。"③米兰达、尼古拉斯、查尔斯、欧内斯蒂娜、莎拉等人经常照镜子，期望从中确证自我。萨特戏剧《紧闭》中的埃司泰乐总是在不停地照镜子："要是我不照镜子，尽管摸到自己，我也不能肯定

① 约翰·福尔斯：《巫术师》，陈安全等译，上海译文出版社，2001年，第508页。

② John Fowles. *The Aristos*, Boston/Toronto: Little, Brown and Company, 1970, p.18.

③ ［法］加缪：《荒谬的自由》，闫正坤译，江苏凤凰文艺出版社，2015年，第14—15页。

传统与现代：约翰·福尔斯小说研究

我究竟是不是真的存在。"①然而，其人物于追求自我的过程中逐渐走向"自我中心"意识。这种对"自我"观念的强调并非存在主义提出的新事物，而是源自卢梭和德国唯心主义发起的浪漫主义运动。因此，有诸多论者认为20世纪60年代的反叛活动，从思想上、行动上、艺术上都不过是对浪漫主义的延续。伯尼斯·马丁认为战后文化变革是浪漫主义原则的延续，20世纪60年代所谓"反文化"风潮是一种"至关重要的浪漫主义价值观的突出体现"。②戴维·图塔耶夫则认为存在主义的荒诞剧"只不过是又一次浪漫主义的勃起而已"③。特里·伊格尔顿也把后现代主义对"规范"的错误认识视作"浪漫主义错觉"。④而福尔斯笔下人物的"自我中心性"也体现了这种浪漫主义特色。《收藏家》中的米兰达和克雷戈之所以无法沟通，就在于都坚持"自我中心"立场，执着于自己的意志。《巫术师》中，尼古拉斯在小岛上被迫体会"有关自我中心观点的局限性"⑤。限于篇幅，在此以《法国中尉的女人》主人公莎拉进行例证。

　　小说中的莎拉是个极其复杂矛盾的人物。其性格多变，言行前后不一，时而单纯无知，时而精明世故。诸多论者从不同角度阐释其矛盾性和神秘性。如果从"自我中心"的视角切入，会发现莎拉过于关注自我实现，以致从"自恋的想象"发展到"自虐的行为"，直至达到目标方才停步。为了论述连贯，此处采用第三种结局。前文已提及，莎拉受的教育是当家庭教师，但她却对自我身份认同产生危机。小说中有个细节值得注意：莎拉上学时喜读小说，常用奥斯丁和司各特的眼光看待身边人，视其为小说人物并用"诗的标准来衡量他们"。其先前主顾塔尔博特夫人发现

---

①　柳鸣九：《萨特研究》，中国社会科学出版社，1981年，第273页。

②　[英]伯尼斯·马丁：《当代社会文化流变》，李中泽译，辽宁人民出版社，1998年，第1—2页。

③　[英]阿诺德·欣奇利夫：《荒诞说——从存在主义到荒诞派》，刘国彬译，中国戏剧出版社，1992年，第124页。

④　[英]特里·伊格尔顿：《理论之后》，商正译，欣展校，商务印书馆，2009年，第16页。

⑤　约翰·福尔斯：《巫术师》，陈安全等译，上海译文出版社，2001年，第489页。

失业的莎拉几近穷困潦倒，却整夜无眠地幻想着少女时代读过的浪漫小说。她不是把自己想成命运多舛、饥寒交迫的女主人公，就是像哥特小说中那样在雷电交加之夜纵身跃下悬崖。因此，她在现实生活中陷入了自己虚构的想象中。她就像包法利夫人一样，瞧不上身边同阶层追求者及其生活方式，而是想象有一个上层的青年男士解救她。因此，法国中尉就像那个与包法利夫人一起跳舞的子爵，满足了莎拉的自我想象。而中尉的离去却又打破了这种幻境，"让一块本来可以救命的木头失之交臂"。这就更加深了由绝望引起的痛苦。为了缓解这种"自恋式"的想象幻灭所引发的痛苦，她采取了两种手段。

第一种手段就是"自虐"。首先是语言的自虐：小镇的闲言碎语不断提醒着她幻想的破灭。所以，她反倒借此继续其自我想象：承认自己就是法国中尉的女人。这样，周围邻人的误解起到两个作用：其一是可以在话语叙述中延续她和法国中尉的想象关系，使其不同于周围的人；其二是她在种种误解和背后的闲话中夸大强化了自己孤独痛苦、无人理解的处境。她把自己设置成一个悲情人物，审美想象和自我确证的要求超过了道德澄清的需求。为此，她甚至不惜用刻薄的语言形容自己。正因如此，我们才能理解她对查尔斯说的如下话语：

> 使我活下去的是我的耻辱，使我知道自己完全不同于其他女人。我将永远不会有孩子，不会有丈夫，不会有别人那样的天伦之乐。而别人也永远不明白我犯罪的原因……我有时候甚至可怜别的女人，觉得我有一种她们不能理解的自由。侮辱也好，指桑骂槐也好，都不能动我一根毫毛，因为我已把侮辱和指责置之度外了。我一钱不值，我几乎不再是人了，我只是法国中尉的娼妇。[1]

---

① 约翰·福尔斯：《法国中尉的女人》，刘宪之、蔺延梓译，百花文艺出版社，1986年，第202页。

因此，她拒绝了查尔斯将其介绍到伦敦做仆人的好意。那样，她将在现实和话语想象两个层面彻底恢复以往身份。而在莱姆镇，她才是与众不同。所以，她才会说："倘若我离开这儿，我便离开了耻辱，那我就完了。"[①] 除了语言之外，她还进行身体自虐。在与查尔斯谈话式，后者发现她故意把手指向山楂树枝上的硬刺压去，直至鲜血流出，似乎肉体的痛苦可以使其暂时缓解或忘却精神的苦闷。

除了自虐，她采取的第二种手段就是欺骗。正如她所言："我的灵魂中的某种缺陷希望我那清醒的自我变得盲目些。于是欺骗也就开始了。"[②] 这种欺骗首先体现为对自身境况的夸张描述。她认为周围的人都"残酷、愚蠢"，甚至移情于物，感到连"家什物件……都联合起来加深我的寂寞"。实际上，当她用心工作时，周围的仆人们都喜欢她；当她诚心与小镇居民打交道后，先前的冷嘲热讽都没有了；在其略施"外交手腕"后，连波尔蒂尼夫人都对其另眼相看。小说中，除了波尔蒂尼夫人和其女伴弗尔利夫人刻薄冷酷之外，包括特兰特夫人、塔尔博特夫人和格罗根医生在内的多数人都心地善良。当其负气出走后，小镇许多人冒雨寻找她，体现了乡民对其的关心。但这些都被她在自我想象和叙述中隐去。我们只能通过叙事者或查尔斯的话语略知一二。当查尔斯认为莎拉应该被谅解时，后者却答道："那么我也就被人们遗忘了。"[③] 与其被误解，她更不能忍受被"遗忘"。正常而言，一个有"绯闻"的未婚女性最想得到的结果就是被人"遗忘"。莎拉的行为让人费解。她还反问查尔斯难道不是"社会"希望她陷入另一种寂寞？而这个社会指向不明，貌似所有人都在关注她，围绕她。这也从侧面折射出她的自我中心意识。

① 约翰·福尔斯：《法国中尉的女人》，刘宪之、蔺延梓译，百花文艺出版社，1986年，第208页。

② 约翰·福尔斯：《法国中尉的女人》，刘宪之、蔺延梓译，百花文艺出版社，1986年，第202页。

③ 约翰·福尔斯：《法国中尉的女人》，刘宪之、蔺延梓译，百花文艺出版社，1986年，第209页。

其次，她掩盖了痛苦的真正根源。在其口中，周围的人甚至整个世界都与之作对。但在其自我宣泄式的表白中，有两个对比值得注意：第一，她突然问道："我为什么生来就是我？我为什么生来不能是弗里曼小姐？"[①]。第二，塔尔博特夫人与其同龄，却有着美满幸福的家庭和孩子。所以，她拒绝为其继续当家教，不愿看到那无福享有的幸福。如其所言："我虽然没有权利得到这些，但我的心却向往着这一切，而且我不认为那是出自虚荣……"[②]因此，她的"自我"中又包含着"他者"：塔尔博特和欧内斯蒂纳的自我。她的痛苦并非别人如何对待她，而是她自己卡在了两个阶层之间：情感上属于较高的阶层，现实却在较低的阶层。当她说自己不能跟"同类人"建立友谊并"永远被排除在这个世界之外"[③]时，"同类"和"这个世界"是有特定意涵的。它是欧内斯蒂纳和塔尔博特的世界，而不是萨姆和玛丽的世界。因此，她被前者"排除"的同时，却也有意识地将自己"排除"于后者。她的孤独并非只是被动承受，也有主观选择。而这种孤独感也使其自觉跳出周围社会习俗和观念的限制。因此，莎拉只能选择向查尔斯吐露"心声"。他是"绅士"，是其设想中能理解她的"同类人"。值得注意的是，莎拉来到宾馆后，为我们展示出一个购物清单：一个茶壶，一个啤酒杯、睡衣、绿色的披肩以及那卷有预谋的纱布。这些物件有些有实用价值，有些则纯粹是把玩之物。她买啤酒杯更多是因为它年岁很大，有某种艺术的或收藏的价值。这种购物显然超出她目前所在阶层的实际需要，而更贴近有闲阶层的生活方式，就像包法利夫人一度收藏了子爵的烟匣。也正因此，经济拮据的她只能眼睁睁看着商店里的商品。而在其眼中，那些商品"似乎对她抱有敌意"，"象是些嘲笑挖

① 约翰·福尔斯：《法国中尉的女人》，刘宪之、蔺延梓译，百花文艺出版社，1986年，第164页。

② 约翰·福尔斯：《法国中尉的女人》，刘宪之、蔺延梓译，百花文艺出版社，1986年，第196页。

③ 约翰·福尔斯：《法国中尉的女人》，刘宪之、蔺延梓译，百花文艺出版社，1986年，第197页。

传统与现代：约翰·福尔斯小说研究

苦她的人"①。因此，当其在伦敦找到令其满意的"归宿"后，便"必须小心谨慎，决不能轻易让它失去"②。

此外，她欺骗了查尔斯，令其产生了英雄救美的错觉。树林会面后，她首先强调查尔斯是"绅士"，是她的"救星"。后来，她不顾维多利亚式的矜持，主动亲吻查尔斯的手，并承认自己"控制不住"。有诸多评论认为格罗根医生按照男权意识将莎拉的反抗视为精神病，是阶级和男权双重压制的表现。我认为此论值得商榷。从小说可知，格罗根医生是一位典型的绅士，智慧博学，阅历丰富，像长者一般同情莎拉，甚至要求波尔蒂妮夫人给其更多自由时间。因此，如若莎拉无病，也只能证明她用心机欺骗了善良的医生，却不存在后者蓄意压制她。而上述亲吻举动和控制不住的说辞也从侧面印证其深陷于"自我中心"的病态。实际上，在之前的谈话中，莎拉已自行说出"我知道这是神经不正常"。她夸张地对查尔斯说自己活着就是为了见他。这给后者一种骑士救公主般的错觉。真相却是莎拉用谎言将查尔斯拉入早设计好的圈套，满足其自我想象和征服意识。在小说结尾时，查尔斯发现莎拉身上具有某种精神，它"随时准备牺牲一切，但就是不能牺牲它自己——它可以不顾事实，不顾感情，甚至不顾女性所具有的矜持，其目的只是为了保持那种精神本身的完整性"③。这种精神被查尔斯称为"占有"和"征服"。与之相似，《收藏家》中的克雷戈也发现"现在人们总想占有。他们刚刚想到某种东西，就想马上把它搞到手"④。米兰达亦认为"我们都希望得到我们不能得到的东西"⑤。对于米兰达而言，不能得到的是自由；对于克雷戈，则是米兰达的爱。对

---

① 约翰·福尔斯：《法国中尉的女人》，刘宪之、蔺延梓译，百花文艺出版社，1986年，第316页。

② 约翰·福尔斯：《法国中尉的女人》，刘宪之、蔺延梓译，百花文艺出版社，1986年，第509页。

③ 约翰·福尔斯：《法国中尉的女人》，刘宪之、蔺延梓译，百花文艺出版社，1986年，第525页。

④ 约翰·福尔斯：《收藏家》，李尧译，上海译文出版社，1999年，第107页。

⑤ 约翰·福尔斯：《收藏家》，李尧译，上海译文出版社，1999年，第77页。

此，福尔斯自己也存有某种困惑和焦虑。如其所言，占有（having）而非存在（being），掌控我们这个时代。①这是一种"自我"的精神，但绝非"自由"精神。在福尔斯眼中，自我主义者的格言是"享受今天"。如果社会是一艘船，他们会"尽全力为自己抢到筏子上最舒服的位置"。②罗素在谈到"自我"时也曾警告道："人不是孤独不群的动物，只要社会生活一天还存在，自我实现就不能算伦理的最高原则。"③这样的人过于关注自己的位置和感受，因而不能以社会共同体一分子的身份顾及他人和自己的担当。其小说主人公普遍秉持个体自由选择和发展的优先性，却无视甚至可以回避自己多重角色下所应承担的各种责任。他们在追求个人自由的同时，却给人带来道德伦理困惑。梳理文本，大体可将其概括为三类：家庭伦理、工作伦理和社会伦理。

福尔斯在作品中总是对维多利亚以来的中产阶级道德原则大加批判，家庭伦理和夫妻忠诚原则首当其冲。因此，其笔下诸多人物总是在"艺术生活"论调下忽视和逾越道德底线，或者说树立起另一套道德标准。《乌木塔》中，戴维在柯米奈庄园对戴安娜发动情感攻势时，居然想象妻子贝丝也可能对自己不忠。他用对其假想的谅解换取对自己真实出轨的原谅："如果他不忠诚，她也可以。"他们并不反对性自由，需要反对的恰是"用一般原则做道德评判"。④他还搬出了"艺术生活"的陈词滥调，认为"艺术基本上是非道德的"。⑤按此逻辑，他否定自己对戴安娜的情感就是"否定自己的艺术灵魂"。他甚至认为亨利的各种"犯罪"是"向生命挑战"，是"充满勇气与想象力的行动"。而自己对贝丝的忠诚则是一种"怯懦"，"扼杀了一切冒险的机会，拒绝了一切挑战"。⑥从"勇气""自

① John Fowles. *The Aristos,* Boston/Toronto: Little, Brown and Company, 1970, p.124.
② John Fowles. *The Aristos,* Boston/Toronto: Little, Brown and Company, 1970, p.15.
③ ［英］罗素：《西方哲学史（下卷）》，马元德译，商务印书馆，1976年，第225页。
④ John Fowles. *The Ebony Tower,* London: Jonathan Cape, 1974, p.99.
⑤ John Fowles. *The Ebony Tower,* London: Jonathan Cape, 1974, p.113.
⑥ John Fowles. *The Ebony Tower,* London: Jonathan Cape, 1974, pp.108–109.

传统与现代：约翰·福尔斯小说研究

我""冒险""怯懦""更大的生存可能"这些词汇中，我们很容易读出加缪和萨特那种存在主义自由观的味道。然而，戴维无疑回避了如下事实：艺术创作的"自由"也许可以不受制于各种道德思想的禁锢，但它不代表艺术家在现实生活就可以无视基本的道德伦理规范。他恰恰混淆了思想领域和现实生活的自由，将"艺术灵魂"置于社会和家庭责任担当之上，淡化其本应有的道德、法律、情感甚至神圣责任。当戴维在抱怨家庭、婚姻的束缚时，为何不能主动选择丈夫、父亲的角色并承担责任？对女儿的父爱就一定比对戴安娜的情爱更使人心烦？当他以逃离寻找"自我"时，为何不能在"坚守"中发现自我，自我是多样的，非本质的，他逃离的是什么？找寻的又是什么？当被问到戴维若选择戴安娜是否背叛其道德标准时，福尔斯回答道："是一种进退两难的处境。我是想建议，他和戴安娜私奔的话，他会是一个更好的艺术家。没必要是一个更好的人。这个故事想要表达一个真理，即合乎道德的良好行为与优秀的艺术并无关系。"①类似的"艺术生活论"也曾在帕斯顿和莎拉口中说出，其共同点都是以"自我"为中心。然而，在其风花雪月之时，却从未提及家中生病的女儿，从未想到父亲角色所应承担的责任。在其怀疑妻子时，正是后者在悉心照料女儿，承担起母亲的职责。看到妻子后，他脱口而出的竟然是"自由的女人。看！没有孩子！"小说最后颇似《廊桥遗梦》的套路。尽管戴维回归家庭，却向自己的"抽象"生活投降了。那句"我生还了"实际宣告其在柯米奈庄园所体验到的自由之死。这未必是坏事。

在短篇《可怜的KOKO》中，作家为了体验所谓"冒险生活"与一个有夫之妇有染。然而，就在他们幽会期间，她的丈夫却在北非作战，恪守一个军人应有的责任。这种"冒险"所体现的所谓"自由"价值何在？而更激进的观点来自《巫术师》中塞特斯的"性解放"高论：她认为婚姻中最重要的不是忠实，而是诚实和信任。在此，塞特斯借用了存在主义思

---

① Carol M.Barnum. "An Interview with John Fowles", in *Modern Fiction Studies,* Vol31, No1, 1985, p.196.

想的一个重要概念：真诚（authentic）。海德格尔和萨特的存在主义哲学都强调"真诚"，反对"自欺"。他们认为人要直面自我，不能为各种外在"面具"所遮蔽。他们这种真诚是人的本真存在，并具有道德价值。然而，哲学上的真诚观念引入现实生活则会出现许多扭曲和错位。在柯米奈庄园，布里斯利让戴维不要害羞裸体，认为这才是自由的体现。肉体的赤裸被视同于精神的坦诚。它具有某种超越日常道德的优越性，遮盖了性放纵的实质。而塞特斯的"诚实"则体现于她和丈夫在彼此坦诚的情况下各自拥有情人。这种论点和生活方式很容易让我们想到萨特和西蒙·波伏娃。萨特存在主义伦理原则的重要体现就是"真诚"：他认为人们在生活中或佩戴面具掩盖自我，或根据别人对自己的期待而亦步亦趋。固定的准则让人无法忍受，个人的选择则具有严肃性。因此，"真诚"就是要按个人选择行事，拒绝别人给自己制定的任何角色是存在主义的目标。[①]然而，这种不顾他人、没有社会限制的"真诚"不过是"自我中心"的另一种说法。他和波伏娃既是情人，又不干涉各自私生活。作为双性恋者的波伏娃甚至把自己的女学生（兼情人）介绍给萨特，以"重新创建人与人之间的关系"。[②]然而，事实证实这种关系只能带来伤害。波伏娃据此写成了《女宾》一书，而萨特的《禁闭》也明显反映了这段混乱而失败的关系。"他人即地狱"与其说是哲学寓言，不如说是其个人私生活混乱的真实写照。因此，塞特斯或作者福尔斯认为这种直面真实自我的"真诚"才是真正的道德。正是按此逻辑，塞特斯才认为扫除"性禁区"不是不道德，而是"更道德"。因此，她认为其女儿的混乱私生活按一般道德原则看确实"令人作呕"；但又认为她和女儿都不是"寻常人"。因此，这种行为按另一种标准则是"十分勇敢的"。[③]福尔斯借塞特斯之口表达他所理解的尼采式的"主人道德观"，甚至为其加上了进化论的色彩——不仅是不为大

① ［英］尼格尔·罗杰斯：《行为糟糕的哲学家》，吴万伟译，新星出版社，2006年，第207—209页。

② 柳鸣九：《萨特研究》，中国社会科学出版社，1981年，第410页。

③ 约翰·福尔斯：《巫术师》，陈安全等译，上海译文出版社，2001年，第770页。

众所理解的精英道德观，还是前瞻性的道德观。正如尼古拉斯所言："也许莉莉·德·塞特斯已经开始前瞻二十一世纪的性道德观……我怀疑自己已经前瞻到二十二世纪了。"①福尔斯曾在小说中引用了奥登诗句。然而，与小说人物不断打破禁忌相反，奥登十分注重禁忌的作用，并专门写过《护界神颂》。他强调："若无这些具有阻拦作用的分界线，我们永远不会知道自己为何人，个人的欲求为何物。"②对奥登十分推崇的伯尼斯·马丁也对福尔斯的"自恋主义"提出批评："在当代的标新立异者中，譬如约翰·福尔斯或者金斯利·埃米斯，表现性中产阶级都在追踪自己的二难抉择困境，表明自我发展文化那意象不到的病症。不言而喻，那只不过是自恋主义的另一维度而已……"③正是这种对自我的过度关注，对传统规范的蔑视以及对打破禁忌的热衷，使得"性解放"成为六十年反叛文化的时髦话题。与此相对，谈论道德反倒为时人所不齿。正如伊格尔顿在《理论之后》所言：

> 长期以来，文化理论家把道德问题当作令人尴尬之事来躲避……道德是我们父母认可的议题，而不是我们思考的议题。道德大部分似乎和性有关……从1960年代起，性行为是种神圣的职责，道德迅速地让位于时尚。或者，确确实实地说，让位给了政治。伦理道德是住在郊区的人的事，而政治才是酷。④

福尔斯声称其作品都是关乎道德的，而我们也不能简单地将伦理学原则套用到小说批判上。小说的道德评判总是很敏感和复杂的，尤其是对于

---

① 约翰·福尔斯：《巫术师》，陈安全等译，上海译文出版社，2001年，第809页。

② 转引自［英］伯尼斯·马丁：《当代社会文化流变》，李中泽译，辽宁人民出版社，1998年，第69页。

③ ［英］伯尼斯·马丁：《当代社会文化流变》，李中泽译，辽宁人民出版社，1998年，第318页。

④ ［英］特里·伊格尔顿：《理论之后》，商正译，商务印书馆，2009年，第135页。

像福尔斯这样喜欢设置文字游戏的作家，更要认真体会其字里行间的喜怒褒贬。小说对尼古拉斯的自私放纵采用讽刺批判语调，这似乎是作者对自己曾经所为的"自我批判"。与此同时，塞特斯在康奇斯教诲下的激进论调却已然违背社会习俗和生活常识。而这些观点多数属于作者本人。他曾在日记中记述读者抨击其小说中的性与暴力，甚至讽刺他怎么不去拍一部《虐待狂之死》的电影。他辩解自己是借用了弗洛伊德"顺势升华疗法"（homeopathic sublimation）把某种超道德的欲望（amoral desire）转化为成熟的道德态度。[①] 也许这是其创作初衷。然而其作品受众多为青年人，许多人是娱乐化的浅阅读，未必会读出其所谓的"升华"，反而更可能去一味模仿其作品中的"唐璜们"。

如果说福尔斯的主人公热衷"唐璜主义"，那他们普遍忽略的话题就是"工作"。若唐璜式的性冒险对家庭伦理造成冲击，对职业操守的疏忽或排斥则体现着工作伦理的缺失。福尔斯本人就羡慕贵族式的休闲生活。除了短暂任教之外，他终生靠写作过着中产体面生活。但早年的经济拮据还是令其印象深刻。他曾在日记和作品中屡次表达金钱只是手段，自由生活才是目的。然而缺钱的窘境又令其成为一个巴尔扎克，既发出"金钱才是善恶之源"的感叹，[②] 又不得不"为了几个钱写些乱七八糟的东西"。[③] 然而，除了《法国中尉的女人》比较写实地表现了少量工作场景外，其寓言式的作品很少涉及此类描写和情节。唐璜式的主人公们总是能"降神"似的获取一笔财富，以此过上休闲生活并展开各种"游戏"：克雷戈中彩票后实施了绑架计划；尼古拉斯像上帝一样安排各种神戏，全然不顾及人力、财力成本；塞特斯继承遗产后自视为"不寻常"的人，并尝试性道德

---

① John Fowles. *The Journels* I (1949–65), ed by Charles Drazin, New York: Alfred A.Knopf, 2005, p.610.

② John Fowles. *The Journels* I (1949–65), ed by Charles Drazin, New York: Alfred A.Knopf, 2005, pp.301, 305.

③ John Fowles. *The Journels* I (1949–65), ed by Charles Drazin, New York: Alfred A.Knopf, 2005, p.606.

革命；查尔斯的遗产也让其甘于做个业余科学家；布里斯利通过遗产过着"国王"般生活，并进行着性猎奇。这些人具有某种浪漫主义的特性，以审美取代功利作为生活标准。他们几乎都没有宗教信仰，甚至在小说中被称为"异教徒"。这就决定了他们缺乏清教徒那种将世俗职业看做上帝感召的神圣感。在他们眼里，工作并不重要，更多地享受生活才最重要。因此，主人公们普遍缺乏工作意识和职业认同感。克雷戈工作人际关系很差。在其眼中，同事不是"卑鄙家伙"就是"虐待狂"。当其心情不佳时就会冲同事发脾气。中奖后做的第一件事情就是辞职。他轻视姑妈清教徒式的生活方式，对其整日围绕残疾的表妹转悠很不理解。因此，情感冷漠的他自然缺乏责任感及担当意识。尼古拉斯来到希腊小岛后满足于饱尝美景，却厌恶教学工作。这与荒岛上那个奋力生存、无暇顾及景色的鲁滨逊恰成对照。他经常收买班长替其上课，还不按时批改学生试卷，这些都是"学校严肃工作"。实验者在分析报告中也专门提及他"在个人关系和工作关系发生冲突的时候，同情反叛者和行为不规范者"。[1]其对工作的三心二意与对女人的朝秦暮楚互为映照。查尔斯既不去竞选议员，也不愿接受未来岳父的大商场。他的拒绝"与他的懒惰不无关系。他害怕工作，害怕每日如是的单调工作，害怕埋头处理琐碎事务"[2]。在其看来，追求金钱并非生活主要目的。尽管他承认自己是个懒汉，却认为自己的庸碌和对商业的拒绝体现了贵族式的自尊。他凭此自以为占据了道德制高点，却全然忽略一个事实：维持其体面和自由的经济来源恰是剥削所得。他的不劳而获违背了工作伦理，却被其视为是贵族精英的生存方式。《谜》中的菲尔丁原本是个尽忠职守的议员和商人，然而叙事者却令其厌倦这种重复的工作状态，突然玩起失踪。警官迈克尔在调查失踪案件过程中偏离工作职责。他在听到被调查者一通猜测后，放弃案件侦查，与被调查人发展为情人。在清教工

---

① 约翰·福尔斯：《巫术师》，陈安全等译，上海译文出版社，2001年，第648页。

② 约翰·福尔斯：《法国中尉的女人》，刘宪之、蔺延梓译，百花文艺出版社，1986年，第333页。

作伦理中，遵守秩序，安于职守是上帝对世俗中人的神圣要求。正是这种精神促进了资本主义经济的不断发展和中产阶级的不断壮大。而出身中产阶级的福尔斯却十分厌恶这套论调。然而，真正推动社会发展的恰是格罗根、弗里曼、莫里斯妇女甚至萨姆等人所代表的中产阶级。福尔斯曾在日记中记述了自己对父母维多利亚式价值观的反叛。①他对威权、秩序、责任、义务、传统规范等概念很反感。从某种意义上，他也是青年反叛者的一员。因此，在其作品中经常会发现第三种伦理困惑：社会伦理困惑。

前文已论及，福尔斯的人物具有浪漫主义气质。而正如罗素所言，浪漫主义者并非没有道德，其道德反而更敏锐，只是与前人道德之原则全然不同。②"自我"和"审美"的标准取代"社会"和"功利"的标准。因此，其笔下人物，动辄就对"这个时代""国家""阶级""传统""规范"甚至"人类"等大而丰富的概念大加讽刺。他们自视为明智、正义的审判者，仿佛罪恶之事都是社会与他人之过，与其无关。因此，他们就像福尔斯推崇的罗宾汉一样，一边指摘甚至对抗社会，一边躲进自己的绿森林，并不以一个公民的身份要求自己在社会发展进程中承担应有之责。

尼古拉斯惯于奢侈，却"对谋生感到厌倦"。在抵达希腊后体会到一种"审美的"存在，并认为"何为道德、何为不道德的传统英国观念在这里显得十分可笑"。③然而，不同于离经叛道的拜伦投身于希腊解放事业，他只对写诗和谈情说爱感兴趣，并以流放者和孤独者自居，将自己"从有意义的社会责任和关系中撤出来"。④他所执教的学校以拜伦命名。在其看来，校名讽刺了充斥校园的工具理性和功利意识。其实，这个名字也讽刺了他自己的孤芳自赏、毫无担当。在康奇斯的故事中，德康也视审美和艺术为人生要义。他去教堂不是因为谦卑地认识到自我的局限，而仅是将其

① John Fowles.*The Journels* I (1949–65), ed by Charles Drazin, New York: Alfred A.Knopf, 2005, p.316.

② ［英］罗素：《西方哲学史（下卷）》，马元德译，商务印书馆，1976年，第215页。

③ 约翰·福尔斯：《巫术师》，陈安全等译，上海译文出版社，2001年，第59页。

④ 约翰·福尔斯：《巫术师》，陈安全等译，上海译文出版社，2001年，第648页。

视为"培育美感的一种形式"。"自我否定"只有在"审美强化训练"的意义上才可以被接受。与此同时，他又是"最冷淡、最没有社会责任感的人"。当看到农民劳动时，他竟说："他们是他们，我们是我们，这就是美。"①生活的两极分化对他而言只是取乐的谈资。关心贫富悬殊和社会对峙反倒体现了"最庸俗的暴发户的良心"。他疯狂收藏奇珍异宝，却无视其财富主要来自非洲的企业。康奇斯（抑或福尔斯）既看出这种"罪中乐"的问题，又迷恋其生活方式。针对"因为孩子们都快饿死了，而你却在阳光下弹琴"的设问，他反问是否因为贫穷的存在就不应该享受豪华住宅，高雅情趣和自由驰骋的想象。然而，这种反问把二者对立起来了。恰恰是德康先将自我、审美与责任、功利决然对立，才引发了上述发问。我们完全可以把康奇斯的问题反过来："为何你在阳光下弹琴之余，不能稍微关心一下其他人类同胞快饿死的孩子？"1964年，萨特就曾给出类似回答：他对《世界报》记者说："我看到不少儿童饥饿而死。面对一个垂死的孩子，我的《恶心》真是无足轻重了。"②而德康被"代表民主、平等、进步"的司机烧毁家业的结局，既令人惋惜，也给人以警示。

《法国中尉的女人》中，查尔斯一开始常将维多利亚时代倡导的"责任"和"义务"等概念挂在嘴边，并尝试以此约束自己。莱昂内尔·特里林评论简·奥斯丁的《曼斯菲尔德庄园》时，就强调"责任"是英国19世纪文化的核心观念之一。③"责任"（duty）一词也是乔治·艾略特尤其看重的。有评论认为其小说冲突就源自主人公自我实现的愿望与社会责任的要求相冲突。④类似的冲突也发生在查尔斯身上。他认为责任感常常"让其惊奇地发现不自由"。其对未婚妻所谓的责任意识多是一种无奈忍让而非真情实感。叙事者也常常忍不住跳出来调侃一番。小说第五章，

---

① 约翰·福尔斯：《巫术师》，陈安全等译，上海译文出版社，2001年，第217页。

② 柳鸣九：《萨特研究》，中国社会科学出版社，1981年，第410页。

③ 陆建德：《现代化进程中的外国文学》，中国社会科学院出版社，2015年，第271页。

④ 陆建德：《现代化进程中的外国文学》，中国社会科学院出版社，2015年，第271页，注释3。

在谈及青年男女婚前不逾矩的道德规范时，叙事者多次强调"义务"①是理解维多利亚时代精神的重要切入点。然而，他话锋一转，认为"在我们的时代，义务云云，就未免大煞风景了"。②小说还专门就此做了注释，并引用艾略特的名言："上帝是不可思议的，永生是不可相信的，但义务是绝对的，不可避免的。"然而，注释却认为艾略特的话是一种"可怕的信仰游移"。在第八章，叙事者再次提及两个世纪之间分歧的焦点："义务是否会推动我们前进？"③当查尔斯在莎拉诱导下追求真实自我和自由时，却也像后者一样无形中走向自我中心。在第二十三章，查尔斯突然顿悟到："责任，这才是他所要追求的东西，是他的欧内斯蒂纳，是他的莎拉。"④然而其责任对象却是两位女性。这种"得一望二"的妄想恰是对其未婚夫身份及婚约责任的逃避。因此，其追求个人自由的过程同时也是逃避个人社会角色和应担责任的过程。认识自我的同时也伴随着个人欲望的扩张，其与责任义务的冲突必然产生反叛社会传统的诉求。如其所言，"符合传统道德的事情"只能表明他天生的某种懦弱，某种对命运逆来顺受的态度。⑤其在教堂忏悔的结果不是反思自我，而是加罪于时代和社会：

> 查尔斯此时似乎是高瞻远瞩，看清了他的时代，看清了这个时代的喧闹生活、严酷的戒律和僵死，因循守旧的传统。看清了它所压抑

---

① 此处的"义务"即乔治·艾略特笔下的"责任"（duty）。在刘宪之、蔺延梓译本中，"duty"一词在小说前半部分被译为"义务"（如第五章、第八章），以区别于译为"责任"的"responsibility"；在小说后半部分，duty又被译为"责任"（如第二十三章）。

② 约翰·福尔斯：《法国中尉的女人》，刘宪之、蔺延梓译，百花文艺出版社，1986年，第34页。

③ 约翰·福尔斯：《法国中尉的女人》，刘宪之、蔺延梓译，百花文艺出版社，1986年，第55页。

④ 约翰·福尔斯：《法国中尉的女人》，刘宪之、蔺延梓译，百花文艺出版社，1986年，第227页。

⑤ 约翰·福尔斯：《法国中尉的女人》，刘宪之、蔺延梓译，百花文艺出版社，1986年，第371页。

着的激情和挑剔性的指责，看清了它谨慎的科学和不谨慎的宗教，它的腐败的政治和不可动摇的等级观念……是时代欺骗了他，这个时代完全没有爱情与自由……这个时代是一架机器，没有人性。[①]

教堂中的查尔斯俨然是上帝，对时代做出了有罪判决和抽象谴责。他又像堂吉诃德一样，把社会这架徐徐运转的风车设想为巨人怪兽。通过设置批判的对立面，他以期证明自己过去所做与将来所为的合理性。在这种空洞的批判中，查尔斯从来没有看到自己所要承担的责任。他认为自己摈弃的正是"束缚并毁坏他那个时代的东西"[②]，并要以破旧立新的决绝姿态"在旧事物的废墟上建立良好的自我"[③]，讽刺的是，他的解决之道是"把莎拉打扮起来"并带其云游欧洲。就连叙事者也对这种幻想有几分揶揄，认为它"高尚但很抽象"。正如格罗根所言，这一切都是查尔斯自己选择的。但叙事者却又令其在这种批判语言中自我开脱，甚至在自我想象中把自己塑造为反叛的英雄：

凡进入任何空着的教堂他都会产生这种感觉，即他并不是孤立的一个人，而在他的背后，有一大批人在支持他。[④]

在另一处，叙事者以史诗般的语调写道：

他清楚的看到自己超脱了他那个时代，超脱了他的先辈、阶级和

① 约翰·福尔斯：《法国中尉的女人》，刘宪之、蔺延梓译，百花文艺出版社，1986年，第407页。

② 约翰·福尔斯：《法国中尉的女人》，刘宪之、蔺延梓译，百花文艺出版社，1986年，第407页。

③ 约翰·福尔斯：《法国中尉的女人》，刘宪之、蔺延梓译，百花文艺出版社，1986年，第444页。

④ 约翰·福尔斯：《法国中尉的女人》，刘宪之、蔺延梓译，百花文艺出版社，1986年，第407页。

国家，却没有意识到在莎拉身上体现了多大的自由……他不再相信那种自由……他总是有一样东西可以依恋，那就是：他是个流浪者，是个与众不同的人，一个更敢于做出决定并承担其后果的人——不管这种决定是怎样的愚蠢或如何的明智。①

上述话语让我们想到加缪笔下那西西弗斯式的反抗英雄。然而，有论者却认为西西弗斯的孤绝反抗只是一种"荒唐表演"。②加缪最后说道："我们应该认为西西弗斯是快乐的。"③"应该"一词体现出某个旁观者的主观介入，它未必是西西弗斯本人的真实感受。被压迫者不能仅仅以微笑表示对压迫者的蔑视："你没有打倒我，我是快乐的。"这无异于阿Q精神，而压迫者也乐于看到这种自我安慰。然而，青年反叛者中极易在此类反叛英雄形象中寻得共鸣，并以此挑战社会传统和规范。《可怜的KOKO》中，偷盗者放火烧书的行为具有某种精神或文化"弑父"的象征，不禁让人想起那将火种带到人间的普罗米修斯。在加缪看来，他和西西弗斯代表着对强权的蔑视和反抗。然而，他们决绝反叛的姿态也隐含了一种性格缺点。希腊人称之为"hubris"，意即"越界""过分"。④这类似于奥登所说的破坏禁忌。对此，福尔斯也有着矛盾的态度：既主张反叛，又质疑大众反叛的后果。实际上，古希腊神话中有一个与普罗米修斯和西西弗斯相反的人物——俄狄浦斯。尽管他没有逃出杀父娶母的命运之手，但其行为既代表抗争，也体现了敬畏。最终当其查明真相后，只是依据诺言自我放逐，并未一味诅咒诸神和命运。其最后的结局是与神和解，安静地离世。因此，秉持决绝姿态的往往是未经世事的青年，而心智成熟之人更多会选择一

---

① 约翰·福尔斯：《法国中尉的女人》，刘宪之、蔺延梓译，百花文艺出版社，1986年，第481页。

② 参见［法］约瑟夫·祈雅理：《二十世纪法国思潮》，吴永泉等译，商务印书馆，1987年，第147页。

③ ［法］加缪：《荒谬的自由》，闫正坤译，江苏凤凰文艺出版社，2015年，第81页。

④ 参见陈中梅：《普罗米修斯的hubris——重读〈被缚的普罗米修斯〉》，《外国文学评论》，2001年第2期。

种持重平衡的态度对待人生。福尔斯既认为这种态度是保守、懦弱、"不诚"，也不认为反叛就一定能达致理想目标。在其小说也表现出这种伦理困惑带来的张力：在反叛者之外，仍有许多恪守社会规范、维护传统、承担家庭责任和工作义务的人物形象。

康奇斯的恋人莉莉，积极参加战时医疗救护，最终死在岗位上；戴维的妻子贝丝承担起母亲的责任；亨里克的家人陪伴着疯男人十余年，不离不弃；莫里斯夫妇没有其反叛儿子那么多说教口号，却在默默工作中为社会尽职尽责。当查尔斯大谈社会之不公与自由追求时，格罗根耐心地开导他：

> 在人类的整个历史上，明智的阶层总是要提出多种方案供人们选择，但是时间老人只允许人们接受一种方案……明智的阶层……必须给这个黑暗的世界引进更美好、更纯正的道德。如果他们不能做到这一点，那么他们就只会变成暴君、独裁者，变成一些只追求自己的欢乐和权力的人，总之，要变成他们卑劣欲望的牺牲品。①

尼古拉斯和查尔斯一类反叛青年错把道德等同于禁律和限制，而没有将其视为社会正常运作和个人发展的有力保障。他们全然忽略客观环境和他人的影响，自以为根据自由意志可以决定自己命运。然而，自由不是一个响亮的口号，它最终要接受必然性和现实处境的种种限制。一个仅从理论上"懂得"驾车程序的人不能开车上路，一个只会背诵"马走日"的人也并不真会下棋。诚如尼古拉斯那样，以为有了自由，就"可以随意进行选择，并且付诸行动，就像在牛津时那样，听任自己的本能和意志支配，凭着心血来潮我行我素，独自闯入一种新的环境之中"②。追求自由成为赋

---

① 约翰·福尔斯：《法国中尉的女人》，刘宪之、蔺延梓译，百花文艺出版社，1986年，第447页。

② 约翰·福尔斯：《巫术师》，陈安全等译，上海译文出版社，2001年，第823页。

予反叛者个人行为合法性的正当借口，但这些行为的实践却反过来戕害了自由。就如伊格尔顿所言："除了根据并非个人发明的规则和惯例，我们根本无法有目的地行动。这种规则不像浪漫派想象的那样，是对个人自由的限制，这样的规则是自由的条件之一。"①

## 本章小结

福尔斯曾说，对他而言，维多利亚时代结束于1945年。类似于萨特不遗余力地反对其所在的资产阶级，出身中产的福尔斯也在作品中对维多利亚式的中产阶级及其道德观大加批判。从某种意义上，福尔斯的自由观就是与这种维多利亚式的中产道德观针锋相对。从这个层面上，我们或许可以理解他作品中为何大肆宣扬性放纵，为何不断鼓励对传统观念和习俗规范的反叛，为何会对维多利亚时代看重的节制、虔诚、禁欲、责任等道德观如此反感。其实，他所做的事情前可见"古人"，后犹有来者。往前看，早在20世纪20年代，英国的"布鲁姆斯伯里"等上层文化精英团体就开始从思想、生活、艺术等多方面反叛维多利亚时代的道德观念。往后看，20世纪六七十年代的青年反叛运动是在新的时代背景下对前人反叛精神的承袭。因此，福尔斯的自由追求与反叛传统，既是其个人的价值选择，也是对当时时代精神的某种顺应。然而，尽管维多利亚时代的道德风尚存在诸多问题，它果真如此一文不值吗？恰如文艺复兴对中世纪的"黑暗"描画，浪漫主义对启蒙理性的激烈指责，后起之秀为了确立自己的合法地位总要以前人为攻击的标牌，借由打倒前者以树立自身。维多利亚时代道德观的缺陷集中体现在两大方面：其一是过于严苛。如果将道德教条推向极端，则会导致冷酷无情或麻木不仁，《法国中尉的女人》中的波尔蒂尼夫人就是明显一例。其二是表里不一。由于其过于严厉，致使许多人

---

① ［英］特里·伊格尔顿：《理论之后》，商正译，商务印书馆，2009年，第182页。

阳奉阴违，在私下或公开执行另外的道德标准。

然而，上述缺陷是道德宽严度和执行效果的问题，并非道德内容本身有错，更不是错在"讲道德"这件事本身。从原因上看，维多利亚时代严厉的道德规约既起因于对18世纪略显松弛的社会状况的不满，也是当时高教会（以纽曼为代表）、广教会、福音派等宗教力量发展的结果。从结果上看，强烈的道德观念使维多利亚时代的人形成了严肃的准则意识：家庭是生活的基础与核心；工作是神圣的；责任感、虔诚心、自律意识是必要的。正是由于这种严肃道德观和准则意识的存在，维多利亚时代才没有在旧有宗教信仰衰退的情况下出现道德失范甚至沦丧的局面；自立的道德观和工作伦理也使得许多人通过个人努力获得经济上的成功，并最终加速了英帝国的形成和稳固。正如有论者所言：

> 在很多方面，维多利亚时代的社会得益于它严格的道德。不仅工作与成就的福音创造了一个经济繁荣昌盛、知识惊人涌现的时代，而且，它所坚持的诚实，为公众生活带来了正直的高标准；独立思想的养成，形成了一种坚定的个人主义；呼吁比自我更高的理想，造就了帮助百万民众的慈善事业和政治家风度。……这种道德意识并非呈现出一种令人厌恶的、或冷酷的面目。安宁恬适的火炉、馆藏丰富的图书馆、不辞劳苦的工人、真正的基督情感以及唱圣歌和做祷告的安息日，这些都为无数的家庭带来了一种深深的、令人愉悦的满足。

福尔斯作品中对维多利亚道德的抨击只是旧调重弹，其笔下的反叛群英既是其本人的情绪宣泄，也是对当时青年读者群的某种顺应。这里面的商业逻辑和金钱原则被作者有意无意地略去了。福尔斯的自由观模糊不清，但无论是萨特式的自主选择和行动原则，还是加缪式的"冒险与数量"，抑或尼采的主人道德和艺术精神，其核心思想都是对自我主体和个体内在体验的强调。而这种强调仍然是浪漫主义的框架。二战后的青年反叛文化不过是浪漫主义精神或原则在18世纪的新变体。浪漫主义对理性局限性的批评有合理之处，但其对激情的强调则并非无可指摘。及至后现代主义时期，对非理性的"理性思考"演变为对激情乃至疯狂和无序的热衷。对此，罗素在论述浪漫主义时的话可谓一语中的：

> 浪漫主义运动本质上讲目的在于把人的人格从社会习俗和社会道德的束缚中解放出来……但是自我中心的热情一旦放任，就不易再叫它服从社会的需要……由于这运动鼓励一个新的狂纵不法的自我，以致不可能有社会协作……人不是孤独不群的动物，只要社会生活一天还存在，自我实现就不能算伦理的最高原则。[①]

规则不仅是束缚还是一种秩序。它在一片未知的荒芜中开拓出阡陌交通。若假道学以道德之名掩盖个人私欲，则反道德也以解放之名遮蔽纵欲、享乐、不愿担责之实。福尔斯在晚年也日益承认现实自由的难得。与此同时，他却在"想象"或"文本"的世界里努力创造着另一种可能的自由。

---

① ［英］罗素：《西方哲学史（下卷）》，马元德译，商务印书馆，2002年，第224—225页。

# 第四章

# 荒岛时空与上帝游戏：
# 福尔斯小说艺术特色

　　约翰·福尔斯在小说创作形式上的创新是其作品文学价值的重要体现。其作品的"寓言性""元小说"、多重叙事者以及结尾的开放性等艺术手法常为批评家乐道。他也因此被冠以"后现代主义"作家之名。其实，福尔斯的形式实验既是对英国战后十年现实主义和"工人小说"创作倾向的突破，也是对20世纪50年代作家反拨现代派形式实验的再反拨。另一方面，学习法语的他十分关注紧邻法国文坛的新走向。而后者的"新小说"派自20世纪50年代开始在文坛崭露头角。《法国中尉的女人》第十三章提及罗伯·格里耶和罗兰·巴特的名字，证明福尔斯对法国文学创作和文学理论的熟悉。许多批评家（尤其是国内研究者）喜欢以此作为福尔斯"后现代主义作家"身份的重要证据。然而，福尔斯曾在采访中声称自己看不太懂法国批评家的文学理论，甚至在后期小说《曼蒂萨》中以夸张的创作手法调侃了巴特和德里达的理论。福尔斯并未全盘接受这些文学理论。细读其前期创作，会发现他仍旧坚持英国文学的写实传统，故事情节、人物性格、自然景物都是必不可少的创作元素。即便像《法国中尉的女人》这样着意自揭"创作过程"的小说，仍然摹仿了19世纪英国社会风俗的原貌，甚至是"对当时英国社会生活中某些侧面的较为真实的写照"①。如果把视线再放长远，就会发现福尔斯乃至战后小说的诸多形式实验，并非开天辟地之创造，而是对文学史上经典作品的摹仿和回写。就其本人而言，多部作品对莎士比亚的《暴风雨》进行了摹仿和改写；《巫术师》受狄更斯、杰弗里斯等作家影响；《法国中尉的女人》则借鉴了多部19世纪小说。因此，福尔斯前期作品中的叙事特色，既在新时代背景和文化语境下对前一毗邻时代的有意突破，又是对先前文学传统的摹仿和承袭。从某种意义上，正是这种传统性，最终确立了福尔斯作品的经典地位。

## 第一节　福尔斯小说中的经典意象

（一）荒岛时空：幽闭空间与自我放逐

在《巫术师》中，康奇斯和尼古拉斯曾有如下对话：

> 尼古拉斯："没有任何人会是一座孤岛。"
>
> 康奇斯："呸，废话。我们每个人都是一座孤岛。如果不是这样，我们马上就会发疯。岛与岛之间有轮船、飞机、电话、电报——你要什么有什么。但他们仍然是孤岛……"②

对话中以岛喻人。尼古拉斯明显翻版了约翰·多恩著名的布道辞："没

---

① 陆建德：《破碎思想体系的残编——英美文学与思想史论稿》，北京大学出版社，2001年，第173页。

② 约翰·福尔斯：《巫术师》，陈安全等译，上海译文出版社，2001年，第175—176页。

有谁是个独立的岛屿；每个人都是大陆的一片土，整体的一部分。"①在此，多恩着意强调每一个上帝子民都是神圣共同体的一分子，都应服从于它的秩序和权威。而福尔斯则在其游记《岛》中表示自己和多恩反其道而行之。②上述对话中康奇斯就代表福尔斯反驳了多恩。

福尔斯曾多次表示自己喜欢笛福小说，特别是对其笔下的"荒岛"境遇尤为着迷。③此外，他喜欢的莎士比亚、斯蒂文森、戈尔丁等作家也常在其作品中运用荒岛意象。《暴风雨》《金银岛》《蝇王》等名著都将故事置于荒岛背景下。与之相似，福尔斯前期小说也出现各种"荒岛"意象及变体。作者在此封闭独立的时空中演绎人生变迁，展示人性的复杂和道德判断的艰难。根据"荒岛"意象的效果可将其大体分为两类：

其一是"解放"的荒岛：《巫术师》中的布拉尼岬角和康奇斯的别墅、《法国中尉的女人》中安德克立夫崖和温斯亚特庄园、《乌木塔》中的布列塔尼林区和柯米奈庄园、《可怜的KOKO》中的乡间别墅、《谜》中菲尔丁的乡下农场……所有这些都是此类"荒岛"。它们或贴近自然之境，或摆脱社会传统和俗世束缚，或暂时让人寻得片刻宁静。总之，在这个相对独立封闭的空间内，人们得以从原有社会文化角色中解脱出来，表现真实自我，异域之地反倒成了精神之家。尼古拉斯在岛上神秘的游戏之镜中不断反观自我；查尔斯只有在康芒岭和伯父庄园里才会摘下面具，并找回童年的单纯感觉；莎拉在安德克立夫崖的绿树林中才能寻得精神自由和心灵安宁；柯米奈庄园就像世外桃园，令进入之人流连忘返；《谜》中的乡下庄园可以使菲尔丁摆脱国会议员、商界精英这些政治、经济身份，转而安心做个快乐的猎手。在此，这些远离城市与文明的有限时空成为某种身体和精神"解放"的途径。类似的意象在文学史中并不少见。在拜伦的《唐璜》中，主人公就与海黛在一个荒岛上赤诚相恋；《苔丝》中，克莱与苔

---

① 转引自杨周翰：《十七世纪英国文学》，上海人民出版社，2016年，第126页。

② John Fowles. *Islands*, Litttle, Brown and Company, Toronto, 1978, p.12.

③ Carol M.Barnum. "An Interview with John Fowles", in *Modern Fiction Studies*, Vol.31, No.1, 1985, p.202.

丝在树林离群索居的最后时光也令苔丝倍感欣慰。福尔斯曾说《大莫纳》对《巫术师》影响很大。其中的萨博隆尼埃领地与世隔绝，常举办神秘的游园会，也是一个让孩子们难忘的快乐荒岛。福尔斯本人也一直将自己莱姆镇的家视为"麻醉药"，是其摆脱各种俗事烦恼的独立家园。

与此相反，还有一种"幽闭"的荒岛。与前一类荒岛多为自然之境不同。这类"荒岛"意象多为文明产物，给人限制和压迫之感。《收藏家》中，囚禁米兰达的地下室是个死亡荒岛。艾莉森工作的机舱、亨里克工作的船舱，都成为束缚他们的幽闭空间。在福尔斯笔下，学校也成为窒息活力的"幽闭"荒岛。他用"幽闭"一词在多部小说中形容学校，比如希腊的拜伦学校与伦敦的皇家艺术学院。在尼古拉斯看，整个英国都是束缚人的"荒岛"。甚至有评论者认为《收藏家》的结构本身就暗示着"幽闭"意象：克雷戈的回忆占据着小说第一、三、四三个部分，紧紧限制着米兰达第二部分的回忆。类似的"幽闭"荒岛也是传统文学常见意象。《荷马史诗》中独眼巨人的小岛、但丁《神曲》中的地狱，莎士比亚《暴风雨》中囚禁精灵的"大树"，约翰逊《拉塞拉斯》中的"幸福谷"、《巴黎圣母院》中的"炼金小屋"、《简·爱》中的"阁楼"、陀思妥耶夫斯基笔下的"地下室"，等等。所有这些都是"禁闭"荒岛的变体，代表着对人身体和精神的束缚压制力量。

值得注意的是，"荒岛"不全然是一个"地理空间"，还是某种"情感空间"。相似的环境在不同境况下也会给人带来相反之感。当米兰达被带到院子短暂停留时，她大口地呼吸着自然新鲜的空气，聆听自然的声音。这时的别墅不再是"幽闭"之地，而是"解放"空间。与之相似，波尔蒂尼夫人的别墅是丈夫的遗产，是其回忆往昔的安宁之地。但这里却是莎拉的噩梦。《可怜的KOKO》中，朋友的别墅原本给作家避世安静的感觉，但偷盗青年的闯入和囚禁行为却使其反转为"幽闭"之所。因此，面对不同的荒岛，福尔斯笔下人物也会做出两种选择，"自我流放"与"逃离"。

实际上，这两种选择是一个硬币的两个方面，"逃离"对其限制的

"幽闭荒岛"往往伴随着将自我"流放"于"解放荒岛"。无论是福尔斯本人，还是其作品人物，往往都是些无根的"世界主义"者。"无家可归"成为他们的标签和主动选择的姿态。在一次采访中，福尔斯宣称住在莱姆镇对其而言"就像是一种流放"，并认为小说家"必须过一种流放的生活"。在《自然的本性》中，他又宣称自己有"三个祖国"，很难说"自己究竟属于哪里"。[1] 作为地理祖国的替代，他用法国小说中的一句话作为自己的归属："思想是我唯一的祖国。"[2] 与之相似，其作品主人公也喜欢以"流浪者"的形象标榜自己。现以《巫术师》为例，对其中几个人物的话语做部分摘录：

> 艾莉森：你开始感到你不再属于任何地方……我是说，属于英国是不可能的，它一天天走下坡路……还有澳大利亚……天啊，我恨透了我的祖国。最卑鄙最愚蠢最不讲理……我在任何一个地方都没有根，我不属于任何地方。
>
> 尼古拉斯：我过的是流亡生活，永远的流亡，不管我是否住在那里。流亡的事实我可以忍受，但是流亡的孤寂我无法忍受。
>
> 或许它与我对英国和英国人的疏远、我那种不属于任何人种、一直在流亡的感觉有关。
>
> 游游：她把艺术打进了行囊，成了一个永远的外地流浪者。[3]

上述年轻人都以流浪者自居，没来由地对自己的祖国和家乡大加批判。颇为讽刺的是，当尼古拉斯准备逃离英国这个"禁闭"荒岛时，艾莉森却从另一个荒岛澳大利亚赶到英国。与之相似，当查尔斯屡次动及从伦

---

① John Fowles. *Wormholes*, London: Jonathan Cape, 1988.

② James.R.Baker."Fowles and the Struggle of the English Aristoi", *Journal of Modern Literature*: Vol. 8, No. 2, 1980–1981, p.167.

③ 约翰·福尔斯：《巫术师》，陈安全等译，上海译文出版社，2001年，第333、712、808、811页。

敦搬到莱姆的念头时，莎拉和玛丽等莱姆居民却在想方设法走向伦敦。对于他们而言，似乎美好之地总在别处。其实，自我流放在20世纪的知识分子圈里屡见不鲜。它不同于政治流放，后者是一种对肉体和精神的双重刑罚。对于自我流放的知识分子而言，它是某种休闲方式，是艺术朝拜。就如伊格尔顿在《流亡者与去国者》中所言："流亡不但不寂寞，相反被不少人所热衷。"①后来，他又继续阐述这个观点：二战前的"现代主义运动"和二战后的"文化理论热"是国际化运动。它们都轻视"地方"观念。而艺术家们更倾向于以艺术流派而非国界证实自己身份。②背井离乡成为一种规定动作。福尔斯也一直树立自己"国际主义者"的形象，甚至在《智者》中提出要设计一种全球通用的语言，以实现普遍教育。③然而他所到之处不是工作，就是旅游，于他多是一种享受。所谓流放并未像其笔下的亨里克那样经受肉体考验和精神洗礼。最后，他选择回到英国小镇继续精神流放。曾有采访者故意问他为何坚持生活在英国（似乎反讽他的自我标榜）。福尔斯先欲盖弥彰地强调自己对英国没偏见，然后承认英国公民素质高，天气好，而他讨厌希腊的阳光。他似乎只是在迎合文艺界的"时髦流放风"。④这就像尼古拉斯，主动选择流放，却不愿承受随之而来的孤寂，颇给人叶公好龙之感。因此，有论者认为后现代、后殖民批评中的"越界"和"迁徙"概念是有指向性的，流放者更喜欢涌向欧美发达国家以实现"成功的自我流放"。与此相反，那些缺衣少食、充满战乱和疾病的"贫穷地区不见'流亡者'、'游牧民'和'流散作家'"。⑤

（二）上帝游戏：父权的缺失与人生导师的在场

从中学开始，福尔斯就喜欢各种竞技类游戏。后来，他更是从哲学和

传统与现代：约翰·福尔斯小说研究

---

① 转引自陆建德：《现代主义之后：写实与实验》，中国社会科学出版社，1997年，第178页。

② ［英］特里·伊格尔顿：《理论之后》，商正译，商务印书馆，2009年，第67页。

③ John Fowles. *The Aristos,* Boston/Toronto: Little, Brown and Company, 1970, p.143.

④ James Campbel. "An interview with John Fowles", in *Contemporary Literature,* Vol.17, No. 4, Autumn, 1976, p.469.

⑤ 陆建德：《击中痛处》，上海书店出版社，2013年1月第1版，第47页。

艺术的角度思考这个问题。如其在《智者》中所说："进一步来说，游戏远比我们自己认为的更加重要。"[1]在其诗集的前言中，他把小说视为"一种游戏，一种作者与读者玩捉迷藏游戏的技巧"。[2]福尔斯曾在《巫术师》作者序言中强调自己的作品是一部青春小说。许多论者也认为福尔斯前期作品有一个共同的主题：青年的成长。米兰达、克雷戈、尼古拉斯、查尔斯、戴维等主人公都在各种特殊环境中不断走向成熟。然而，这些主人公又普遍生活在"父权缺失"的环境里。除了前文已论及的"上帝的缺席"，现实生活的父亲也很难影响到他们：克雷戈、尼古拉斯、查尔斯、莎拉的父亲都已去世；米兰达、戴维、戴安娜很少提及父亲；安、理查、彼得等年轻人则与父亲关系紧张。因此，福尔斯在小说中植入一种特殊情境，并称其为"上帝游戏"。《巫术师》就一度想以此命名。在这种"游戏"情境中，由另一个人物做"人生导师"，促成青年成长变化。帕斯顿、康奇斯、塞特斯、莎拉、布里斯利即是这样的"教导者"形象。这些人物就像《暴风雨》中的"魔术师"普罗斯帕罗，利用其制造的"幻境"或"游戏"对其他人进行道德感化。在《法国中尉的女人》中，我们可以将查尔斯漫无目的的旅行和搜寻化石的"嗜好"称作"纯粹的游戏"。但是在《巫术师》中，康奇斯的"上帝游戏"却是一个很重要的安排，它是为了尼古拉斯精心设计的实验方案。福尔斯曾将"游戏者"做了具体划分：

　　有"重过程"的群体，于其而言，游戏就是游戏；还有"重结果"的群体，对其而言，游戏就在于取胜。对于第一类人而言，快乐就代表了成功；而在第二类人看来，除非先取得成功，否则他就不会快乐。历史演变发展的趋势告诉我们，一个人想要生存的好，就应该成为重过程群体中的一员。[3]

---

① John Fowles. *The Aristos,* Boston/Toronto: Little, Brown and Company, 1970, p.158.

② John Fowles. *Poem,* NewYork: The Ecco Press, 1974, vii.

③ John Fowles. *The Aristos,* Boston/Toronto: Little, Brown and Company, 1970, p.159.

然而，其小说中的青年人在开始阶段似乎更在意结果。确立和巩固自身优势似乎是所有青年主人公潜意识所追求的。米兰达在拒绝帕斯顿的示爱后，表面假装像对方一样难过，心理却默念道："我知道，我并不爱他。这一场游戏是我赢了。"《可怜的KOKO》中，作家对偷盗者最后摆出的手势百思不得其解。直到一次偶然的机会，他才明白那手势代表"胜利"。而《乌木塔》中的戴维最后发现自己在艺术与道德的斗争中永远是个"中规中矩的输家"。而尼古拉斯和查尔斯更是两个典型的"重结果"之人。

在《巫术师》和《法国中尉的女人》的开始阶段，尼古拉斯和查尔斯大部分人生都是在无聊的消遣中度过，缺乏生活的严肃性，也没有人生价值和道德追求。他们所追求目标就是确立其占据优势的关系。

尼古拉斯不会恪尽孝道，只会追求时髦。他成功的标准就是写诗和征服异性。为此，他专门设计出自己游戏方式，并对自己的"技术"颇为自得：先给人故作深沉、玩世不恭之感，再"像玩白兔的魔术师一样……掏出一颗孤独寂寞的心"。[1]在其回忆中，他像谈论私人财富一样谈及自己在牛津与十几个女生有性关系，并把这种猎艳游戏比作打高尔夫球。后来，他又用同样的老调企图从艾莉森那里抽身。他感到"她比我爱她更爱我"，这个事实给他增添了一种"感情上胜利的惬意"。因此，如其所言："从一种无法界定的意义上说，我赢了。"[2]

表面看来，查尔斯和尼古拉斯很不相同。前者是19世纪贵族、有财富、有地位、有修养；后者是一个20世纪叛逆青年，有的只是"三等的学位和一流的幻想"，除了征服异性的一串数字，并无其他财富。实际上，二者都是在游戏人生中谋取个人自利，并罔顾伤害他人的事实。查尔斯自认为是自然选择中的"适者、胜利者"。他年轻时游山玩水、无所事事，偶尔与淑女谈一场恋爱游戏，并不顾惜最终让对方"落得竹篮打水的结果"。那如果说"孤独的心"是尼古拉斯的游戏法宝，那查尔斯惯用

传统与现代：约翰·福尔斯小说研究

---

① 约翰·福尔斯：《巫术师》，陈安全等译，上海译文出版社，2001年，第11页。
② 约翰·福尔斯：《巫术师》，陈安全等译，上海译文出版社，2001年，第47—48页。

的游戏手法就是"绅士面具"。在其遮掩下，查尔斯以"责任"和"自由意志"等概念为自己保驾护航，实际上却冷落伯父、戏弄仆人、欺骗未婚妻。他以深谙贵族礼仪之道和绅士风度而自得，并厌恶未婚妻的"不淑女"和缺乏风度。然而，当其受到莎拉拒绝后，却险些动手打人。因此，他与尼古拉斯一样都善于伪装和假扮，隐藏自己真实身份和意图，以此来掌控他所在的局面。小说中，查尔斯频频照镜子，似乎自己都无法确证真实的一面。

在其眼中，"游戏"的人生成为日常无聊生活的替代品。这是一个由他们掌控的世界。在虚伪的游戏中，查尔斯和尼古拉斯自欺地相信自己是出类拔萃的，得到一种权欲满足和优越感。正如福尔斯在《智者》中所写："赢家在游戏中的胜利弥补了游戏之外的失败。"①然而，任何的游戏都不会令人长久痴迷。正是因为无聊与贪婪，尼古拉斯和查尔斯才被引诱到康奇斯和莎拉涉及的上帝游戏（godgames）中。他们准备开启新的征程，却发现自己成为"被游戏者"，并在此过程中逐渐成长。福尔斯的"上帝游戏"激励了一场道德与情感的冲突。对于缺乏人生经验的主人公们来说，这就好像进入一个人生训练场。他们在一系列的斗争和"比赛"的过程中不断走向成熟和完善自我。

在地下室这个"荒岛时空"中，米兰达与克雷戈玩着控制与反控制的"游戏"。克雷戈像收藏蝴蝶一样收藏了米兰达，而后者则企图利用自己的文化优势掌控前者。然而，在《暴风雨》中，普罗斯帕罗也没有最终教化凯列班。与之相似，米兰达对"现代凯列班"教导的唯一成果就是让后者知道下一个绑架目标的出身。不过，米兰达自己倒是在日记中成功受到当代普洛斯帕罗——帕斯顿的教导。有论者认为他对米兰达做出的改变和教导与康奇斯所为相似，也是"一种上帝游戏"②。作为艺术老师，他的观

① John Fowles. *The Aristos,* Boston/Toronto: Little, Brown and Company, 1970, p.158.

② Syhamal Bagchee. "*The Collector*: The Paradoxical Imagination of John Fowles", in *Journal of Modern Literature*, Vol. 8, No. 2, 1980−1981, p.231.

点和生活方式使其显得神秘而有魅力。而福尔斯本人就相信神秘感，其笔下的米兰达也亦是如此。从米兰达到布里斯利，福尔斯前期小说的所有主人公都有一个显著特点，那就是注重审美和智慧。如果没有这一特点，他们就会变成普通人。福尔斯作品中的主人公总是具备生活激情和充沛情感，即便他们在道德上远非完美。因此，有道德瑕疵的帕斯顿以神秘感教导和控制米兰达，只为让自己占据这场情感游戏的上风。米兰达在日记中也突然对帕斯顿俯首帖耳，成为其思想的奴仆。这种转变过于突兀，也给人以思想掌控而非人生引导之感。这种绝对掌控关系让米兰达成长了，却也限制了她的思想自由。帕斯顿有着太多作者的影子，限制了他自己原本应有的逻辑发展方向。因此，在其后作品中，人生导师们更多地通过"上帝游戏"逐步启发而非直接掌控主人公。

当尼古拉斯和查尔斯也接受了自己与康奇斯和莎拉的关系时，他们对自己很有信心。然而，在其自以为取胜之际，却发现控制权操纵在另一人手上：尼古拉斯自以为瞒过康奇斯获取朱莉芳心，其实后者始终都在执行康奇斯的指令；当查尔斯解除婚约，准备与莎拉私奔时，却发现对方早已离去。在康奇斯和莎拉的"上帝游戏"中，"游戏"已经不再是两位青年人设想的情感娱乐或人生冒险，而是认识自我和成长成熟的载体。当尼古拉斯斥责朱莉的欺骗与不忠时，塞特斯则回击到："我的女儿们只不过是你的自私的人格化。"①当查尔斯抱怨莎拉变心时，却回避了自己的朝秦暮楚。也正因为此，莎拉才对查尔斯如是说："我想我毁掉我们之间已经开始的东西也是对的。那种关系之中有某种虚假……"②

康奇斯和莎拉的游戏有相同之处。他们都先巧妙地将尼古拉斯和查尔斯置于一个完全无力的位置上，然后再逐步剥夺他们自以为是的掌控力。尼古拉斯和查尔斯做惯游戏支配者，却突然发现自己成为这些神秘人物的

---

① 约翰·福尔斯：《巫术师》，陈安全等译，上海译文出版社，2001年，第767页。

② 约翰·福尔斯：《法国中尉的女人》，刘宪之、蔺延梓译，百花文艺出版社，1986年，第506页。

"受骗者"和"受害者"。这些人就像"上帝"一样看穿了两个青年人虚伪的面具，并不容抗拒地引导他们对世界和自我产生新的认识。当康奇斯的女人们废除了尼古拉斯的"于尔菲法令"，当莎拉无视爱情"责任"的规约独自离去时，这两人先前经历的游戏规则完全被改写。而他们在游戏中的假面也被暴露出来：既不能维护品行，也无力维持爱情。

因此，他们选择接受上帝游戏的权威，想拼命钻回到游戏中。尼古拉斯已经彻底地被这个专门为他筹划的、神秘的假面具给迷惑住了。他爱上了这场虚构的故事。当他真正从游戏中解脱出来，面对一个自由的或虚无的自我时，反倒"不知道要做什么"。他对康奇斯的怨恨反倒是因为"欺骗"的终止："不是因为他做了他所做的事情，而是因为他不再做了。"①莎拉消失后，查尔斯也疯狂地在茫茫人海中寻找她，甚至一路寻到大洋彼岸的美国。缺少上帝游戏和人生导师之后，他也感到一种无能为力的空虚和无以为继的失落。

尽管康奇斯与莎拉的上帝游戏是教导两个年轻人的有效手段。然而上帝游戏仍然只是游戏而已。它们是有限的、人为的经历，不能代替真实世界的人生。当尼古拉斯在不列颠博物馆向塞特斯寻求更多建议时，后者却告诉他"上帝的游戏结束了……因为没有上帝，这也就不是一场游戏了"②。发现自我认知的错误后，尼古拉斯和查尔斯需将自己的真正身份从上帝游戏的角色中分离出来。正如康奇斯所言："这不是真实的世界，这些不是真实的关系。"③因此，康奇斯和莎拉都游戏中逃走，迫使尼古拉斯和查尔斯独自面对孤独的放逐。他们就像电影《楚门的世界》中的男主角，将从欺骗与控制中解脱，第一次被带出游戏边界，直面生活中真正的竞争。

在此过程中，他们在人生导师指引下不断成长。从无聊、任性的娱乐

---

① 约翰·福尔斯：《巫术师》，陈安全等译，上海译文出版社，2001年，第702页。

② 约翰·福尔斯：《巫术师》，陈安全等译，上海译文出版社，2001年，第799页。

③ 约翰·福尔斯：《巫术师》，陈安全等译，上海译文出版社，2001年，第353页。

人生进入到一个充满各种可能的陌生世界。这里没有用于维持游戏的规定性目标和界线，没有人生导师的提醒和阻拦。取而代之的是自己的决断和选择。正如康奇斯之前所告诫的："因为自由是残酷的，因为自由使我们至少必须对自己的现状负部分责任……我们无法避免这种残酷，因为人类的生存本身就是残酷的。"①。

在《巫术师》结尾，尼古拉斯和艾莉森共同站在公园里。他发现艾莉森穿着和言语上的改变。经过上帝游戏，艾莉森也成长了。尼古拉斯发现并没有人监视他们，游戏结束了。然而，艾莉森却"还是按照他们的剧本在表演"。因此，他使劲掌掴了她。这个动作令读者难以接受。我们姑且从三方面理解：一是为了发泄被骗的愤怒；二是提醒艾莉森游戏结束，从表演中挣脱出来；三是对曾放弃鞭打朱莉的反拨，这是他的绝对自由。用他自己的话说："一切全都符合逻辑，上帝的游戏达到了完美的高潮。"②然而，掌掴的行为还是暴露出其自私自大的习气并未褪净。正如小说结尾所言："一切都在等待，悬而未决。"③

在《法国中尉的女人》结尾处，小说又回到了开头。这一次，是查尔斯独自一人面对着茫茫大海，一如小说开始时莎拉所做的那样。面对着一个虚无的世界，查尔斯也要投入到人类真正的竞争中去了。他将要像莎拉曾做过的那样，摆脱过去的自我，追求更高目标。

（三）收藏家和窥视者："占有"意识的外化

福尔斯曾在《巫术师》中写道："一切收藏都是如此。它不允许道德本能的存在。最终是藏品占有了收藏者。"④ 对他而言，一个科学家最差的一面就是像收藏家一样——对一些人或物感兴趣，而其中的原因却很荒谬：只想将其分门别类地置于自己预设的分类体系。为此，收藏家仅关注收藏物某一个或几个层面，却扼杀了其作为个体的独特性质。福尔斯常举

①　约翰·福尔斯：《巫术师》，陈安全等译，上海译文出版社，2001年，第674页。
②　约翰·福尔斯：《巫术师》，陈安全等译，上海译文出版社，2001年，第838页。
③　约翰·福尔斯：《巫术师》，陈安全等译，上海译文出版社，2001年，第840页。
④　约翰·福尔斯：《巫术师》，陈安全等译，上海译文出版社，2001年，第217页。

的另一个收藏例子就是批判家，因为批判家们喜欢给作者加上标签（浪漫主义、现实主义、后现代主义等等）或者给他们不同时期或不同内容的作品分类（比如对巴尔扎克和哈代小说的分类）。最终，这发展成了一种病态，即收藏者为藏品所拥有，而不是颠倒过来。"收藏"这一主题在其小说中反复出现。例如，严守道德规范的克雷戈会将女性分为圣女和妓女两类；尼古拉斯用势力的眼光根据一个人的口音和国籍对人作出判断；查尔斯会根据出身对人做道德判断；而戴维则根据毕业学生对戴安娜和安作出高下之分。所有这些都是"收藏者意识形态"的表现形式。

在《收藏家》中，收藏者可不止克雷戈一人。皮尔斯"跟谁都拉拉扯扯"。帕斯顿更是一个"收藏"女性的专家。在米兰达眼里，托尼也是"一个收藏男人的'收藏家'"。[①]她认为自己绝不会像她那样。然而，在某种程度上，米兰达也是像克雷戈一样不愿意改过自新的收藏者。帕斯顿原本是一个装腔作势而且放荡不羁的人。但米兰达却痴迷于他的另类思想。只要能记住的，她便将他所有出版过的作品视为珍宝收藏起来。更为夸张的是，她在日记中将帕斯顿的"教诲"分门别类总结出来，收藏于心。

《巫术师》中，尼古拉斯以收藏家的心态展开了他的人生：在大学毕业时，他已经交往了两位数的女友。而德康的收藏更是令人瞠目结舌。他的城堡就是一个丰富的博物馆。绘画、瓷器和花样繁多的艺术珍品不计其数。收藏在于他不仅是出于艺术爱好，而是成为其生存方式。比如，他收藏一整箱某名贵品牌的手表；一屋子希腊和罗马钱币；收藏各种古钢琴和18世纪乐谱手稿。更为夸张的是，他还收藏大量机械木偶甚至宗教圣物。然而，他只是"为收藏而收藏"[②]。只要是藏品，他就想纳入其手，从来不理会该藏品是否会亵渎宗教和人。"收藏"人还是收藏物，这一行为已经由中性收集、整理转化为贬义的"争夺"和"占有"。正如塞特斯所言："一个不择手段的收藏家爱上他要的一幅画，将会不择手段

---

① 约翰·福尔斯：《收藏家》，李尧译，上海译文出版社，1999年，第274页。

② 约翰·福尔斯：《巫术师》，陈安全等译，上海译文出版社，2001年，第216页。

去获取它。"①

　　在《法国中尉的女人》中，查尔斯祖孙三代都有收藏的癖好。祖父早先收藏书籍，晚年收藏有考古价值的石头。伯父收藏各种动物标本，尤其喜欢查尔斯送给他的珍贵鸟类标本。19世纪是生物学中分类研究蓬勃发展的时代。而作者福尔斯就将查尔斯塑造成一个热情的业余生物学家，以此表现19世纪的收藏家意识。然而，查尔斯那些看似无害的嗜好和寻找化石的行为，却与克雷戈抓捕蝴蝶的行为非常类似。对他们二者来说，这种收藏的行为已不只是爱好，更是已成为一种习惯：他们开始认为自己有权得到想要的一切。查尔斯具有某种盲目的自尊和膨胀的自我。这使其深信无人比自己更适合拥有伯父的温斯亚特庄园，或者无人比他更适合与富有的欧内斯蒂纳结婚。他早将伯父庄园视为囊中物，认为"这一片英国土地是属于他的"②。他甚至开始想象当其与欧内斯蒂纳完婚后，财富将会翻倍。不过，当查尔斯在莱姆镇的安德克里夫崖上认真寻找化石时，却遇到了谜一样不可"分类"和"收藏"的姑娘——莎拉。面对苦恼的莎拉，查尔斯希望按照自己对女人的理解为其找出救助之路。格罗根医生也将莎拉归类于某种精神疾病患者。然而，莎拉却拒绝被归类，以此成为自己。这种野性和特立独行也让查尔斯为之着迷，并在其引导下也成为不可归类的一个人。小说最后，他既不是贵族，也不是商业资产阶级，只能孤零零地面对大海。

　　在《乌木塔》中，布里斯利也在柯米奈藏有大量珍贵名画，令到访的戴维叹为观止。然而，老人年轻时更喜欢"收藏"异性，其花边新闻总能成为报刊头条。就在戴维到访之际，他在庄园还有两位异性陪伴。在这背后，却是他的挥霍无度。"收藏"与"占有""消费"相伴相生。此外，在福尔斯后期作品《丹尼尔·马丁》中，也有一位同名收藏家。他花费几年

---

　　①　约翰·福尔斯：《巫术师》，陈安全等译，上海译文出版社，2001年，第767页。

　　②　约翰·福尔斯：《法国中尉的女人》，刘宪之、蔺延梓译，百花文艺出版社，1986年，第225页。

时间收藏了许多新奇的艺术摆件、戏剧纪念品、书籍以及重要的镜子。这些东西填满了他的房间。此后，作为他收藏镜子的上升版本，他也开始向前期男主人公们一样收集"女性"。

类似的收藏家形象在文学史上并不少见，葛朗台老头对黄金的占有欲令其临死前还紧盯黄金做的圣物不放，泼留希金那风卷残云的"收藏癖"让街上留不下一砖半瓦。他们也都没有逃脱占有者被占有物所"占有"的结局。福尔斯在新的历史语境下为这一传统人物群像增添了新成员。

"窥视"是福尔斯前期小说另一个反复出现的动作。在《收藏家》中，克雷戈喜欢用相机偷拍公园中的情侣。他在绑架米兰达之前就喜欢偷窥她，绑架之后在地下室从某种意义上也是直接偷窥了她的个人生活。《巫术师》中，布拉尼到处都有偷窥尼古拉斯的人。比如康奇斯就赤裸裸地拿着望远镜看他和朱莉在海滩上的一举一动，黑人也在小教堂暗中监视他们谈情说爱。到后来，尼古拉斯发展到疑神疑鬼的地步，感觉大街上每一个人都像一个"偷窥者"，并直接把康奇斯称为"有窥淫癖的观察者"。[1]在《法国中尉的女人》开篇，景物和人物画面就都取自一个观察者的望远镜。小说中也有各种偷窥者：波尔蒂妮夫人和弗尔利热衷于窥探仆人有无违德之举；查尔斯和莎拉在安德克里夫崖互相窥视对方；萨姆和玛丽又总是伺机窥探主人的隐私；甚至连叙事者（作者）也时常出现于小说中窥视人物的行动。《乌木塔》中，戴维窥视柯米奈的藏品和两位美女，两位美女尤其是安也在窥视戴维，而布里斯利则窥探着戴维的心思和举动并尝试着改变其生活观念。如果把"窥视"的外延放大一些，我们会发现作品中常出现的另一种窥视是"照镜子"，窥视镜中的自我。

作品中反复出现的"窥视"行为有何象征意义？如果我们把"窥视"这个略带贬义的词替换为"注视"或"凝视"等相对中性的词，就会找到理解的切入点。上述词汇表示的是同一个动作"看"。这个动作包括"看的主体"与"看的客体（对象）"两个方面。这两方面的不对等性赋予这

---

① 约翰·福尔斯：《巫术师》，陈安全等译，上海译文出版社，2001年，第470页。

个动作丰富的意涵。在萨特那里，看被其称为"注视"。注视是我与他人遭遇的中介。通过注视，产生了注视着的存在（being-looking）与被注视的存在（being-looked）。前者是主体或自我，后者是客体或他者。在注视的过程中，主体通过注视，使被注视者客体化、对象化，因而也就带有工具性和限定性，从而造成被注视者的不自由。因此，如果"我"被他人注视，"我只能因为我的自由脱离了我以便变成给定的对象而对我的自由感到羞耻。"① 所以，他人的"注视"就像希腊神话中美杜莎的眼睛，将我石化为固定的"自在"，从而抹杀了我的自由。② 在戏剧《禁闭》中，当埃斯泰乐无法通过镜子看到自我时，伊奈司建议她通过自己的眼睛看。这样，伊奈司通过"看"捕获了埃司泰乐的自我。正如其所言："我是一面诱捕云雀的迷镜；我的小云雀，我可逮住你了！"③ 因此，福尔斯小说中那些"窥视者"就是某种意义的"占有者"。就如前文所论及，当克雷戈对米兰达的偷窥和偷拍使对方成为自己欲望的客体。康奇斯对尼古拉斯的窥视则使其像上帝一样知晓后者的一切，并以此为据展开下一步游戏步骤。窥视隐私尽管不能直接占有被窥视者，但却可以间接控制他。男仆萨姆因为无意窥见到查尔斯与莎拉幽会，便可以对后者提出各种要求，甚至威胁主人。此外，"窥视"还可能将主体的意识强加于被窥视者。当尼古拉斯"窥视"异性时，总是带有自我意识的投射。他会根据口音、衣着、肤色去判断他人。先前在伦敦他并未真正瞧上艾莉森，到希腊后却一时诗兴大发，对艾莉森大加赞扬："因为我看穿了现代生活中一切丑陋、毫无诗意的各种衍生物强加在她毫无掩饰的真实自我上面。她的心灵同她的肉体一样赤裸坦诚。超越千秋万代，夏娃在她身上得以再现。"④ 这与其是现实中的艾莉森或他眼中的艾莉森，毋宁说是他头脑中幻想的一个圣女式

① ［法］萨特：《存在与虚无》，陈宣良等译，生活·读书·新知三联书店，2012年，第328页。

② 万俊人：《萨特伦理思想研究》，北京大学出版社，1988年，第114页。

③ 柳鸣九：《萨特研究》，中国社会科学出版社，1981年，第276页。

④ 约翰·福尔斯：《巫术师》，陈安全等译，上海译文出版社，2001年，第335页。

的形象。他用自己的注视重新塑造了一个自己心目中的艾莉森。就如萨特所言："他人的注视对我赤裸裸的身体进行加工，它使我的身体诞生、它雕琢我的身体、把我的身体制造为如其所是的东西。"[①]后来，他自己也承认自己犯了男性自私之罪："把自己所需要的艾莉森角色强加给她的自我。"[②]同样的，查尔斯对莎拉的各种描述也是将自我想象投射到观察对象。第一次见面，他就用形容自然的语词形容莎拉。后来又屡次提及她的野性。当他把自己视为一个救助公主的骑士时，却不知对方早已布置好圈套等其上钩。因此，他最大的错误不仅是肉体上占有了莎拉，而且还在窥视中将自己的想象强加于莎拉。

综上，"收藏家"和"窥视者"是福尔斯前期小说两类"占有者"的典型形象。作者以此来影射时代顽疾，批判二战以来人物欲的膨胀和人的物化悲剧。

## 第二节　福尔斯小说的叙述特色

（一）结尾的意义：开放结局与人物"自由"

在一次采访中，福尔斯谈及小说结尾的问题。他承认自己喜欢不断将故事写下去或者为其设计多重结尾，但就是不想结束它。每当其开始设计结尾时，内心深处总是拒绝这一行动。他认为故事没结尾时有丰富的可能性。这会增加其延长小说创作的冲动。这种感受在《巫术师》中表现得淋漓尽致。这部小说他前后写了十多年，在结尾时"仍意犹未尽，似乎能把自己的一生都写进去"。[③]

①　［法］萨特：《他人就是地狱：萨特自由选择论集》，周煦良译，陕西师范大学出版社，2003年，第124页。

②　约翰·福尔斯：《巫术师》，陈安全等译，上海译文出版社，2001年，第506页。

③　Robert Foulker. "A conversation with John Fowles", in *Salmagundi*, No. 68/69, Fall 1985−Winter 1986, p.375.

纵观福尔斯前期主要小说，开放式结尾是其普遍选择。《收藏家》中克雷戈埋葬米兰达后又盯上新的目标；《巫术师》中尼古拉斯和艾莉森在伦敦公园里沉默对峙；《乌木塔》中戴维离开了梦幻的柯米奈庄园，面对抽象的现实；《可怜的KOKO》中作家在各种猜测中结束叙事；《谜》中案件调查终结于男女情爱，而失踪者的去向仍旧是谜；《法国中尉的女人》更是提供了三重结局。这种表现方式既有时代背景的影响，也是作者的自觉选择。

首先，从19世纪末开始，随着达尔文进化论和尼采唯意志论的传播，以往由上帝构建的神圣秩序坍塌了；物理学相对论和量子论的新发展，又打破了经典力学稳定的现世秩序。以往人们相信有一个有内在目的、封闭的、统一的世界需要我们依靠信仰或理性不断与之靠近。如今世界日益显现为不确定性、偶然性和包含多种可能的开放性。福尔斯深受达尔文、尼采和存在主义影响，接受了这种不确定性和无序性的世界观。在《巫术师》中，人物还直接议论海森伯的"测不准原理"。

其次，在福尔斯前期创作的年代，正是战后西方文化界各种反传统思潮风起云涌之际。无论是结构主义思潮还是解构思潮，都表现出语言的表征危机，亦即对事物是否存在本质、语言能否真实反映世界表示怀疑。文本的"虚构性"日益得到重视和突显。文学创作则不断地对现实主义模仿论进行反叛和突破，这一过程可以追溯至20世纪初。福尔斯在作品中提及罗伯·格里耶，后者所属的法国"新小说"派关心的是"人和人在世界中的处境"，追求的是"完全的主观性"（罗伯·格里耶语），甚至人物的姓名"对现代的小说家来说也成了一种束缚"。（萨罗特语）[1] 对物的描写替代了对情节和典型人物的重视。巴尔扎克式的全知全能的写作方式会引起读者的戒心。最极端的现代叙事文本不关涉外物，只涉及自身，"可写"而"不可读"。尽管福尔斯学习法语，并对法国文化感兴趣。但其身上还是具有英国人持重守成的气质，在前期创作中未偏离传统太远，但也

---

[1] 参见王忠琪：《法国作家论文学》，三联书店，1984年，第383—391页。

尝试各种形式实验。

此外，前文论及，福尔斯承认现实中自由的相对性，因而企图在文学想象和写作中寻得一种创作自由。而封闭的结尾意味着人物的固化和选择机会的丧失。对作者、人物和读者都是一种限制和不自由。

弗兰克·克莫德曾在《结尾的意义》中对此问题深入探讨。他认为故事封闭的结尾源自对《启示录》及"末日审判"寓言的接受。在这种神学叙事框架下，人类历史有着终极目的。而处于历史中间的人则需要"建立一个圆满的模式，因为它能提供一个结尾，从而使开头与中间之间的一种令人满意的和谐关系成为可能"。[①]在此模式中，结尾不仅关乎自己，还决定了开始与中间的意义。然而，随着宗教信仰的缺失和神学框架的倒塌，结尾"在现代文学的情节设计中丧失了其震撼人心和统辖一切的终止感"。[②]克莫德认为"结尾"只是一种人为的文化"预设"。他以钟表发出的声音为例证。当我们说它发出"滴"——"答"声时，是人为地将连续时间设置有意义的模型："滴"代表开始，"答"代表结束。原本绵延的时间就被人设置成某种"封闭结构"。在文学作品的封闭结构中，结尾往往只是一种技巧而非现实实在。马丁·华莱士认为流浪汉小说和冒险小说往往由一个个插曲式的故事连缀而成，本可以一直讲下去。结束叙事的技巧则是"改变时间尺度"，在小说最后一章介绍人物多年后的发展，"让故事流入未来。"[③]《鲁滨逊漂流记》即是如此结局。而《堂吉诃德》略有偏差：为了让主人公收心，也为了不再有盗版出现，作者直接宣判了堂吉诃德死刑。在福尔斯小说《法国中尉的女人》中，第一种结局也与此相似。与此不同的是，开放结尾则是"对于集体秩序和个人秩序的同时拒绝"，

---

① ［英］弗兰克·克默德：《结尾的意义：虚构理论研究》，刘建华译，辽宁教育出版社，2000年，第16页。

② ［英］弗兰克·克默德：《结尾的意义：虚构理论研究》，刘建华译，辽宁教育出版社，2000年，第28页。

③ ［美］华莱士·马丁：《当代叙事学》，伍晓明译，北京大学出版社，2005年，第76页。

它能够防止"叙事的封闭以及随之而来的意义的确定"。①因此，这种结尾方式成为福尔斯的自觉选择，在其作品中反复出现"没有结局的结局"。

福尔斯喜欢使小说突然中断，犹如终止岛上众人幻想的普洛斯帕罗。这种未完成的结局也适时地将读者们带回当下和现实生活，暂时脱离小说的虚构世界。他将最后的选择权留给读者而非小说主人公。最终由读者自己决定克雷戈究竟会再做出何种悖谬之举，决定尼古拉斯和艾莉森、查尔斯和莎拉的命运。这些人的命运是由我们想象创造出来的。在这个意义上，福尔斯用开放结局将作品操控权转交给读者，给以其自由。

在《法国中尉的女人》第十三章，叙事者（或作者）突然跃入小说大谈文本的"虚构性"和人物的"自由"。这不过是作者运用了当时日渐流行的"元虚构"（metafiction）创作手法。许多学者和作家对小说摹仿现实的功能产生怀疑，提出"小说之死"的言论。因此，其创作焦点从"写什么"转到"怎么写"，在创作中自揭创作过程。

还有激进者本末倒置，认为是现实模仿小说："我们的自我属性依赖于小说，别人如何看待我们，我们如何看待自己，我们的生活如何不知不觉地形成一个整体，都体现于此。试问，别人若不把我们当作某部小说中的一个人物，又如何认识我们？"②此话显然过激，但并非没有先例。包法利夫人即是一个典型例证；《法国中尉的女人》中，莎拉也是如此；而尼古拉斯也说其"一生不懈地努力想把生活化为小说，把现实排除在一边"。③这句话以及随后的议论在小说中很突兀，显然又是人物在替作者福尔斯发声。然而，所谓"元叙事"写法并非新创之物。正如马丁所言："显得很新的东西也许只是某种已被遗忘的东西。"④早在《堂吉诃德》

---

① ［美］华莱士·马丁：《当代叙事学》，伍晓明译，北京大学出版社，2005年，第75页。

② 转引自盛宁：《现代主义·现代派·现代话语——对"现代主义"的再审视》，北京大学出版社，2011年9月第1版，第133页。

③ 约翰·福尔斯：《巫术师》，陈安全等译，上海译文出版社，2001年，第684页。

④ ［美］华莱士·马丁：《当代叙事学》，伍晓明译，北京大学出版社，2005年，第15页。

里，塞万提斯就运用了所谓"元虚构"的创作手法。在第二部的第二至四章中，主人公堂吉诃德和桑丘·潘沙开始谈论《堂吉诃德》的第一部，谈论里边的人物，谈论书中的自己，甚至开始谈论作者塞万提斯："这个作者只图钱财和好处哇？那他要是不弄砸了才怪呢！"[①] 在塞万提斯的妙笔下真实与虚构互相交叉。类似的手法也被马克·吐温使用过，《哈克贝利·费恩历险记》中的主人公也谈论作者。

在《法国中尉的女人》第四十五章，叙事者突然说道："上文中的那个'我'，即那个找出似是而非的理由将莎拉扔到被遗忘的角落里实体，也并非作者本人。这一实体只是对事物采取冷漠无情态度的一种拟人化。"[②] 这里产生了作者、叙事者、"拟人化的实体"等多重的"我"，令人眼花缭乱，不辨真伪。然而，这也不是新鲜之举。还以《堂吉诃德》为例，其作者是塞万提斯，但小说中还有一个专门的叙事者。当他讲到小说第八章时突然说道故事作者就此打住，没有下文了。后来，他在市场中偶然发现一份手稿，里面由一个史学家用阿拉伯文记录了堂吉诃德的故事。因为不懂阿拉伯语，叙事者找了一个摩尔人作翻译。至此，经由作者—手稿—阿拉伯史学家—摩尔人—叙事者这多重转述，我们才得以看到堂吉诃德的故事。因此，福尔斯笔下多重"自我"的创新手法只是重走前人之路。

此外，福尔斯所谓给人物更多"自由"，也只能理解为游戏之言。当丹尼尔在采访时间及人物自由问题时，福尔斯承认自己的确提及小说的角色会有这种行为。但他并不"完全相信如此。"然后，他话锋一转，强调现实里最后的决定权还在作家身上。他将作家比喻为老练的木偶师，而人物"不过是一堆文字的组合"。他可以拿把剪刀任意修改，因为"只是减掉些文字，而不是一些真人的皮肉"。既然小说是立于语言文字，其人物也只能涵纳于此。所谓人物与作者的争吵是作者头脑诸种思想交锋的

---

① ［西］塞万提斯：《堂吉诃德》，董燕生译，长江文艺出版社，第423页。

② 约翰·福尔斯：《法国中尉的女人》，刘宪之、蔺延梓译，百花文艺出版社，1986年，第380页。

产物，或者作者与其他读者探讨的结果。它不能像戏剧或电影演员一样就人物言行与编剧或导演发生争执。因此，福尔斯也在另一次采访中强调："我会设法给他们自由，但是只是当做一场游戏，因为假装你的角色很自由只能是游戏。"①

这点出了问题的根本，却也暴露了创作的问题。文学创作可以是游戏之作，却不能仅将其视为游戏。尤其是要出版给读者看的书，更不能以游戏之名恣意妄为（写给自己的另当别论，比如卡夫卡的许多创作）。艺术创作的自由不代表没有规律和规矩，"新颖实验手法和社会情怀可以并行不悖"。②然而，部分后现代作家以想象自由或书写自由为名，将文字游戏变为毫无着落的文本游移，最终只能是消解文本自身。按自由书写之理论，如今的网络涂鸦最能给作者以自由创作之载体，给读者以自由阅读之快感。然而，在践行了言论自由之后，创作主体是否也应考虑书写者应有之"文责"，否则这种自由就褪化为一种书写宣泄的任性之为。文艺创作可以夸张和虚构，但再夸张和虚构的作品最终都要落实于现实的土壤，这样才不至于成为无源之水无本之木，才可以在虚构、讽刺、戏仿和批判的过程中不失其真实性。其实，所有虚构作品都是一种"事赝理真"的假装。如果作者非要自我暴露，则假装也就失去其价值。恰如魔术师第一次自揭谜底会吸引观众探知底细。知晓答案后，就无人再看其下一次表演了。因此，许多标新立异之作短期内就再也没有读者，只能在文学史留下一言半语。正如马丁所言："作者的责任是严肃地假装，而不是严肃地或儿戏地说这是一种假装。"③福尔斯在《法国中尉的女人》中，就有些故意随性之笔。在第四十四章，写到查尔斯和欧内斯蒂纳生儿育女时，叙事

---

① James Campbell. "An interview with John Fowles", in *Contemporary Literature* Vol.17, No.4, 1976, p.456.

② 陆建德：《破碎思想体系的残编——英美文学与思想史论稿》，北京大学出版社，2001年，第172页。

③ ［美］华莱士·马丁：《当代叙事学》，伍晓明译，北京大学出出版社，2005年，第185页。

者随意说出："就算是生了七个吧。"书中多处相似的游戏之态是此名著的瑕疵。

因此，无论是开放结局还是人物"自由"，都是创作过程中的叙事手法。形式本身也可以成为内容，但拘泥甚至夸大形式，则可能走向反面。正如在其小说中，叙事者反复在作品中说教，并未给人物自由，却把自己写成了"小说家——上帝"。

（二）抽象与移情：生动的自然描写与生硬的哲学表达

福尔斯曾承认自己后期小说《曼蒂萨》是对后现代理论的反讽。他认为巴特和德里达"在智力层面被抬到太高的位置"[1]。然而，他自己的哲学文集《智者》也被称为"尼采木材室里的木屑"[2]。在其小说创作中，作家想塞入太多自己的哲学观念或思考所得，反倒让作品"消化不良"。其前期作品中常出现关于性解放、艺术生活、自由选择、精神分析等问题的抽象论述。然而其许多观点或前后矛盾或表述不清。这也许是作者福尔斯故意设置的"多声部"叙事，让不同观点彼此碰撞；抑或他将自己设想为帕斯顿或康奇斯式的人生导师，在文本中给读者上演了"上帝游戏"。然而，这种矛盾和表述模糊还是削弱了小说自身的美学韵味，容易引致读者的困惑。

《收藏家》中，米兰达日记里这样回忆帕斯顿（即G.P）：

> 他的乱交是富于创造性的、生机勃勃的，尽管也会刺痛别人。他在他周围创造了爱情、生活和欢乐。
>
> 在他的身上有一种生命的奥秘，一种类似春天的东西，并不是不道德的东西。[3]

① Carol M.Barnum."An Interview with John Fowles", in *Modern Fiction Studies,* Vol31, No1, 1985, p.198.

② Jeff Rackham. "John Fowles: The Existential Labyrinth", in *Critique: Studies in Contemporary Fiction*, 1972, p.90.

③ 约翰·福尔斯：《收藏家》，李尧译，上海译文出版社，1999年，第273、275页。

在前文中，米兰达回忆到帕斯顿失败的婚姻，放浪而不负责的私生活，影射了帕斯顿的自私给那些与其交往的异性造成的痛苦。这里却转而将其违理违德的"乱交"描绘成"富于创造性的""生机勃勃的帕斯顿承认自己有性无爱，带给别人更多的是悲伤。在米兰达回忆中却变成了带给周围"爱情"和"快乐"。身上如何有"一种类似春天的东西"在此含义不明。是活力？朝气？还是春心萌动？"不是不道德的东西"与前边的形容毫无联系，似乎欲盖弥彰。总之，米兰达的以上记述语焉不详，转变突兀，言语中都在彰显帕斯顿的男性魅力。福尔斯很喜欢D.H. 劳伦斯，在作品中似乎有意模仿后者对生命的热力的表现，然而此处却有东施效颦之感。

在《乌木塔》中，戴维被戴安娜拒绝后躺在床上。小说有一段心理描写：

> 戴维躺在床上，盯着天花板，试着弄清发生了什么，他哪里做错了，而她又为何要这样谴责他？他陷入幻灭之中，感到一种难以忍受的沮丧和动摇。眼下还有难耐的一天。她的身体、她的面容、她的心灵、她的招唤：就像她在森林某处等待着他。尽管难以置信，但他坠入爱河了——即便并非完全爱上她这个人，而是爱上"爱"这种感觉。①

这段心理描写透出浓重的自恋气息。戴维不愧是画家，一场失败的调情经其涂抹一番，竟似蒙受不白之冤。按照常理，戴维之过有三点：其一，与布里斯利不同，他是已婚男士，有妻有子。此时，其子正生病，其妻在旁护理，他于情于理于法都不该出轨。其二，戴安娜是未婚学生，他明知不会与其有结果，还想学布里斯利冒生活之险，以感情之名行放纵之实。最后一句爱上"爱"已说明问题。其三，他竟不知道自己错在哪里。抛开常理，按照福尔斯本人的存在主义观点，最大的道德是"真诚"，亦

---

① John Fowles. *The Ebony Tower*, London: Jonathan Cape, 1974, p.106.

即敢于冲破社会传统加诸于人的桎梏，直面真实自我。这也是布里斯利诱导戴维的目的。即便如此，戴维对戴安娜也并非全心全意，不算真诚。类似的情境在福尔斯小说中多次出现，比如查尔斯与莎拉、尼古拉斯与朱莉等。有论者曾评析茨威格小说的女性越轨行为，提出道德情境问题，并将其分为常态情境和特殊情景[①]。而福尔斯小说总是将特殊情境"常态化"，很容易误导读者。此类伦理困惑在上一章已论述，不再赘述。而戴维最后那句爱上"爱"则让人想到雪莱。后者曾引用奥古斯丁《忏悔录》中的名言："我还没有爱上什么，但是我渴望爱……我追求爱的对象，我爱上了爱。"[②]被牛津开除后，雪莱与妹妹同学、年仅十六岁的哈丽艾特逃至苏格兰成婚。两年后，他便抛弃怀有身孕的妻子，与玛丽及其妹妹私奔。他认为爱玛丽会让他"更有成效地爱人类，更加热情地宏扬真理和美德"。[③]我们并不否认雪莱反叛精神的可贵之处。但其过于"自我"的弱点确实害人害己。以此对照戴维和福尔斯其他小说人物，也为佐证其人物的道德瑕疵。巧合的是，如前文所述，福尔斯的人物也喜欢由"自我"推及"人类"，更与雪莱有几分神似。

此外，其作品中常常用一些大而无当的语汇或气势磅礴的排比表示某种空洞或虚无之物。在《法国中尉的女人》第三十三章，当查尔斯与莎拉幽会离别之际，叙事者如此描绘莎拉的眼神：

> 她抬起头来，正面看着他，眼里微微带着试探性的神色，似乎他应该认识某种东西，现在认识还为时未晚：一种他还没认识的真理，一种高贵的激情，一种他没能理解的历史。[④]

---

① 参见王澄霞：《茨威格小说叙事伦理的偏失》，《读者》，2014年第8期，第167—175页。

② 转引自陆建德：《麻雀啁啾》，三联书店，1996年，第3页。

③ 参见陆建德：《麻雀啁啾》，三联书店，1996年，第11—12页。

④ 约翰·福尔斯：《法国中尉的女人》，刘宪之、蔺延梓译，百花文艺出版社，1986年，第300页。

这里着重号标出的一连串大而无当的空泛之词与小说前后文语境很不协调。作者似乎为了完成对莎拉的角色设定强塞入这些没有具体所指的赞美之词，给人强行拔高之感。

在短篇小说《谜》的结尾，警官迈克尔不再调查失踪案，而是与失踪者儿子的女友卿卿我我，小说在如下一段描写中结束：

> 肉体上温柔的实用主义富于诗的意境，这些意境却不是谜（不管是人间的还是神曲的）所能损害或玷污的——事实上，它只能导致它们产生，随即翩然而去。

这种描写就像水中月、镜中花，捞不着、摸不到。似乎说了什么，又似乎什么也没说。作者也许就想表现当事人那种醉意朦胧之态，却给人矫揉造作之感。

有采访者援引评论家之言，认为福尔斯作品中说教气过重。对此，他只是婉转地说作家们都很擅长假装探讨社会、哲学或是各种伟大的事情。实际上，他们在字里行间真正感兴趣只有自己："我们是自私自利者，以自我为中心的人。"[①]他还指出一些英国人盲目地爱上德里达、罗兰·巴特、拉康等法国知识分子。法国人自己已经放弃其主要观点，但在英美仍受到热捧。不知以法国为"精神祖国"的福尔斯本人是否放弃了这些法国哲学的舶来品。总而言之，其作品中表达的哲思和说教较为抽象生硬。不过，如果抛开这些说教成分，福尔斯小说中的自然叙事和描写有许多生动精彩之处。由于第二章专门论述了其小说中的田园书写，类似风景描写在此不赘述。

首先，福尔斯善于运用"移情"手法，以外景他物表达内心情感。米兰达曾看到一只蝴蝶在克雷戈所谓的"死瓶"中挣扎："拍打着一双翅膀，

---

① Fernando Galván. "Interview the writer as shaman a talk by John Fowles and an interview", in *Atlantis*, Vol. 14, No. 1/2, 1992, p.271.

撞击着明晃晃的玻璃。因为能透过玻璃看到外面的世界，便总觉得可以逃出牢笼。充满了希望，到头来却是一场梦。"[①] 这段描写前半部是描写蝴蝶，后来慢慢滑向观察者。当"希望"和"梦"等词汇出现时，已然是在说自己也像那只蝴蝶，看得到光明，却逃不出囚笼。《巫术师》中，当尼古拉斯与艾莉森争执不休时，一对黄色蝴蝶"沉重而无精打采地"[②] 飞过他们。似乎它们也受到男女主人公情绪感染。《乌木塔》中，当戴安娜在戴维的情感攻势下心慌意乱之时，一只飞蛾也在灯罩下瞎撞。这既暗示了戴安娜当时的心境，似乎又在提醒她勿做飞蛾扑火之事。《法国中尉的女人》中，当查尔斯看到安德克里夫崖的清晨美景，也触景生情地感到"每一片树叶，每一只小鸟，小鸟唱的每一支歌"都如此之美。类似精彩的移情描写在其小说还有很多，主要得益于作者自小对大自然的真挚情感。此外，作者也是一个注重"自我"之人，喜好以己度人看物。故其笔下人物也常情感外移，悲己喜物。

第二，其小说常用各种反语和矛盾修辞（oxymoron）。尼古拉斯就曾用这种矛盾修辞形容艾莉森："既清纯又堕落，既粗俗又文雅，是一个老练的新手。"[③] 这种手法与贝克特有几分相似，尽管福尔斯并不喜欢他的阴郁风格。对称反复是其常用的又一手法，比如"每一个真理都是一种谎言，每一个谎言又都是一种真理"。[④] 其小说中类似写法很多，篇幅所限，不再多引。反衬是其另一种常用艺术手法，"silence"是福尔斯喜用之词，既可指环境之寂静，亦可指人之沉默。他曾在《巫术师》中这样写道："知了突然不叫了，倒觉得那寂静有如一次爆炸。"[⑤] 这部小说曾引用过唐诗，不知上句是否反用了"蝉燥林愈静"的意境。

此外，福尔斯在作品中还不时表现出英式幽默。在《法国中尉的女

---

① 约翰·福尔斯：《收藏家》，李尧译，上海译文出版社，1999年，第229页。

② 约翰·福尔斯：《巫术师》，陈安全等译，上海译文出版社，2001年，第338页。

③ 约翰·福尔斯：《巫术师》，陈安全等译，上海译文出版社，2001年，第21页。

④ 约翰·福尔斯：《巫术师》，陈安全等译，上海译文出版社，2001年，第369页。

⑤ 约翰·福尔斯：《巫术师》，陈安全等译，上海译文出版社，2001年，第84页。

人》中，查尔斯伯父家的公牛把汤姆金夫人的马车撞了，伯父在信中抱怨道："都他娘的……怪她自己，口涂得血红。"[①]红色的嘴唇居然引得公牛动怒，这种夸张令人忍俊不禁。在《巫术师》中，当康奇斯的部队向德国的机关枪方向拼死冲锋时，希望对面是"真正的德国人，办事有条理，不到先前的同一地点不开火"。[②]这种死神下的玩笑一语中的地刻画出德国人的民族特性；既表现出一种蔑视的勇气，又暗含着一种即将主动赴死的悲怆和无奈。在小说另一处，当尼古拉斯和朱莉温存之际，却被人破门带走。他感觉自己的经历就像一本装订错的书，前一页还是劳伦斯，后一页就成了卡夫卡了。熟悉这两位作家的读者立刻就会对此比喻心领神会。在《可怜的KOKO》中，当作家被问及是否写书时，默然答道："被劫之余写一点。"好似推手一般借力表达自己的不满。类似调侃之语散见于其小说，不时引人发笑，也投射出作家的智慧。

除了出色的语言功底，福尔斯还有意识地保护丰富的英语资源。因此，他专门从传统历史和文学中搜寻不常见的词汇和用法。他曾在采访中提及有读者抱怨其书用词古奥，令那些教育水平较低之人无法阅读。他还是坚持己见，不为迎合部分读者而降低语言要求。在《可怜的KOKO》中，作家在最后对语言的反思似乎就是对这些指责的回应。他提及电视的流行是"视觉污染"，令人们丧失了语言的魔力。而他本人自豪于掌握这种魔力，信任语言，尊敬语言。他感到自己与偷盗青年的冲突很大原因来自语言的隔阂。这使他们无法有效沟通交流。福尔斯对语言的思考很有深度，至今读来仍深受启发。

福尔斯作品的另一叙事特色是常与其他经典作品形成"互文关系"，在此以最明显的《暴风雨》为例。

克雷戈的名字费迪南恰与莎士比亚戏剧《暴风雨》中的王子重名；而

传统与现代：约翰·福尔斯小说研究

---

① 约翰·福尔斯：《法国中尉的女人》，刘宪之、蔺延梓译，百花文艺出版社，1986年，第225页。

② 约翰·福尔斯：《巫术师》，陈安全等译，上海译文出版社，2001年，第153页。

尼古拉斯也把自己和朱莉设想成费迪南和米兰达的关系。如果把其话语并置到一起，会发现它们构成了某种互文：

> 克雷戈："只是因为得到了你，我才觉得活在这个世界上有价值……我没有得到过别的女人。我从来没有想过要了解除你以外的任何一个女人。"[①]

> 尼古拉斯："你是我见过的最美丽可爱的鬼魂"；"你早已使我忘记任何一个别的姑娘……"[②]

> 费迪南："我曾经喜欢过各个不同的女子；但是从不曾全心全意地爱上一个，总有一些缺点损害了她那崇高的优美。但是你啊，这样完美而无双，是把每一个人的最好的美点集合起来而造成的！"[③]

在《暴风雨》结局中，费迪南和米兰达最终走到一起。然而，透过费迪南的甜言蜜语，却能读出某种不平衡的潜台词。为了每天见米兰达一面，他竟说道："我的父亲的死亡……我的一切朋友们的丧失……对于我全然不算什么。"[④]为了达至爱情，亲情友情皆可舍弃。狂热决绝的背后让人感到一丝不理智的寒意。他的坦露真情和急切表白在略有人生经验的人听来，都不过是激情的虚妄表达。但在少不更事的米兰达听来，却是字字珠玑。当她无知地相信王子的铮铮誓言时，略有生活阅历的观众都不禁要问：今后，米兰达是否也会成为下一个"曾经的女子"。而这"曾经的女子"戏码却在福尔斯小说中多次上演：查尔斯最初认为欧内斯蒂纳"有趣""聪明"，主动求婚。后来却发现未婚妻"世俗""执拗"，转而追求

---

① 约翰·福尔斯：《收藏家》，李尧译，上海译文出版社，1999年，第54页。

② 约翰·福尔斯：《巫术师》，陈安全等译，上海译文出版社，2001年，第237、611页。

③ ［英］威廉·莎士比亚：《暴风雨》，收录于《莎士比亚全集Ⅳ》，朱生豪、方重译，人民文学出版社，2010年，第427页。

④ ［英］威廉·莎士比亚：《暴风雨》，收录于《莎士比亚全集Ⅳ》，朱生豪、方重译，人民文学出版社，2010年，第405页。

莎拉。戴维的妻子贝丝本就是他的学生。他在其大三时与之恋爱，最后成婚。来到柯米奈后，面对女生戴安娜，戴维却在埋怨妻子的平淡，开始欣赏新人。尼古拉斯更是有着两位数的"曾经的女子"，这不妨碍他对下一位掏出"孤独的心"。

综上，福尔斯作品中真正出彩的部分恰是源自其自身生活经历和体验的文字。而那些技巧性地"作"出来的文字往往有一种精致而不真实的"疏离感"。这就像一个篮球高手到足球场踢球，能看出他的运动天分，却总有不协调之感。然而，其强烈的语言意识，广博的知识和深邃的思想还是会通过其作品跃然纸上。只是不要忘记，其文学成就并非全来自实验派的"文学冒险"，更来自英国丰厚的文学传统。

# 本章小结

福尔斯从前期创作就开始有意识地进行形式革新，但总体仍以写实传统为主。作者对自己的想象力和叙事能力颇为自负，力图使每一部作品都独具特色。然而，除了短暂教学外，作者一生多数时间生活在乡间别墅，生活工作经历较为单一。这使得他很难像笛福、巴尔扎克那样通过自身经历对社会人生产生丰富体认。他也力图在作品中展现对社会人生的思考。但局限于个人经历和个人主义立场，这种思考只能依靠其观察、阅读和思考的内容。所以，其作品真正涉及重大社会历史事件的题材不多，更多是囿于个人自我小世界的人如何成长和自我发现。因此，其作品中多有荒岛、上帝游戏和人生导师的叙事意象。除此之外，还有许多动作和意象也在其作品中反复出现，比如前文论及的下跪、打耳光等行为；"国王"的意象几乎萦绕在每部作品的男主人公头脑中。"收藏家"和"窥视者"更是作者在每部作品必会涉及的叙事意象，各种"蝴蝶飞蛾"也总在恰当之时影射人物心绪。因此，通过文本比照，会发现福尔斯创作的某些共性，它们根植于作家自身经历和想象，更多则源自作家对文学经典的接受和借鉴。而小说中的"多重自我""多重结尾""元叙事"等实验手法，在《堂吉诃德》《项狄传》《哈克贝利·费恩历险记》等小说中早已运用。所谓创新只是重新发现被遗忘的传统。其作品与传统经典多有互文。而小说精彩部分恰恰是写实的章节，多体现于情景交融的心理描写、矛盾反复的修辞手法以及风趣的英式幽默对话。正是这种写实传统而非自我指涉的文字游戏，使其作品成为经典。

# 结　语

　　在《一部未完稿小说的笔记》中，福尔斯曾这样自问："在旧传统中写作使我在多大程度上沦为懦夫？我又在多大程度上惊慌失措地跌入先锋派？"[①]他曾在多种场合表示自己更重视小说内容，而厌恶形式与技巧。在一次采访中他坦言寓言里有太多"矫揉造作的成分"，强调自己必须要写实。在另一处，他认为"我们需要回归到英国小说的伟大传统——现实主义"。[②]然而，其后期小说创作似乎并未遵照上述言论。《丹尼尔·马丁》是一部自传性质的小说，仍以一位作家的成长变化为主线。在其对电影和小说、美国和英国做了一番比较后，最终选择从美国回到英国、从电影剧本回归小说创作，从美国情人回归英国初恋。小说中大段引用了葛兰西、卢卡奇等理论家的著述，还借用了许多电影拍摄的术语。在写实大框架下，作者继续进行技巧实验，不断改变时态，变换人

---

　　① 转引自侯维瑞：《论约翰·福尔斯的小说创作》，《国外文学》，1998年第4期，第19页。

　　② Simon Loveday. *The Romance of John Fowles*, New York: St.Martin's Press, 1985, p.145.

称，以打破传统时间观和单一叙事视角。他还在小说中对各种问题大发冗长议论，可谓"倾其头脑中所有"①。福尔斯本意是想通过一个人的生活变迁，展示英美两国的社会历史横断面。然而，不同于《法国中尉女人》，评论界和市场对此书反应平淡。而其后的两部作品则更是跌入先锋派的深渊。《曼蒂萨》讲述了一个失忆作家格林在医院接受治疗的故事。整个过程不过是其头脑的想象，里面充斥了性、虐待、暴力等情节描写。女医生时而是缪斯，时而是朋克女，一会儿与作家谈论创作，一会儿又与其发生肉体关系。她强调这二者是一致的，而他们爱情的结晶就是"一篇小故事"。这部闹剧式的作品是否算小说都一度引起争议。尽管作者解释这是对后现代文学理论的反讽，但其夸张的手法和混乱的逻辑仍令人费解。福尔斯最后一部小说是《蛆/狂想》。他在序言中解释"A Maggot"既有蛆虫的意思，又有狂想之意。小说又是来自其头脑中反复出现的画面（一如《收藏家》和《法国中尉的女人》那样）。他特别强调尽管小说中出现真实历史人物，但它不是历史小说，就是作者的"狂想"。②小说中出现了魔鬼、圣母、蛆状房间、天堂与地狱等离奇景象，也有偷窥和性爱等福尔斯小说必备元素。其在叙事技巧上也颇费心思。由于故事的背景是在18世纪，小说也有大量书信内容。故事中一群人因涉嫌死人案件而被审讯，但他们的供词彼此矛盾，令真相更扑朔迷离。类似桥段早已在芥川龙之介的小说《竹林中》被使用过。黑泽明据此排成的电影《罗生门》已是经典。不知福尔斯的狂想是受其启发还是所见略同。作品还对宗教问题大发议论，将历史人物写成"神授之子"。有论者认为作者在创作方法上的创新有"卖弄"之嫌，使得作品"不伦不类"，成为一个"离奇的杂烩"。③可以想到，这部作家自我游戏之作也未得到好评。自这部小说1985年发表直到作家2005去世，福尔斯整整

---

① 陆建德：《现代主义之后：写实与实验》，中国社会科学出版社，1997年，第193页。

② John Fowles. *A Maggot*. Little, Brown and Company, Toronto, 1985, prologue.

③ 刘若端：《是蛆？还是狂想？——评约翰·福尔斯新作〈蛆〉》，《外国文学评论》，1987年第4期，第136页。

二十年再未发表新小说，从侧面说明其后期的实验之路走入死胡同。作者似乎也对后两部作品不满意。在其于1985年寄给中国译者的作者生平著作年表中，就删掉了《曼蒂萨》和《狂想》两书。[①]因此，尽管其本人未必承认，其后期小说文本的形式实验过于"先锋"，已从某种意义上偏离了英国文学的传统。

不过，福尔斯本意还是力图在作品中"同利维斯'现实主义'的'伟大传统'结盟"[②]，着力体现道德意识和社会情怀，只是其形式实验冲淡了这一深层追求。早在《智者》中，他就十分敏感地发现当时艺术中注重"自我"和"形式"的倾向：

> 今天艺术家感到的主要需求——就是表现个人的以个性特征为标志的"自我"和气质。随着对造型艺术的需求的逐渐减弱，开始产生如抽象派、无调音乐、达达主义这样一些风格和流派，在这些风格和流派的内部，日益增长着一种否定准确地反映外在世界（历来作为职业技能标准的那种准确）、否定艺术家对外在世界所负义务的传统认识的态度，而且这竟成了一条准则：取代前者，这类流派的美学规定最大限度地为正确表现艺术家的"我"敞开最广阔的天地。
>
> ……
>
> 技巧甚至显得"不真实"和"商业性"了，更有甚者，原来在掩饰自己内心世界的平庸、陈腐和不合逻辑的同时，艺术家善于故意地将含糊和玄妙成分注入自己的作品。
>
> ……
>
> 当代最令人注目的征兆之一，就是无论在群众性的还是在较为讲究的演出和艺术中，到处滥用极端表现暴力、残忍、恶行、动摇、病

---

① 约翰·福尔斯：《法国中尉的女人》，刘宪之、蔺延梓译，百花文艺出版社，1986年，第541页。

② Simon Loveday. *The Romance of John Fowles*, New York: St.Martin's Press, 1985, p.145.

态、混乱、含糊、无宗教信仰和无政府状态等现象的手法。①

从上述大段引述可知，福尔斯在前期创作中对法国、美国文学界出现的形式实验和先锋派文学的诸多主张和做法还心存芥蒂。与英国另一位后现代作家B.S.约翰逊对传统的决绝态度不同，福尔斯本人并未打算过激地背离英国的文学传统。与利维斯一脉相承，他还是十分重视艺术创作中的社会维度和"道德性"：

> 公平的说，最准确地表现道德对证明道德更为有利，因为风格就是思想。然而过分地关心如何表现思想就会显露出思想本身贬值的趋势；和许多只关心宗教仪式的细节和叙述信仰的艺术而忘记了教职使之承担的真正使命的祭司一样，许多今天的艺术家对一切超越风格规范之外的东西十分盲目，竟然完全忽视(或者纯粹从形式上分析)在他们的作品中包含的一切人伦内容。道德变成了变相的交际手段。②

因此，尽管其作品中的道德考量标准可能存有争议，但福尔斯对作品道德情怀的重视还是继承了英国文学的传统。对利维斯和福尔斯有较大影响的T.S.艾略特认为很难给传统做一个明确定义，但它确实存在着。在《传统与个人才能》一文中，他强调诗人不应只专注于个人特质和追求新颖，并强调："诗不是放纵感情，而是逃避感情，不是表现个性，而是逃避个性。"③而文学经典的传统应"构成一种理想的秩序"④。而福尔斯在

---

① John Fowles.*The Aristos,* Boston/Toronto: Little, Brown and Company, 1970, pp.193-194. 译文引自汪培基：《英国作家论文学》，三联出版社，1985年，第557—558页。

② John Fowles. *The Aristos,* Boston/Toronto: Little, Brown and Company, 1970, p.197.译文引自汪培基：《英国作家论文学》，三联出版社，1985年，第557—558页。

③ ［英］T.S.艾略特：《传统与个人才能：艾略特文集·论文》，卞之琳等译，上海译文出版社，2012年，第11页。

④ ［英］T.S.艾略特：《传统与个人才能：艾略特文集·论文》，卞之琳等译，上海译文出版社，2012年，第3页。

《智者》中对诗人本质的论述，似乎是对艾略特的某种回应：

> 诗人，论其本质，是意义和秩序的捍卫者。如果说他们在过去过多地抨击了已固定下来的社会制度的观念和形式的话，那么他们这样作，为的是确立更为完善的形式。从我们的、十分相对的人道观点来看，混乱和无政府状态是现实的极限；而诗人是我们的最后防御线。①

在此，福尔斯对艺术的看重体现得淋漓尽致。他将艺术看作保卫传统的"最后防线"。这与他对维多利亚道德和社会规范的反叛形成明显反冲。这种艺术观与生活观的错位，既增加其作品理解的难度，也增添了其作品读解的魅力。我们很难用一个后现代的标签将其囊括。如其所言，他是一个夹在传统与现代之间的争议作家。

传统与现代：约翰·福尔斯小说研究

---

① John Fowles. *The Aristos,* Boston/Toronto: Little, Brown and Company, 1970, p.211.译文引自汪培基：《英国作家论文学》，三联出版社，1985年，第562页。

# 参考文献

## 一、约翰·福尔斯作品

### 1.中文部分

［1］约翰·福尔斯:《收藏家》,李尧译,漓江出版社,1988年。

［2］约翰·福尔斯:《收藏家》,司念堂等译,作家出版社,1992年。

［3］约翰·福尔斯:《收藏家》,李尧译,上海译文出版社,1999年。

［4］约翰·福尔斯:《巫术师》,陈安全等译,上海译文出版社,2001年。

［5］约翰·福尔斯:《法国中尉的女人》,阿良等译,花城出版社,1985年。

［6］约翰·福尔斯:《法国中尉的女人》,刘宪之译,百花文艺出版社,1986年。

［7］约翰·福尔斯:《法国中尉的女人》,张琰译,自华书店,1990年。

［8］约翰·福尔斯:《法国中尉的女人》,陈安全译,上海译文出版社,2003年。

［9］约翰·福尔斯:《谜》,施咸荣译,《浪漫舞厅:英国小说集》,上海译文出版社,1991年。

［10］约翰·福尔斯:《可怜的Koko》,张和龙译,《外国文学》2002年第2期。

## 2.英文部分

[ 1 ] John Fowles. *The Collector,* Frogmore: Triad Granada, 1976.

[ 2 ] ——*The Magus,* New York: Dell Publishing Co., Inc., 1967.

[ 3 ] ——*The Magus,* London: Jonathan Cape, 1977.

[ 4 ] ——*The French Lieutenant's Woman,* New York: New American Library, 1970.

[ 5 ] ——*The Aristos,* New York: New American Library, 1970.

[ 6 ] ——*Poems,* New York: The Ecco Press, 1973.

[ 7 ] ——*The Ebony Tower,* London: Jonathan Cape, 1974.

[ 8 ] ——*Islands,* Litttle, Brown and Company, Toronto, 1978.

[ 9 ] ——*The Tree,* Aurum Press, 1979.

[ 10 ] ——*Daniel Martin,* Boston: Little, Brown and Company, 1977.

[ 11 ] ——*Mantissa,* London: Jonathan cape 30 Bedford square, 1982.

[ 12 ] ——A *Maggot,* Boston/Toronto: Little, Brown and Company, 1985.

[ 13 ] ——*Wormhole,* London: Jonathan Cape, 1988.

[ 14 ] ——*The Journels* I (1949–65), ed by Charles Drazin, New York: Alfred A.Knopf, 2005.

[ 15 ] ——*The Journels* II (1965–1990), ed by Charles Drazin, London: Jonathan Cape, 2006.

# 二、研究文献

## 1.中文部分

[ 1 ][ 英 ]阿诺德·欣奇利夫.荒诞说——从存在主义到荒诞派[ M ]北京:中国戏剧出版社, 1992.

[ 2 ][ 英 ]埃德蒙·柏克.美洲三书[ M ]北京:商务印书馆, 2005.

[ 3 ][ 法 ]阿尔贝·加缪.加缪读本[ M ]北京:人民文学出版社, 2011.

[ 4 ][ 奥 ]埃尔温·薛定谔.科学与人文主义[ M ]北京:商务印书馆, 2016.

［5］［法］阿兰·傅尼埃.大莫纳［M］济南:山东文艺出版社,2009.

［6］［英］艾里希·弗洛姆.逃避自由［M］上海:上海译文出版社,2015.

［7］［古罗马］奥古斯丁.论自由意志——奥古斯丁对话录二篇［M］上海:
上海人民出版社,2010.

［8］飞白.世界在门外闪光:英国维多利亚时代诗选上卷［M］长沙:湖南文
艺出版社,2015.

［9］飞白.樱花正值最美时:英国维多利亚时代诗选上卷［M］长沙:湖南文
艺出版社,2015.

［10］［美］保罗·R.格罗斯、诺曼·莱维特.高级迷信:学术左派及其关于
科学的争论［M］北京:北京大学出版社,2008.

［11］［美］本尼迪克特·安德森.想象的共同体:民族主义的起源与散
布［M］上海:上海人民出版社,2016.

［12］［英］伯尼斯·马丁.当代社会文化流变［M］沈阳:辽宁人民出版社,
1998.

［13］［英］C.P.斯诺.两种文化［M］北京:生活·读书·新知三联书店,
1994.

［14］［英］C.P.斯诺.两种文化［M］上海:上海科学技术出版社,2003.

［15］［英］C.P.斯诺.新人［M］太原:山西人民出版社,1984.

［16］蔡仲、邢冬梅.“索卡尔事件”与科学大战:后现代视野中的科学与人
文的冲突［M］南京:南京大学出版社,2002.

［17］陈志瑞、石斌.埃德蒙·伯克读本［M］北京:中央编译出版社,2006.

［18］陈榕.萨拉是自由的吗?——解读《法国中尉的女人》最后一个结
尾［J］外国文学评论,2006(3).

［19］程虹.寻找荒野［M］北京:生活·读书·新知三联书店,2011.

［20］［奥］茨威格.茨威格读本［M］北京:人民文学出版社,2012.

［21］达巍、王琛、宋念申.消极自由主义有什么错［M］北京:文化艺术出
版社,2001.

［22］［美］戴卫·赫尔曼.新叙事学［M］北京:北京大学出版社,2002.

［23］杜丽丽."新维多利亚小说"历史叙事研究——以约翰·福尔斯、安·苏·拜厄特和格雷厄姆·斯威夫特的创作为例［D］山东大学，2011.

［24］［德］恩斯特·图根德哈特.自我中心性与神秘主义：一项人类学研究［M］上海：上海译文出版社，2007.

［25］［英］弗兰克·克默德.结尾的意义：虚构理论研究［M］沈阳：辽宁教育出版社，2000.

［26］［法］弗朗索瓦·多斯.从结构到解构：法国20世纪思想主潮［M］北京：中央编译出版社，2004.

［27］［德］弗里德里希·尼采.尼采散文选［M］天津：百花文艺出版社，1995.

［28］［美］凡勃伦.有闲阶级论——关于制度的经济研究［M］北京：商务印书馆，2013.

［29］冯毓云、刘文波.科学视野中的文艺学［M］北京：商务印书馆，2013.

［30］高健.英国散文精选［M］上海：上海译文出版社，2010.

［31］［德］H.李凯尔特.文化科学和自然科学［M］北京：商务印书馆，1996.

［32］黄梅.现代主义浪潮下：英国小说研究：1914—1945［C］北京：中国社会科学出版社，1995.

［33］［美］华莱士·马丁.当代叙事学［M］北京：北京大学出出版社，2005.

［34］侯维瑞、张和龙.论约翰·福尔斯的小说创作［J］国外文学，1998（4）.

［35］［英］J.B.伯里.思想自由史［M］北京：商务印书馆，2014.

［36］［法］加缪.荒谬的自由［M］南京：江苏凤凰文艺出版社，2015.

［37］金冰.自由与进化——《法国中尉的女人》中的进化叙事与存在主义主题［J］外国文学，2016（2）.

［38］［美］卡伦·霍尼.我们时代的神经症人格［M］南京：译林出版社，2011.

［39］［英］拉曼·塞尔登.文学批评理论——从柏拉图到现在［M］北京：
北京大学出版社，2000.

［40］李美华.英国生态文学［M］上海：学林出版社，2008.

［41］［美］里奇拉克.发现自由意志与个人责任［M］贵阳：贵州人民出版
社，1994.

［42］刘放桐.现代西方哲学［M］北京：人民出版社，1981.

［43］柳鸣九.萨特研究［M］北京：中国社会科学出版社，1981.

［44］刘若端.是蛆还是狂想？——评约翰·福尔斯的新作《蛆》［J］外国
文学评论，1987（4）.

［45］刘若端.神秘的萨拉——评福尔斯的女权主义思想［J］外国文学评
论，1989（3）.

［46］刘文荣.当代英国小说史［M］上海：文汇出版社，2010.

［47］陆建德.击中痛处［M］上海：上海书店出版社，2013.

［48］陆建德.现代主义之后：写实与实验［C］北京：中国社会科学出版社，
1997.

［49］陆建德.自我的风景［M］广州：花城出版社，2015.

［50］陆建德.潜行乌贼［M］北京：人民文学出版社，2008.

［51］陆建德.思想背后的利益：文化政治评论集［M］桂林：广西师范大学
出版社，2005.

［52］陆建德.麻雀啁啾［M］北京：生活·读书·新知三联书店，1996.

［53］陆建德.破碎思想体系的残编——英美文学与思想史论稿［M］北京：
北京大学出版社，2001.

［54］陆建德.现代化进程中的外国文学［M］中国社会科学院出版社，2015.

［55］陆梅林.西方马克思主义美学选编［M］桂林：漓江出版社，1988.

［56］［匈］卢卡奇.小说理论［M］北京：商务出版社，2012.

［57］［美］罗兰·斯特龙伯格.西方现代思想史［M］北京：金城出版社，
2012.

［58］［英］罗素.西方哲学史［M］北京：商务印书馆，1976.

［59］吕同六.二十世纪世界小说理论经典［M］北京：华夏出版社，1995.

［60］［美］马丁·威纳.英国文化与工业精神的衰落1850—1980［M］北京：
北京大学出出版社，2013.

［61］［英］马修·阿诺德.文化与无政府状态：政治与社会批评［M］北京：
三联书店，2002.

［62］［英］马尔科姆·安德鲁斯.寻找如画美：英国的风景美学与旅游，1760—
1800［M］南京：译林出版社，2014.

［63］［德］马克斯·韦伯.新教伦理与资本主义精神［M］北京：北京大学
出版社，2012.

［64］［英］弥尔顿.论出版自由［M］北京：商务印书馆，2013.

［65］［英］尼格尔·罗杰斯、麦尔·汤普森.行为糟糕的哲学家［M］北京：
新星出版社，2006.

［66］［俄］尼古拉·别尔嘉耶夫.人的奴役与自由——人格主义哲学的体
认［M］贵阳：贵州人民出版社，1994.

［67］聂珍钊.文学伦理学批评及其它［M］武汉：华中师范大学出版社，
2012.

［68］宁梅.论约翰·福尔斯对"疯女人"形象和心理医生形象塑造的延续
与创新［J］当代外国文学，2008（1）.

［69］潘家云."太多的理性是赤裸裸的疯狂"——《收藏家》中克莱格的
伪理性剖析［J］当代外国文学，2009（1）.

［70］潘家云."窥""破"愚妄：福尔斯作品中的妄想狂特征［J］国外文学，
2009（1）.

［71］潘家云.如何存在？——论约翰·福尔斯对存在的领悟与刻画［J］外
国文学，2013（2）.

［72］潘家云.再论萨拉是谁——《法国中尉的女人》的创作心理研究［J］
外国文学评论，2014（2）.

［73］［法］让·保尔·萨特.萨特读本［M］北京：人民文学出版社，2005.

［74］任红红.后现代主义小说的多元建构：《法国中尉的女人》的形式研究

与文化批评［M］北京：中国社会科学出版社，2013.

［75］阮炜.《法国中尉的女人》的社会历史内涵［J］深圳大学学报（人文社会科学版），1996（3）.

［76］阮炜.社会语境中的文本——二战后英国小说研究［M］北京：社会科学文献出版社，1998.

［77］［法］萨特.他人就是地狱［M］西安：陕西师范大学出版社，2003.

［78］［法］萨特.存在与虚无［M］北京：生活·读书·新知三联书店，2012.

［79］［英］塞缪尔·约翰逊.饥渴的想象［M］北京：生活·读书·新知三联书店，2015.

［80］［英］塞缪尔·约翰逊.快乐王子：雷斯勒斯［M］北京：北京大学出版社，2003.

［81］施康强.萨特文论选［M］北京：人民文学出版社，1991.

［82］盛宁.文本的虚构性与历史的重构——从《法国中尉的女人》的删节谈起［J］外国文学评论，1991（4）.

［83］盛宁.现代主义·现代派·现代话语——对"现代主义"的再审观［M］北京：北京大学出版社，2011.

［84］盛宁.人文困惑与反思——西方后现代主义思潮批判［M］北京：生活·读书·新知三联书店，1997.

［85］［美］汤姆·G.帕尔默.实现自由：自由意志主义的理论、历史与实践［M］北京：法律出版社，2011.

［86］［英］特里·伊格尔顿.后现代主义的幻想［M］北京：商务印书馆，2002.

［87］［英］特里·伊格尔顿.理论之后［M］北京：商务印书馆，2009.

［88］［美］W.C.布斯.小说修辞学［M］北京：北京大学出版社，1987.

［89］［美］W.J.T.米切尔.风景与权力［M］南京：译林出版社，2014.

［90］万俊人.萨特伦理思想研究［M］北京：北京大学出版社，1988.

［91］王逢振.六十年代［M］天津：天津社会科学院出版社，1999.

［92］王化学.西方文学经典导论［M］济南：山东人民出版社，2005.

［93］王忠琪.法国作家论文学［M］北京:生活·读书·新知三联书店,
    1984.

［94］汪培基.英国作家论文学［M］北京:生活·读书·新知三联书店,
    1985.

［95］王佐良.英国诗选［M］上海:上海译文出版社,2011.

［96］［英］威廉斯.关键词:文化与社会的词汇［M］北京:生活·读书·新
    知三联书店,2016.

［97］［英］威廉·冈特.拉斐尔前派的梦［M］南京:江苏教育出版社,2005.

［98］［英］威廉斯.乡村与城市［M］北京:商务印书馆,2013.

［99］汪海.行动:从身体的实践到文学的无为［M］北京:北京大学出版社,
    2013.

［100］王卫新.福尔斯小说的艺术自由主题［M］上海:复旦大学出版社,
    2009.

［101］［德］沃林格.抽象与移情［M］北京:金城出版社,2010.

［102］文美惠.英国小说研究:超越传统的新起点(1875—1914)［M］北
    京:中国社会出版社,1995.

［103］徐向东.自由意志与道德责任［M］南京:江苏人民出版社,2006.

［104］［英］亚当·斯密.道德情操论［M］北京:中央编译出版社,2008.

［105］杨自伍.教育:让人成为人——西方大思想家论人文与科学［M］北
    京:北京大学出版社,2010.

［106］杨周翰.十七世纪英国文学［M］上海:上海人民出版社,2016.

［107］叶秀山.启蒙与自由——叶秀山论康德［M］南京:江苏人民出版社,
    2011.

［108］［美］克莱顿·罗伯茨.英国史［M］北京:商务印书馆,2013.

［109］［美］伊恩·瓦特.小说的兴起——笛福、理查逊、菲尔丁研究［M］
    北京:生活·读书·新知三联书店,1992.

［110］［英］以赛亚·柏林.自由及其背叛:人类自由的六个敌人［M］南京:
    译林出版社,2011.

［111］［英］以赛亚·柏林.自由论［M］南京：译林出版社，2011.

［112］于建华.论《收藏家》的对话性艺术特征［J］当代外国文学，2006
（1）.

［113］［英］约翰·阿克顿.自由史论［M］南京：译林出版社，2012.

［114］［英］约翰·密尔.论自由［M］北京：商务印书馆，2014.

［115］［英］约翰·罗斯金.芝麻与百合［M］北京：外语教学与研究出版社，
2009.

［116］［法］约瑟夫·祈雅理.二十世纪法国思潮［M］北京：商务印书馆，
1987.

［117］［古希腊］亚里士多德.尼格马可伦理学［M］北京：商务印书馆，2003.

［118］张中载.后现代主义及约翰·福尔斯［J］外国文学1992（1）.

［119］张和龙.后现代语境中的自我——约翰·福尔斯小说研究［M］上海：
上海外语教育出版社，2007.

［120］张京媛.当代女性主义文学批评［M］北京：北京大学出版社，1992.

［121］朱虹.英国小说的黄金时代：1813—1873［M］北京：中国社会科学出
版社，1997.

［122］朱耀垠.科学与人生观论战及其回声［M］上海：上海科学技术文献
出版社，1999.

2.英文部分

［1］Alan Sinfield. *Society and Literature*: 1945-1970. London: Methuen & co
Ltd, 1983.

［2］Alderman, Timothy C. "The Enigma of The Ebony Tower: A Genre Study".
*Modern Fiction Studies*, Vol.31, No.1(1985): 135-148.

［3］Andrews, Maureen Gillespie. "Nature in John Fowles's Daniel Martin and
The Tree". *Modern Fiction Studies*, Vol.31, No.1(1985): 149-155.

［4］Aubrey, James R. *John Fowles*: *A Reference Companion*. Westport: Greenwood
Press, 1991.

［5］Aubrey, James R.,ed. *John Fowles and Nature*: *Fourteen Perspectives on*

*Landscape.* Fairleigh Dickinson University Press & London: Associated University Presses, 1999.

[ 6 ] Baghee, Syhamal. "TheCollector: The Paradoxical Imagination of John Fowles". *Journal of Modern Literature*, Vol.8, No.2 (1980−1981): 219−234.

[ 7 ] Baker, James R. "Fowles and the Struggle of the English Aristoi". *Journal of Modern Literature*,Vol.8, No.2 (1980−1981): 163−180.

[ 8 ] Barnum, Carol M. "An Interview with John Fowles". *Modern Fiction Studies*,Vol.31, No.1(1985): 187−203.

[ 9 ] Bellamy, Michael O. "John Fowles's Version of Pastoral: Private Valleys and the Parity of Existence". *Critique*, Vol.21, No.2 (1979): 72−84.

[ 10 ] Bo H.T.Eriksson. *"TheStructuring Force" of Detection—The Cases of C.P. Snow and John Fowles"*, UPPSALA, 1995.

[ 11 ] Boccia, Michael. "Visions and Revisions: John Fowles's New Version of The Magus". *Journal of Modern Literature*, Vol.8, No.2 (1980−1981): 235−246.

[ 12 ] Bonse, D. *Romance Genres and Realistic Techniques in the Major Fiction of John Fowles*. Ph.D. Diss. Indiana University of Pennsylvania, 1987.

[ 13 ] Booker, M.K. "What We Have Instead of God: Sexuality, Textuality and Infinity in The French Lieutenant's Woman". *Novel: A Forum on Fiction*, Vol.24, No.2 (1991): 178−198.

[ 14 ] Campbell, James. "An Interview with John Fowles". *Contemporary Literature*, Vol.17, No.4 (1976): 455−469.

[ 15 ] Campbell, Robert. "Moral sense and the collector: the novels of John Fowles" .*Critical Quarterly*, Vol.25, No.1 (1983): 45−53.

[ 16 ] Carol M.Barnum. "The Quest Motif in John Fowles's The Ebony Tower: Theme and Variations". *Texas Studies in Literature and Language*, Vol.23, No.1, (1981): 138−157.

传统与现代：约翰·福尔斯小说研究

[ 17 ] Dianne Vipond, "An Unholy Inquisiton", in *Twentieth Century Literature,* Vol.42, No.1, (1996): 12–28.

[ 18 ] Dianne, Osland. "Loose ends in Roxana and The French Lieutenant's Woman". *Studies in the Novel,* Vol.25, No.4 (1993): 381–396.

[ 19 ] Deboran Guth. "Archetypal Worlds Reappraised: The French Lieutenant's Woman and Le Grand Meaulnes". *Contemporary Literature Studies,* Vol.22, No.2 (1985): 244–251.

[ 20 ] Eddins, Dwight. "John Fowles: Existence as Authorship". *Contemporary Literature,* Vol.17, No.4 (1976): 204–222.

[ 21 ] Hagopian, John V. "Bad Faith in The French Lieutrnant's Woman". *Contemporary Literature, Contemporary Literature,* Vol.23, No.2 (1982): 191–201.

[ 22 ] Holmes, Frederick M. "Art, truth, and John Fowles's the Magus". *Modern Fiction Studies* Vol.31, No.1 (1985): 45–56.

[ 23 ] Huffaker, Robert. *John Fowles.* Boston: Twayne, 1980.

[ 24 ] Kate Flint. *The Victorian Novelist: Social Problems and Social Change.* London·New York·Sydney: Croom Helm, 1987.

[ 25 ] Lewis, Janet E. and Barry N.Olshen. "John Fowles and the medieval romance tradition." *Modern Fiction Studies,* Vol.31, No.1 (1985): 14–30.

[ 26 ] Lorenz Paul H. "Heractlitus against the barbarians: John Fowles'Magus". *Twentieth Century Literature,* Vol.42, No.1 (1996): 69–87.

[ 27 ] Loveday, Simon. *The Romance of John Fowles.* London: Macmillan Press Ltd, 1985.

[ 28 ] Magali Cornier. "Who is Sarah? A critique of the French lieutenant's woman's Feminism". *Critique,* Vol.28, No.4 (1987): 225–236.

[ 29 ] Malcolm Bradbury.*The Modern British Novel*: 1878–2001.北京：外语教学与研究出版社, 2004.

[ 30 ] Mcdaniel, Ellen. "Games and Godgames in the Magus and the French

Lieutenant's woman." *Modern Fiction Studies,* Vol.31, No.1 (1985): 31–43.

[ 31 ] Michael Thorpe, *John Fowles,* Windsor, U.K.: Profile Books, 1982.

[ 32 ] Neary, John. *Something and Nothingness: the Fiction of John Undike and John Fowles.* Carbondale: Southern Illinois University Press, 1992.

[ 33 ] Nodelman, perry. "John Fowles's variations in the Collector". *Contemporary Literature,* Vol.28, No.3 (1987): 332–346.

[ 34 ] Olshen, Barry N. *John Fowles.* New York: Frederich Ungar publishing co, 1978.

—"John Fowles's *The Magus*: An Allegory of Self–Realization". *The Journal of Popular Culture,* Vol., No.4 (1976): 916–925.

[ 35 ] Onega, Susans, *Form and Meaning in the Novels of John Fowles*, Ann Arbor: U.M.I.Reaseach Press, 1989.

—"Self, world, and art in the fiction of John Fowles", *Twentieth Century Literature,*Vol.42, No.1 (1996): 29–56.

[ 36 ] Palmer, william J.*The Fiction of John Fowles: Tradition, art, and the loneliness of selfhood.* Columbia: university of Missouri press, 1974.

[ 37 ] Peter Conradi. *John Fowles.* London and New York: Methuen, 1982.

[ 38 ] Pifer, Ellen. ed. *Critical Essays on John Fowles.* Boston, Mass: G. K. Hall, 1986.

[ 39 ] Philip Davis. *The Oxford English Literary History Vol.8:* 1830–1880 *The Victorians.*北京：外语教学与研究出版社，牛津大学出版社，2007.

[ 40 ] Randall Stevenson. *The Oxford English Literary History Vol.*12: 1960–2000 *The last of England?*北京：外语教学与研究出版社，牛津大学出版社，2007.

[ 41 ] Raymond J. Wilson III. "John Fowles's The Ebony Tower: Unity and Celtic Myth". *Twentieth Century Literature*, Vol. 28, No. 3 (1982): 302–318.

[ 42 ] Robert Foulke. "A Conversation with John Fowles". *Salmagundi,* No.68 (1985–1986): 367–384.

[ 43 ] Roula Ikonomakis. *Post–war British Fiction as Metaphysical ethnography: Gods, Godgames and Goodness in John Fowles's the Magus and Iris Murdoch's the Sea, the Sea.* Peter Lang AG, International Academic Publishers, 2008.

[ 44 ] Rubenstein, Roberta. "Myth, Mystery, and Irony: John Fowles's The Magus". *Contemporary Literature*, Vol.16, No.3 (1975): 328–339.

[ 45 ] Salami, Mahmoud. *John Fowles's Fiction and the Poetics of Postmodernism.* London & Toronto: Associated university Press, 1992.

[ 46 ] Salys, Rimgaila. "The Medieval Context of John Fowles's The Ebony Tower". *Critique*, Vol.25, No.1 (1983): 11–24.

[ 47 ] Scruggs, Charles. "The Two Endings of The French women." *Modern Fiction Studies*, Vol.31, No.1 (1985): 95–113.

[ 48 ] Scllisch, James W. "The Passion of Existence: John Fowles's The Ebony Tower." *Critique*, Vol.25, No.1 (1983): 7–10.

[ 49 ] Tarbox, Katherine. *The Art of John Fowles.* Athens & London: The University of Georgia Press, 1988. — "The French Lieutenant's Woman and the Evolution of Narrative." *Twentieth Century Literature*, Vol.42, No.1 (1996): 88–102.

[ 50 ] Thomas C.Foster. *Understanding John Fowles.* Carolina: University of South Carolina Press, 1994.

[ 51 ] Thomas M. Wilson. *The Recurrent Green Universe of John Fowles.* New York: Amsterdan, 2006.

[ 52 ] Vieth Lynne S. "The Re–humanization of Art: Pictorial Aesthetics in John Fowles's The Ebony Tower and Daniel Martin." *Modern Fiction Studies*, Vol.37, No.2 (1992).

[ 53 ] William J.Palmer. *The Fiction of John Fowles: Tradition, art, and the Loneliness of selfhood, Columbia: University of Missouri Press,*1974.

[ 54 ] William Stephenson. *John Fowles.* Devon: Northcote House Publishers Ltd,

2003. —*Fowles's The French Lieutenant's Woman*. Trowbridge: Cromwell Press Ltd, 2007.

[ 55 ] Wolfe, peter. *John Fowles*: *Magus and Moralist.* 2nd ed. London: Buchnell University Press, 1976.

传统与现代：约翰·福尔斯小说研究

# 后 记

本书以几年前博士论文为基础，经修订增补而成。随几经修改，但由于本人学力有限，仍有各种谬误。

书稿付印之际，仍想感谢许多人。首先，感谢恩师王化学教授，其渊博的学识见解、超拔的人格魅力总在点滴间彰显师道尊严。感谢硕士生导师于冬云教授，多年来她一直关注我的学业。老师的鼓励和督促，令我有信心一步步走向自己的目标。感谢周均平教授和杨守森教授。从本科开始，听两位老师授课就让我醍醐灌顶、如沐春风。从论文答辩到论文成书，两位老师悉心指导，提出的意见和建议让我深受启发。感谢山东人民出版社的编辑隋小山老师，他一丝不苟地审阅书稿，逐字逐句进行修改。其对待文字的严谨态度，令人由衷敬佩。

最后，要感谢我的至亲。多年来，父母、妻子毫无怨言，全力支持我完成学业。在我困惑苦恼时，他们是支持我前进的最大动力。书稿的出版是一个总结，也意味着另一段旅程的开始。我将以各位恩师为榜样，在求学路上一步一个脚印扎实前行。

刘 亚

2021年7月

传统与现代：：约翰·福尔斯小说研究